順手撿個童養夫

2

平林 著

風文創 747

目錄

第二十三章

虞世清畢竟不笨，這時候連結前因後果，已經明白是怎麼回事了——母親和六姊設了個計，要雷雨馨把青芷帶到後面院子裡，想讓青芷喝下摻了藥的蜂蜜水昏睡，好讓一枝花的人把青芷帶走。誰知道青芷自己先離開了，而雷雨馨卻陰差陽錯被帶走了！

他握緊拳頭，視線從王氏和雷冬梅臉上滑過，最後怒聲道：「娘，您和六姊真是……妳們做的好事……」

王氏和虞冬梅張口結舌，不知道該如何圓謊？虞世清見狀，心裡的猜測更加坐實，也不管她們了，直接拉著青芷大步向外走去。

青芷被拉得踉踉蹌蹌，扭頭看向韓氏和姜秀珍。「娘，秀珍，快走吧！」

韓氏忙跟了上去，姜秀珍猶豫了一下，剛要走，卻被王氏抓住了。

王氏的臉有些扭曲。「妳是我買的丫鬟，哪裡都不能去！」

姜秀珍瑟縮了下，再不敢動了。

鄉村的土路坑坑窪窪的，馬車行在上面，車廂搖搖擺擺，車廂裡的人也跟著搖搖擺擺。

青芷依偎著韓氏，看著對面的虞世清。「爹爹，咱們不等祖母了嗎？」

虞世清心裡挺難受，過了一會兒才道：「祖母要在妳六姑母家住幾天。」

青芷「哦」了一聲，忽然抬起衣袖看了看，皺著眉頭道：「祖母非要讓我穿白綾窄袖衫，可是白衣服就是容易髒。爹爹您看，袖子上不知道在哪裡蹭了一塊灰……」

看著懵懂天真的女兒，虞世清心裡一陣後怕。幸虧青芷沒喝雨馨調的蜂蜜水；幸虧她從後院跑出來……

一直到了第二天上午，虞世清才得知確切消息。雷雨馨不見了，雷震和雷雨辰父子並沒有在一枝花那裡找到雷雨馨，一枝花一概否認。雷家人認為雷雨馨是被人販子用船載去外鄉，又去宛州城尋找去了。

這日上午，青芷正在後面園子裡給玫瑰苗剪枝，荀紅玉來玩，尋個機會低聲問青芷。「我剛聽到村裡說一件事，她們說昨日妳在妳六姑母家差點出事，是不是真的？」

青芷想了想，道：「是真的。」

她打算借荀紅玉的口把這事張揚出去，讓村人都知道王氏和她女兒們的真面目；以後王氏再做什麼壞事，起碼也有些顧忌，而她也能有些準備，為以後反駁王氏告她爹爹不孝做鋪墊。

荀紅玉一驚，忙伸手拉住青芷的手。

青芷嘆了口氣，道：「我祖母和六姑母找了牙婆一枝花，想把我賣到外鄉的煙花窟去，好得一筆銀子給雷雨馨做嫁妝。她們原本說好的是讓雷雨馨騙我喝下蒙汗藥，讓人販子從雷家後門進來用船把我帶走，誰知道我出去和雷雨馨姑家表弟、表妹玩去了，結果人販子把雷雨馨當成我給劫走了。」

說話的時候，她神情平靜，語句和緩，可是荀紅玉卻聽得嚇出了一身冷汗，氣得咒罵道：「殺千刀的王虔婆！該死的虞冬梅！居然做出這等豬狗不如的事來，我定要張揚得全村人都曉得，都知道這對淫婦的嘴臉！」

聽到荀紅玉為她咒罵王氏和虞冬梅，青芷心裡湧起一陣暖意，反握住荀紅玉的手，低聲道：「沒事，我以後會小心的。」

這時候韓氏用托盤端著切好的西瓜過來了，三人正在吃瓜閒聊，外面卻有人敲門，青芷忙起身去應門。

一打開大門，一身白衣的溫子淩站在外面對著她笑。「青芷。」

青芷答應了一聲，往溫子淩身後看，正好看到溫歡和小丫鬟榆錢扶著虞蘭走過來。

她一看便明白，她七姑母這是替祖母做說客來了。

韓氏聽到動靜，忙起身過來迎接。

虞蘭先前對韓氏這個弟妹還是不錯的，不像六個姊姊那樣欺負、排擠韓氏，只是如今姊姊們紛紛在她面前說都是因為韓氏挑唆，八弟才和母親嘔氣，所以這次見了韓氏，她心裡不痛快，只是淡淡地寒暄了兩句，便直接道：「八弟還在學堂裡？」

韓氏拘謹地答了聲「是」。

虞蘭看都不看她，冷冷道：「那我去學堂找他。」

韓氏也不肯多說，屈膝行了個禮。她雖然柔順，卻也有自己的自尊心，虞蘭待她如此冷淡，她也不會覥著臉貼上去巴結。

青芷見狀，對韓氏微微一笑，道：「娘，我陪七姑母去學堂吧！」

韓氏還沒來得及開口，虞蘭便冷冷道：「用不著勞大姑娘大駕，我們母子自己去就行了。」

說罷，她招呼也不打，轉身就走。

溫歡瞅了韓氏和青芷一眼，也昂首跟著去了。

溫子淩有些尷尬，摸了摸鼻子，對韓氏拱了拱手，微微笑道：「舅母、青芷，有我呢，妳們放心吧！」

青芷微微一笑，低聲道：「子淩哥哥，我擔心別人在七姑母面前說了不少挑撥離間的話，拜託你多為斡旋。」

溫子淩見她明明是個小女孩，卻做大人模樣拜託自己，不由覺得好笑，伸手揪了揪青芷的髮髻。

青芷鄭重地道：「子淩哥哥，拜託你了。」

溫子淩見她如此，也不再戲謔，低聲道：「放心吧，哥哥說話算話。」

青芷想起前事，忙又交代一句。「對了，哥哥，你若是想買人在家侍候姑父，須得買兩個風流放浪的。」

她記得七姑父溫東最好這一口，一般良家女子拴不住溫東的心。

「……妳這小丫頭混說什麼！」他伸手在青芷腦袋上拍了一下。「不許胡說了。」

心中卻道：妹妹說得著實有些道理，一個的確不行，須得買兩個，合力絆住爹爹的腿，我好騰出工夫收拾司徒娟那賤人！

待聽到馬車轆轆遠去的聲音，青芷才拉著韓氏的手撒嬌道：「娘，我想喝荊芥水，您給我濾些荊芥水來喝，好不好？」

大宋民間風俗，夏季採嫩荊芥揉了水喝，以解暑熱，青芷想以此轉移母親的心思。

韓氏心裡正不自在，聞言便道：「天太熱了，上次買的冰糖還剩幾塊，我正好濾些冰糖荊芥水給妳和紅玉喝。」

荀紅玉喝了荊芥冰糖水就離開了。

韓氏心裡有事，有些坐不住，做了一會兒針線，手指被針扎了好幾次，只得嘆了口氣，放下針線活。

她如今已經習慣了依賴青芷，當下忍不住道：「不知道妳七姑母和妳爹爹在說什麼……」

青芷正用石臼在榨薄荷葉的汁，聞言便道：「娘，沒事，有我呢。」

兵來將擋，水來土掩，最嚴重也不過是爹爹去接王氏回來。

先生有事，蔡羽和鍾佳霖便主動擔起責任，帶著大家讀書。

這房子原是一個大通間，用一道屏風隔成一大一小兩個房間，大房間用來做學生上課的學堂，小房間則是虞世清的小書房。

此時，鍾佳霖端正地立在講桌後，俊臉端凝，聽著蔡羽領眾學生讀書，其實一心二用，正聽著屏風後傳來的說話聲。

小書房內的擺設極為簡單，除了一張書案，屏風前還擺著兩張楊木椅子和一張楊木小几。虞蘭和虞世清姊弟正坐在椅子上，聲音極低地說話。

溫子淩雙臂環抱在胸前，倚著書案站著。

虞蘭先劈頭蓋臉地把虞世清數落了一頓，然後道：「今日天還沒亮，我家看大門的小廝就來拍門，說咱娘來了。我嚇了一跳，出去一看，才知道是六姊夫把咱娘給送到我家，他也不等見人，直接就把咱娘給扔在大門外走了！你看看，人都說養兒防老，可是咱娘過的是什麼日子？你不怕人戳你脊梁骨？不怕姊姊們都回娘家為咱娘作主？不怕別人去縣學告你不孝？」

虞世清臉色蒼白，一言不發地坐在那裡，並不反駁，直到虞蘭說完，才低聲道：「七姊，先前妳說我不夠孝順，我無話可說；可是這次，妳得聽我把事情的來龍去脈說完。」

虞蘭冷笑一聲，道：「你只顧聽韓氏和虞青芷的挑唆，眼裡哪裡還有咱娘？」

溫子淩含笑道：「娘，縣太爺斷案還讓犯人辯解呢，也聽聽舅舅說什麼吧！」

虞蘭最倚重這個大兒子，聽了溫子淩的話，總算緩和了些。「既然如此，八弟，那你說說，我來聽聽。」

虞世清低著頭，眉頭緊鎖，雙手緊緊擰在一起，頓了頓，低聲把事情從頭到尾講了一遍。他思路清晰，沒有廢話，只是一五一十講自己看到的，最後總結道：「若不是因為六姊一向不喜歡青芷，青芷不敢喝她家的蜂蜜水，現在不見影蹤的就是我的女兒了。」

虞蘭畢竟仍有良知，也知道自己這位弟弟為人端方，從不肯說瞎話，心裡也覺得這次的確是自己的娘做得不對。

可是親娘畢竟是親娘，她訕訕地為王氏圓謊。「也許是哪裡出了誤會……咱娘怎麼會做這樣的事……」

想到自己娘的為人，虞蘭也有些說不下去了。

溫子淩性子暴烈，在一邊聽了早就怒火中燒，當下直起身子打斷虞蘭的話。「娘，外祖母常常虐待舅母和青芷，您難道不知道？沒想到如今外祖母人越老，心越狠，竟然要和六姨母合夥把青芷妹妹賣進煙花窟！我爹常常住在煙花窟不回家，難道您不知道煙花窟是什麼地方？那裡面的姊兒過的是什麼日子？這是親外祖母幹的事情嗎？」

他雖然生氣，卻也刻意壓低音量，聲音並不算高。

隔著一道屏風，蔡羽正帶著其餘學生讀書，自然是聽不清楚的，可是鍾佳霖站在屏風前面，卻聽得清清楚楚。

聽到王氏和虞冬梅要合夥把青芷賣進煙花窟，他眉頭緊蹙，薄唇抿著，臉頰上的酒窩一下子顯了出來，負在身後的雙手緊握成拳。

屏風後，虞蘭聽了大兒子的話，一時語塞，默然片刻才道：「別說祖母賣孫女了，咱們大宋朝爺奶爹娘賣兒女的事情少了嗎？你是有福，你爹能掙錢，你看看咱家那幾個丫鬟、小廝，哪個不是被他們親爺奶爹娘賣的？」

虞世清聞言一下子挺起了背脊，臉脹得通紅。別人賣兒鬻女他管不著，可他絕對不會賣自己的閨女！

還沒等虞世清開口，溫子淩就「嗤」地冷笑一聲。「娘，您莫不是和我外祖母、姨母們一樣豬油蒙了心，忘記舅舅是什麼家境、什麼身分？我舅舅一年掙多少束脩，家裡還有我舅舅掙回來的幾畝田地，還沒到賣女兒那一步吧？再說了，舅舅是什麼身分？是秀才老爺，將來考中了舉人、進士，那是要做官的，難道等舅舅做了官，人家問起大姑娘在哪裡，就回說在煙花窟？」

溫子淩的話有理有據，聽得虞世清差點落下淚來。

虞蘭啞口無言，心裡也明白自己親娘實在糊塗、自私到了極點，著實有些羞愧，默然半晌方道：「世清，嫁出去的女兒，潑出去的水，總不能讓娘一直在我那裡吧？你是知道你姊夫脾氣的……」

溫子淩「哼」了一聲，道：「娘，就讓外祖母暫且住在咱家吧，免得回家禍害舅舅一家，爹那邊我去說。」

虞蘭其實是不想留王氏住下的，可是兒子已經說出口，只得閉上嘴。

虞世清嘆了口氣，道：「七姊，不是說過些日子要給姊夫過生日擺酒嗎？那日我去把咱娘接回家。」

聽了弟弟的話，虞蘭臉上閃過一絲不自在，卻也沒話說了。她還要去南陽城辦事，因此不肯留下用午飯，帶著溫子淩和溫歡離開了。

虞世清立在學堂外面，目送溫家的馬車消失在林蔭道的盡頭，心裡總算鬆快了一些。不管怎麼說，母親不會立即回家了。

經歷了王氏夥同虞冬梅要賣掉青芷這件事，他實在不知道該怎樣面對自己這個親娘？

青芷中午過來送飯。

用罷午飯，鍾佳霖拿了兩頂寬簷草帽，一頂遞給青芷，自己也戴了一頂。

兩人先去後院的玫瑰田薅草，一起把薅下來的野草都拾掇出來，扔在田埂上。收拾完野草，兩個人洗了手，坐在梧桐樹下歇息乘涼。

這會兒沒有風，即使樹蔭下也不算涼快，青芷一邊拭汗，一邊道：「家裡還有別人給的西瓜，傍晚我給你送來一個，在井裡浸一會兒再吃，又甜、又沙、又涼。」

鍾佳霖把手裡的白綾帕子疊得方方正正，才道：「昨日妳在雷家的事情，我已經知道了。」

青芷一向堅強，昨日那樣委屈，卻一滴淚都沒掉，此時不知為何，一聽到鍾佳霖這句「昨日妳在雷家的事情，我已經知道了」，鼻尖一陣酸澀，眼淚一下子落了下來，心裡滿是委屈。

鍾佳霖伸手握住她的手。青芷的手小小的、白白胖胖的，手背上有四個小坑，一看就是極有福氣的，可是長期做農活，小小年紀，手心卻磨了薄薄一層細繭。

他握緊青芷的手，低聲道：「王氏交給我來處理。」

青芷聞言愣住了，扭頭看向他。

鍾佳霖聲音低低的，語調篤定。「她若是再出手害妳，一定活不到年底。」

青芷知道十年後的他是有這種力量的，可是如今他才十三歲啊！

她不願鍾佳霖牽涉進來，含淚笑了。「可她若是死了，爹爹須得守孝三年……」

鍾佳霖把帕子放回袖袋裡，淡淡道：「那不死不活不就行了？」語氣平靜而冷酷，正是青芷熟悉的哥哥，令她似乎回到了前世有哥哥護著的日子，整顆心一下子暖和起來。

她盈盈一笑。

鍾佳霖也笑了，想了想，輕道：「七姑母和先生已經談妥，七姑父生日那日先生去吃酒，順便接王氏回來。」

可青芷並不在意。「回來就回來唄。」她含笑看向鍾佳霖。「我有哥哥呢，不怕她。」

鍾佳霖也笑了，學著蔡羽那樣伸手輕輕揪了揪她的丫髻，覺得涼涼的、滑滑的。他悄悄聞了聞，手上沾染了青芷髮上的玫瑰芬芳，煞是好聞。

傍晚的時候，青芷果真抱了個西瓜過來，裝在鍾佳霖用來裝魚的竹簍裡，浸在後院的水井。

今日的晚飯是韓氏和青芷一起送來的，一家四口在梧桐樹下用晚飯。菜色是清炒綠豆芽和涼拌黃瓜，湯是綠豆湯，另有一籃焦香酥脆的貼玉米餅。雖然素淡，可是一家人坐在一起，倒也其樂融融。

用罷晚飯，青芷和鍾佳霖收拾碗筷，又一起去了後面院子。

這會兒天色已經黑透，周圍靜悄悄的，小蟲子在草叢裡唧唧鳴叫。

鍾佳霖從井裡取出西瓜，一邊拿布巾擦拭西瓜上的水，一邊道：「青芷，月底若是要進城，我陪妳一起去。」

青芷蹲在地上看他擦西瓜，想到要吃到沙甜沁涼的西瓜，簡直是垂涎欲滴，答應了一聲，道：「哥哥，到時候咱們再去拜託舅舅，一起去白蘋洲看看，萬一還有人賣地呢？」

鍾佳霖切好了西瓜，用托盤端過去，眾人都吃了起來。

這西瓜確實不錯，沁涼沙甜，入口即化。但青芷一邊吃還一邊操著心。「瓜皮都別亂扔，等一會兒我把瓜皮收起來都送去餵雞。」

韓氏見女兒整日地忙，吃個瓜還停不住嘴，不由笑了，拿起一片西瓜遞給青芷。「真是愛操心，快吃瓜吧！」

虞世清和鍾佳霖也都笑了起來。

從學堂出來，溫子凌讓張允趕著馬車去了南陽城，直奔溫家常打交道的牙婆關嫂家。

馬車停穩之後，溫子凌讓榆錢陪溫歡在馬車裡等著，自己扶著母親進了關嫂家。

關嫂家是臨街的兩層門面，連院子都沒有，一掀門簾就進去了。

關嫂正陪著兒媳婦和兩個別人家要賣的丫鬟，坐在屋子裡做針線，見一個俊秀少年進來，先是一愣，接著就笑了，一邊起身，一邊道：「喲，原來是溫大郎。聽說大郎在溫涼河橋開了一個燒瓷器的窯，正發得一筆好財，怎麼有時間到老婆子這裡來？難道是想老婆子我了？」

那兩個丫鬟見溫子淩衣著豪奢長相俊秀，不免盯著看。

溫子淩痞痞一笑。「不是我想關嫂子，是我娘想妳了。」

他轉身扶了虞蘭進來。

關嫂吩咐媳婦沏茶，自己陪他們母子坐著說話。

送上茶來，關嫂在一邊察言觀色，見虞蘭吃了茶，才笑問道：「溫大戶如今是有名的財主，虞七娘也水漲船高，等閒不見人，哪陣風兒把您老人家吹來我家？」

虞蘭沈吟了一下。關嫂知道她是個沒主意的，便看向溫子淩。

溫子淩笑了，道：「我娘想買兩個機靈些的小丫鬟回家侍候，年紀太小了不行，太大了也不行，須得有幾分顏色。」

他剛才看了，屋子裡那兩個丫鬟姿色倒是夠，只是不知底細如何？

第二十四章

關嫂一聽，便知道溫家是想買能陪睡的丫鬟，便笑了起來，起身拉了屋子裡的兩個丫鬟過來。

「你們瞧瞧這兩個小大姊兒怎麼樣？」見溫子淩和虞蘭果真打量了，關嫂笑著繼續道：「她倆原在蔡家莊的蔡大戶家侍候蔡大奶奶，針黹女紅來得，字也識得，也能上灶，千伶百俐。高個子的叫玉露，矮個子的叫玉蓮，剛打發出來，在我這裡發賣。」

玉露和玉蓮見溫子淩這俊秀少年來相看，還以為正主是溫子淩，都頗為願意。

溫子淩有些尷尬，咳了聲，負手往後退了一步。

虞蘭定睛相看，見兩個丫鬟都是十六、七歲年紀，玉露是長條身材，瓜子面龐，身材苗條，腰若細柳，頗為清麗；玉蓮面如桃花雙目含水，風流外溢，小巧身材頗為豐滿玲瓏。

她有些舉棋不定，便道：「待我和大郎商量商量。」

關嫂何等機靈，當下就尋了個藉口，帶著兩個丫鬟出去了，讓虞蘭母子商議。

見門上的竹簾落下來，虞蘭才道：「這兩個瞧著有些水性，怕不是處女子了……」

溫子淩「嗤」了聲，冷笑道：「娘難道不知我爹愛好什麼？只有水性的女子才能留他在家吧，還管是不是處女子?!再說了，我爹也不是童男子啊！」

在大兒子這裡，虞蘭一向是沒主意的，因此雖然心裡不大喜歡玉露和玉蓮，卻也不再說什麼。

溫子淩原本要兌銀子了，忽然想起青芷說的那些混話，什麼髒病、什麼爛了的，忙讓張允去請了女醫細細檢查一番，確定無礙，才兌了六十兩銀子買下玉露和玉蓮，另雇了輛馬車，一起回了司徒鎮。

那玉露和玉蓮原是蔡大戶家的丫鬟，侍候蔡羽和蔡翎的母親荀氏，誰知這兩丫鬟和蔡大戶悄悄勾搭上。這且罷了，荀氏倒也能忍，只是前幾日玉露和玉蓮居然和吃醉了的蔡大戶在外書房效雙飛之樂，淫聲浪語，外面的人都聽得清清楚楚，有人便去報了荀氏。

荀氏怕這兩風流丫鬟帶壞兩個兒子，便大發了一頓脾氣，叫了關嫂過去，讓她把玉露和玉蓮帶走發賣。

傍晚時分，溫子淩一行人終於趕回了司徒鎮。

溫東得了消息，知道妻子、兒子去給他買侍候的丫鬟，早在書房裡等著，聽到家人回報說大娘子和大郎到家了，忙起身去迎接。

王氏在正房坐著，聽到外面吵鬧，也帶著姜秀珍站在二門那裡看。

一見到從後面馬車下來的玉露和玉蓮，溫東甚是滿意，臉上當下就帶出笑來，看向虞蘭。「太太，今日辛苦了，快進屋吃盞茶。」

虞蘭這兩年一直被溫東冷落，一說話就被搶白，哪裡得過這種熱情？心裡原本熨貼得很，可是一看到溫東的視線正盯在後面跟著的玉露和玉蓮身上，心裡又有些不得勁，板著臉直往前走。

溫歡乖覺，屈膝行了個禮，親親熱熱地叫了聲「爹爹」。

溫東一向重男輕女，眼裡只有溫子凌和溫子涼兩個兒子，因此只是點了點頭，又去看那兩個頗有幾分顏色的新丫鬟去了。

溫子凌直接道：「爹爹，我已經讓張允帶著人把東偏院那三間房拾掇好了，今晚就讓玉露和玉蓮住進去吧！」

溫東在兒子面前還是要臉的，當下板著臉道：「和你娘說一下，那屋子久不住人，須得讓人好好鋪排一番。」

「爹爹，這樣的小事，我去安排就行了。」

要是由他娘來安排，若是出了什麼事，他爹正好又拿他娘當出氣筒；由他來安排的話，爹爹縱使有不滿，也不會輕易發作。

溫東知道大兒子能幹懂事、做事妥當，便點點頭，道：「你外祖母跟著你娘住，我去不方便，你去陪她們吧，我去和你金四叔他們吃酒去。」

說罷，他徑直往外書房去了。

溫子凌先安排人拿了瓷器擺件去鋪排東偏院，這才去了正房。

他剛走到正院外面，便聽到正房裡傳來王氏的說話聲。

「……誰家主母敢把這麼年輕漂亮的丫鬟擺在屋裡？妳是不是傻了，銀子多得沒處花了？若是銀子多得沒處花，妳大姊、二姊、三姊、四姊和六姊日子那麼緊張，妳貼補她們去啊！」

玉露和玉蓮正在房裡，臉都紅了，訕訕地站在那裡。

王氏一看玉露和玉蓮這妖嬈模樣，心裡就有氣。「妳二姊家老三還未訂親，妳三姊家石林的親事也沒著落，不如把這兩丫鬟一家分一個，倒也乾淨。」

溫歡聞言，心中鄙夷至極，低著頭無聲冷笑。這王婆子狂慣了，還以為這是她自己家裡呢！豈不知溫家根本不是虞蘭作主。

虞蘭端坐在那裡，氣得說不出話來。她原本就有些鬱悶，如今又被自己這自私自利的娘說得一肚子氣。

恰在此時，溫子淩掀開簾子進了明間，淡淡道：「我家的銀子也不是大風颳來的，這兩個丫鬟的身家銀子一共六十兩，二姨母和三姨母若是想買，把銀子兌來，我自然一手交錢，一手交人。」

王氏正說得起勁，被溫子淩一頓搶白，頓時啞口無言，半晌方道：「我不過是說說罷了，大郎何必放在心上？」

溫子淩拱了拱手權當見禮，然後吩咐姜秀珍。「秀珍，我娘身子不爽，要歇息了，妳扶老太太回西廂房去吧！」

姜秀珍答了聲「是」，扶了王氏出去。

王氏在家裡稱王稱霸慣了，如今在溫家被外孫挾制，想回家又有短處在兒子手裡捏著，只得忍氣吞聲地回西廂房。

溫子淩又吩咐榆錢。「妳帶玉露和玉蓮回東偏院安置。」

溫歡知機，不待溫子淩開口，自己尋了個理由也出去了。

待房裡只剩下母子倆，溫子淩才推心置腹和虞蘭說道：「母親，玉蓮和玉露的身契在我手裡，喜歡的話就讓她們在房裡侍候，不喜歡的話，打發出去讓關嫂賣了，不用理會太多。」

虞蘭嘆了口氣道：「我都明白……就是心裡不好受……」

溫子淩端起茶盞飲了一口，放鬆地靠在椅背上。「我的娘親，是用兩個握在手裡的人讓我爹收心，還是讓外面的女人把我爹的魂勾走，總得選一個吧？」

虞蘭沒有說話。

溫子淩看向母親，眼神中帶著些體貼。「娘，放心，有我和子涼呢，我們會孝順您的。」

虞蘭點點頭，道：「對了，你也該說親了，你常在外面行走，有沒有看上的姑娘？」

溫子淩立刻起身道：「娘，我出去看看，別讓我爹喝得太醉。」

見自己一提婚事，大兒子就一溜煙地躥了，虞蘭不禁笑起來。「你這孩子……」

不過子淩今年才十四歲，還可以慢慢挑選兩年。

回到家裡，虞世清也不提去接王氏的事，虞家倒是難得的平靜。

韓氏忙著後面園子裡的農活，閒暇時間做做針線，繡出了不少荷包、香囊。

青芷白天要採摘玫瑰、榨取玫瑰油，晚上要抄書，也忙碌得很。

虞世清一邊讀書，準備後年秋天的鄉試；一邊教書育人，為學生後年二月參加縣試做準備。

這幾日，虞世清預備出一趟門。

他怕王氏回家後再出么蛾子，便預備在王氏回家前去一趟宛州城，看看自己的老師，宛州學正周信。

這日一大早，虞世清帶著蔡羽、鍾佳霖以及蔡翎，坐著蔡大戶家的馬車去宛州城見周信。

周信先前是南陽縣學的教授，虞世清是他的門生，彼此來往不絕；後來周信升任州學的學正，來往才少了些，虞世清打算把舊日關係都續起來。

周信剛去了一趟京城面聖，正春風得意，得知門生虞世清求見，當即命小廝請了進來。

虞世清帶著三個學生進了周府書房，發現書房裡除了周信，還有一個秀氣瘦弱的青年。

師生彼此見罷，周信指著那個甚是秀氣的青年介紹。「這是我堂弟周靈，如今來宛州辦事，暫時住在我這裡。」

一聽這位有些瘦弱的青年是周信的堂弟，虞世清忙拱手行禮。

周靈一直看著跟在虞世清身後的鍾佳霖，隨手回了禮，依舊沒什麼話，顯得頗為傲慢無禮。

虞世清也不計較，含笑向周信介紹跟著自己過來的三名弟子。

周信為人和藹可親，見是三位出眾少年，便一一詢問。得知蔡羽和蔡翎是蔡大戶的兒子，不禁笑了起來。「令尊蔡某倒是見過兩面。」

他在南陽縣的時候，曾陪著知縣見過蔡大戶，如今雖在宛州城，卻也聽說過蔡大戶的聲名，沒想到虞世清這個以老實端方出名的門生，倒收了蔡大戶的兒子做學生。

蔡羽知道自己爹爹的名聲，見周信笑了，以為他知道爹爹的風流，不免有些羞愧臉紅，心中沮喪。

他家一向是男主外、女主內，爹爹蔡振東在外忙生意，娘親荀氏在家管理家事。爹爹雖然有些懼內，可是在外卻是風流至極的，對於自己爹爹這個毛病，蔡羽十分看不上，卻也不便干涉。

待輪到了鍾佳霖，他上前一步，端端正正拱手行禮。「見過師祖。」

周信凝神打量著眼前這個清俊少年，總覺得有些面熟，一時卻想不起來在哪裡見過，不禁蹙眉道：「永善，你這弟子我似乎見過，很是面善……」

永善是虞世清的字。

周靈原本就在打量鍾佳霖，聞言也沈吟起來。

虞世清有些疑惑。「老師，佳霖原是江南人士，不過這些年一直在南陽。」

周信聽到「江南」二字，頓時想了起來，道：「我想起來了！永善，你這弟子有些像陛下的形容，陛下也是如此……清俊飄逸。」又看向周靈。「你當年曾在潛邸，你覺得像嗎？」

此時的周靈似乎心事重重，笑了笑，沒說話。

鍾佳霖黑泠泠的眼忽地越發幽深，試探著道：「師祖，聽說英親王是陛下的胞弟，英親王應該生得像陛下吧？」

周信說得興起，撚鬚道：「陛下生得像太后娘娘，像江南人士，眉目秀致；英親王更像先皇，鳳眼朱唇，是北方人的長相。」

他不久前覲見過清平帝，如今猶在興奮，無論別人說什麼，他都有法子轉到這個話題上去。

鍾佳霖垂下眼簾，濃長的睫毛撲了下來，顯得越發秀致。周信見了當即道：「不過英親王有一點和陛下很像，睫毛又長又濃！哈哈哈！」

但他很快轉了話題，看向虞世清。「永善，明日中午時，你帶著你的文卷過來，我帶你去見一個人。」

虞世清忙答應下來。

第二天上午，虞世清打著傘，帶著文卷去了周信府上。蔡羽和蔡翎兄弟也帶著小廝去了在州城的姨母家，一時只剩下鍾佳霖一個人。

鍾佳霖閒來無事，眼看著快到中午，便鎖上房門，也去外面逛了。

他好不容易出門一趟，打算先吃頓午飯，再去給青芷和師娘買個禮物。

細雨淅瀝，空氣濕漉漉的，青石板路也被雨打濕了，但雨勢實在小，街道上行人來來往往，打傘的人倒是不太多。

鍾佳霖走了沒多遠，就發現身後有人跟著，見前面是一家綢緞鋪子，他便閃身走了進去。

片刻之後，後面跟著的人走了過來，試探著往綢緞店裡看了看，誰知鍾佳霖突然從門扇後閃出，兩人四目相對。

那人吃了一驚，不由往後退了一步。

鍾佳霖微微一笑，拱手道：「原來是周先生。」

周靈臉色一白，看著鍾佳霖，思索片刻，才低聲道：「鍾公子，我有幾句話想問問。」

片刻後，鍾佳霖帶著周靈進了旁邊的胡記扯麵店，徑直上了二樓。

周靈一直沒怎麼說話，瞧著有些失魂落魄。

鍾佳霖先叫來跑堂的點了兩個小菜，又點了兩碗牛肉扯麵，待跑堂的離開，才看向坐在對面猶盯著自己發呆的周靈。「周先生，有什麼想問的，儘管問吧！」

周靈端起茶盞飲了一口，才道：「不知鍾公子是何方人氏？」

鍾佳霖含笑道：「我原是江南人，自幼失恃，繼母進門後便流落在外，後來在南陽縣入了籍。」

周靈看著他清俊的眉眼，有些不敢直視，垂下眼簾又問了一句。「鍾公子多大了？」

不對啊，應該是在北方才對，不可能落在江南……

鍾佳霖用茶盞洗了洗筷子，取出一方潔淨的白綾帕子，漫不經心地擦拭著筷子。「我今年十四歲了。」

只有青芷一口咬定他是十三歲，在旁人面前，他都自稱十四，在南陽縣衙入籍的時候，填的也是十四歲。

即使周靈去問虞先生，虞先生也會說他是十四歲。

周靈喃喃道：「十四歲……十四歲……」他看向鍾佳霖。「你確定自己是十四歲，不是十三歲？」

「我的確是十四，不會錯的。」鍾佳霖抬眼看向周靈。「周先生在找一個和我生得有些相似的十三歲少年嗎？」

周靈沒有回答，卻站了起來，掏出一錠銀子放在桌上。「這頓飯周某請了。」說罷，頭也不回轉身去了。

鍾佳霖走到窗前往下看，正好看到周靈一出麵店，立即有兩個青衣人迎上去，一個打著油紙傘為周靈遮雨，一個拿著玄色披風給周靈罩上，擁著他走了。

這時，跑堂的端著小菜和扯麵走了過來。「客官，麵來了。」

鍾佳霖把那碗麵吃了，拿起那個銀錠子看了看，另外拿了碎銀子會帳，握著那個銀錠子起身離去。

對面就是綢緞鋪子，他進了綢緞鋪子，用這錠銀子買了幾樣綾羅綢緞，交代夥計送到賀家客棧丙子號房，便繼續向東逛去了。

他剛離開綢緞鋪子，一個守在外面的青衣小廝就向著相反方向跑去。

宛州城周府的偏院裡，周靈正坐在廊下喝茶，聽罷青衣小廝的回稟，沈思片刻，啞聲道：「雖然生得像陛下，可是如此貪占便宜，又怎會是咱們要找的那個人……算了，不用跟了。」

第二十五章

家裡只剩下韓氏和青芷母女，日子過得簡單有序。

虞世清離開之後的第二天傍晚，青芷正和韓氏在後面院子採摘玫瑰花，忽然隱隱聽到前院有人敲門。

青芷和韓氏說了一聲便出去了。

如今家裡沒有男人，她不敢大意，先從門縫裡看了看，見是溫子凌，後面是張允趕著馬車，這才打開大門，笑盈盈地福了福。「子凌哥哥。」

溫子凌原本是從溫涼河橋那邊的瓷窯回家的，為了給她送東西，稍微繞了些路過來。

他打量了青芷，見她氣色甚好，便道：「舅母呢？我去給舅母行禮。」

青芷笑著引他往裡走。「我娘在後面園子做活呢，你先在院子裡坐下喝口茶，我去叫我娘。」

溫子凌笑了。「不用麻煩，我是來給妳送東西的，給舅母行罷禮就走。」

他招手叫了張允上前，從張允手裡接過一個桐木箱，放在石桌上，這才打開箱子讓青芷看。「妳上回交代我的瓶子和盒子，還有桐木匣子。」

青芷走上去，見箱子裡填滿了潔白細膩的刨花，木香四溢，很是好聞，而刨花中間整整齊齊地擺著兩排玉青瓷小瓶子和兩排玉青瓷小圓盒子。

她拿起一個小瓶子細看，發現胎質細膩，釉面色澤瑩潤，撫摸起來柔膩順滑，品質很好。瓶身上繪著一枝含苞待放的深紅玫瑰，左下角是一個簪花小楷的「芷」字。

青芷又拿了一個玉青瓷盒子，見盒蓋上繪著一朵盛放的深紅玫瑰，左下角也是一個「芷」字，滿意至極，正要說話，忽然心裡一動，抬頭看向溫子淩，滿是驚喜。「哥哥，你的玉青瓷真的燒成了？」

溫子淩此時再也繃不住了，一臉燦笑。「青芷，我請的燒窯師傅老徐果真是人才，玉青瓷還真給他燒出來了！青芷，以後哥哥發了財，給妳打赤金鳳穿牡丹簪子！」

青芷也為溫子淩開心，笑盈盈道：「哥哥，我祝你早日發大財，給我打赤金簪子。不過，這次的工費我得先給你。」她轉身就要去西廂房取銀子，卻被溫子淩拉住。

溫子淩給張允使了個眼色，待張允出去，他才道：「上次多謝妳提醒，要不然……」

青芷神情嚴肅起來。「司徒娟那邊怎樣了？」

溫子淩俊秀的臉頓時籠了一層陰霾。

他低頭踢了踢腳下的一片梧桐葉，低聲道：「我爹在南關買了個前後兩進的臨街房給她，又給她買了個丫鬟，讓她在裡面安心養胎。」

青芷微一沈吟，道：「如今要做的，就是讓新人絆住七姑父，不給司徒娟進門的機會。只要孩子生在外面，便永遠是私生子，司徒娟就只能是外室。」

溫子淩看著青芷，心情激盪。這個表妹明明才十二歲，還是個小姑娘，可是和她在一起總是很安心，即使滿腦子的事也能很快平靜下來；遇到難題，也能和她商議，她總能給出好建議，把一團亂麻的局面一一理清。

想到這裡，他凝神看向青芷，見她正在思索，不由笑了起來，柔聲道：「青芷，我是妳的哥哥，又沒有親妹子，妳就是我的親妹子，以後要做瓶子、盒子、匣子儘管和我說，我那裡燒窯師傅不少，木匠也有，不費什麼事。」

雖然有個庶妹溫歡，可是他從來沒有把溫歡當妹妹看。

青芷剛要說話，溫子淩伸手摁住她肩膀，笑道：「將來等我有了閨女，妳多幫我教養閨女就是了。」

……哥哥，你想得可真長遠啊！

她知道溫子淩的性情，根本不在乎這些小事，便不再堅持去拿銀子了。

反正以後的日子還長遠著呢，她自有機會回報。

青芷想起跟著王氏的姜秀珍，忙又交代溫子淩。「子淩哥哥，祖母帶著秀珍在你家，你幫我照看一下秀珍吧。你知道祖母她……」

溫子淩見她臉上帶著擔憂之色，便道：「我會交代一下的，妳放心。」

青芷得了這句話，為姜秀珍懸著的心總算放下了些。

在王氏眼裡，除了她老人家自己和喜歡的幾個女兒，其餘別的女人都不是人，活該被她踐踏利用。

談罷正事，溫子淩隨著青芷去給韓氏行禮。

韓氏哪裡受過這樣的禮遇？一時有些慌手慌腳，忙回了禮。「大郎太客氣了。」

溫子淩和韓氏寒暄了幾句便要告辭離去。

青芷送他到了前院，想起自己上次做的玫瑰香胰子和薄荷香胰子還有幾塊，便讓他等一等，自己進了西廂房。

她揀了兩塊玫瑰香胰子和兩塊薄荷香胰子，用一方白綾帕子裹了，拿出去遞給溫子淩。「子淩哥哥，這是我做的玫瑰香胰子和薄荷香胰子，送給你四塊。你自用也好，送人也好，只是不要讓祖母和七姑母她們知道是我做的。」

給銀子，溫子淩不肯要，她只能藉此來略表謝意了。

溫子淩接過來放到鼻端嗅了嗅，隔著白綾帕子也能聞到玫瑰的芬芳和薄荷的清涼，笑咪咪道：「我曉得，放心吧！」

快要走到大門口了，他忽然想起青芷說要給他做荷包，可是荷包到現在還沒蹤影。「青芷，一個月前妳許給我的荷包，如今在哪裡？」

她真的忘得乾乾淨淨……

面對尷尬，青芷最拿手的策略便是笑。她滿臉堆笑，誠懇異常。「子淩哥哥，六月底去你家吃酒的時候，我一定把荷包帶去！」

溫子淩慢悠悠地往外走，一邊走一邊道：「快做吧！等妳大了再給我做，就不大好了。」

咦？子淩哥哥這是什麼意思？

前世的溫子淩十六歲就去世了，在青芷的記憶裡，他永遠是純真的少年，意識不到溫子淩會長大、會成親、會生子……

接下來的幾日，青芷趁王氏不在家裡，沒人搗亂，一天到晚忙個不停，在母親的幫助下把後面園子裡的玫瑰花和學堂後院的玫瑰花都採了，蒸出了玫瑰油。

忙完這些，她們又把兩處的薄荷葉也採了，用石臼和細紗布濾了薄荷油。

待一切停當，青芷便開始做玫瑰香膏、玫瑰香胰子和薄荷香胰子。

韓氏前面還能幫忙，後面就幫不上了，便日日變著花樣給青芷做好吃的。短短幾日時間，青芷不但胖了，還高了些，瞧著眼睛盈盈，肌膚白裡透紅似透著光，出落得越發好了。

直到五月三十晚上，青芷終於忙完，笑盈盈拉著韓氏來看。「娘來看看。」

書案上，左邊是白瓷瓶子和白瓷盒子，右邊放著玉青色瓶子和玉色盒子。青芷興致勃勃地指給韓氏看。「娘，這些白瓷瓶子和盒子是涵香樓給我的，我只能賣給涵香樓。玉色盒子和瓶子是我在子淩哥哥的瓷窯訂的，不能賣給南陽城裡別的胭脂水粉鋪子，我自己賣倒是無礙的。」她又指著兩個桐木匣子。「娘，左邊匣子盛的是我做的玫瑰香胰子，右邊匣子是薄荷香胰子。」

韓氏看著琳琅滿目的瓶子、盒子和桐木匣子，眼睛笑得彎彎的。「這些銀子，青芷，妳都好好存起來，將來出嫁，都是妳的嫁妝。」

青芷並不認同母親的話，卻不反駁，笑嘻嘻答應了，小心地收起來，口中道：「爹爹和哥哥快要回來了，等哥哥回來，讓哥哥陪我進城去涵香樓送貨。」

夜漸漸深了，風不知不覺停了下來，外面卻淅淅瀝瀝下起了雨。

青芷放下筆，起身走到窗前往外看。

她算了下虞世清他們的行程，心中擔憂。「娘，這會兒爹爹和哥哥他們應該在回南陽的路上了，希望不會淋雨……」

韓氏想了想，道：「出門在外，白天走路，夜裡住店，應該不會淋雨。」

青芷在窗前站了一會兒，正要繼續抄書，卻聽到外面傳來一陣敲門聲。

在這潮濕清寂的雨夜，「咚咚咚」的敲門聲越發清晰，似乎就在耳邊響起一樣。

青芷和韓氏都有些怕，母女倆相視一看，見母親如此，青芷忙柔聲安撫道：「娘，咱家東隔壁雖然搬走了空著，可西隔壁還住著人家，不用擔心。」

見她要出去應門，韓氏忙道：「我隨妳一起去。」

韓氏拿了傘，青芷端了油燈，母女出了西廂房，打著傘往大門方向走去。

快到大門時，青芷清了清喉嚨。「誰呀？」

外面傳來鍾佳霖的聲音。「青芷，是我和先生。」

青芷聞言大喜，忙上前拔出門閂，開了大門。

韓氏也歡喜得很，緊跟著走了過去。

鍾佳霖揹著行李站在外面，在油燈晃動的光暈裡，他似乎瘦了些、高了些，也白了些，雖然是深夜，卻依舊神采奕奕。

青芷這才放下心來，探頭往他身後看。「爹爹呢？」

鍾佳霖側身讓青芷看。

蔡家的馬車停在大門外，馬車上掛著氣死風燈，燈光在雨霧中黃烘烘的，只照亮了那一小片地方。

蔡羽正扶著虞世清下來，道：「先生睡著了，我剛把先生叫醒。」

青芷輕輕推了韓氏上前。「娘，蔡大哥還要回家呢，您去扶著我爹吧！」

韓氏上前接過虞世清。

蔡羽拉了還在揉眼睛的蔡翎一把，兄弟倆一起向韓氏行禮。「見過師娘。」

韓氏靦覥一笑，道：「辛苦你們了。」

蔡羽忙客氣了幾句。

虞家三口和鍾佳霖目送馬車駛遠，這才拿了行李進去。

虞世清身子原本就弱，如今長途跋涉，更是疲憊不堪，話都懶得說了，直接由韓氏扶著回屋歇下，行李什麼都是鍾佳霖張羅的。

鍾佳霖將一切安排妥當，把一個長方包袱放在明間的方桌上。「青芷，這是我給妳和師娘帶回來的禮物。」

青芷聞言，滿心歡喜，也不推辭，乾脆道：「多謝哥哥。」

她知道哥哥最愛送她禮物，只要她開開心心地收下禮物，哥哥心裡就熨貼。

見青芷雙目晶瑩地看著自己，眼中是全然的信任，鍾佳霖覺得心裡暖洋洋的，靦覥一笑，道：「妳也快些睡吧，先生說了，明日學堂再停一天課，我陪妳進城去送貨。」

青芷看著他明顯清瘦了許多的模樣，心裡隱隱有些不捨，卻又不知道該如何表達？

「哥哥，你餓了吧？灶屋還有娘和好的綠豆麵、醃好的芝麻葉，我去給你下一碗芝麻葉綠豆麵，好不好？」

一直趕夜路，鍾佳霖其實早餓了，便道：「如果方便的話……」

青芷見他和自己這麼客氣，不由笑了，道：「哥哥，你幫我燒火去。」

灶屋裡什麼都是現成的，鍾佳霖燒鍋，青芷下麵，很快就煮好了一鍋綠豆芝麻葉麵。

青芷盛了一大一小兩碗，和鍾佳霖一起坐在灶屋門口吃麵。

趕了夜路回來，鍾佳霖又濕、又冷、又餓，一碗熱騰騰的麵令他整個人暖和起來。旁邊坐著青芷，聽著淅淅瀝瀝的雨聲，他從來沒有這樣舒適和放鬆過，只希望這樣的時光永遠不要有盡頭……

第二天，鍾佳霖雇了輛一匹馬拉的小馬車過來接青芷。

青芷把自己抄的書稿和要送到涵香樓的香油等物交給鍾佳霖，扶著他上了車。

待青芷坐穩，鍾佳霖也上了馬車，敲了敲車壁。「張三叔，出發吧！」

車夫揚起鞭子耍了個響亮的鞭花，隨著「啪」的一聲脆響，馬車緩緩向前駛出。

馬車搖搖晃晃，如同搖籃，青芷原本便疲憊得很，馬車剛出村子，她便倚著車壁睡著了。

梅溪書肆的董先生正立在廊下修剪一盆茂蘭，聽到聲響抬頭一看，只見鍾佳霖揹著虞青芷，手裡拎著書篋走過來，正艱難地登上臺階。

他忙放下竹剪，幾步走去接過鍾佳霖的書篋。「你也太慣你妹子了。」

鍾佳霖抿嘴一笑，輕輕道：「她太累了，讓她多睡一會兒也是好的。」

青芷睡得昏天黑地，等她醒來，發現自己正躺在一個屏風後的竹床上，不由嚇了一跳，忙坐起來打量四周。

鍾佳霖正在陪董先生說話，聽到聲響，起身去了屏風後。「青芷。」

青芷剛睡醒，見環境陌生，不由得呆住了，以為自己又回到前世的噩夢，被祖母給賣了，心怦怦直跳。此時見了鍾佳霖，她一下子放鬆下來，整個人撲入鍾佳霖懷裡哭起來。

「哥哥，我以為又被祖母賣了……」

前世即使錦衣玉食、地位尊貴，可是她依舊常常夢見自己被祖母賣掉，一覺醒來，身在煙花窟。

午夜夢迴驚坐起，她滿身冷汗，那種膽戰心驚始終刻印在心。只差一點，她就跌入萬丈深淵……

鍾佳霖發現她頭上臉上出了一層汗，身子微微顫抖，想著她作噩夢，忙伸手撫著青芷細瘦的背脊，柔聲安撫著。「青芷，有我呢，哥哥陪著妳，不怕，不怕啊……」

青芷埋在鍾佳霖胸前，聞著他身上清冽的氣息，整個人終於放鬆下來。

從梅溪書肆出來，鍾佳霖帶著青芷往涵香樓方向去。

到了涵香樓，一見是青芷，迎客的女夥計笑著迎出來。「虞姑娘，胡管事剛才還在念叨呢，說您該來了怎麼還沒來。」

「家裡有些事絆住了。」青芷含笑解釋，試探著問道：「我說初一來，一定會來的，只是胡管事這麼急著見我，是不是有什麼事？」

涵香樓的大堂裡客人多，那女夥計便引著青芷和鍾佳霖直接去了後面。

胡京娘似乎有什麼事，青芷和鍾佳霖坐下等了一會兒，她才急匆匆從後門走進來。

彼此見過禮，青芷把這次的貨拿出來。除了六瓶玫瑰香油和六盒玫瑰香膏外，她又拿了四瓶薄荷香油、十塊玫瑰香胰子和十塊薄荷香胰子，笑盈盈道：「這些香胰子和薄荷香油都是我新製的，胡管事您看看怎麼樣？」

胡京娘先驗收了六瓶玫瑰香油和六盒玫瑰香膏，才去看薄荷香油和那些香胰子。

都試了一遍之後，胡京娘含笑看向青芷。「虞姑娘的貨，品質是有保證的，只是不知道虞姑娘給我們的價格……」

青芷急著回去照顧虞世清，不欲過多糾纏，乾脆道：「我懶得討價還價，就乾脆些吧，這些薄荷香油的價格比玫瑰香油便宜，一瓶只要一兩銀子，香胰子一塊二錢銀子。」

胡京娘覺得價錢還算妥當，是自己能作主的範圍，便點點頭，道：「我們全收了吧！」她吩咐在一邊侍立的女夥計。「去外面把算盤拿進來。」

青芷談生意的時候，鍾佳霖坐在一邊等著，聞言便道：「一共二十六兩。」

縣試考算學，他這段時間一直自學算學，這樣的計算對他來說是小菜一碟，簡直不用動腦筋。

青芷心裡也算了出來，笑咪咪地看向鍾佳霖，心道：哥哥好聰明啊，剛學算學沒多久，計算數目就這麼快了！

胡京娘是做生意的人，更信任算盤，因此還是用算盤算了，結果和鍾佳霖說的一模一樣，當下笑了。「鍾小哥算得真快。」

鍾佳霖微微一笑。

胡京娘見這小哥生得好，為人靦，心裡很是喜歡，吩咐女夥計去找帳房取銀子之後，她又打量鍾佳霖一番，探問道：「鍾小哥今年多大了？」

鍾佳霖黑泠泠的眼睛瞅了青芷一眼，才道：「今年十四歲了。」

青芷知道他說的是虛歲，也不揭穿，兀自坐在那裡，等著即將到手的二十六兩銀子。

胡京娘眼睛一亮。「不知鍾小哥可曾有婚約？」

鍾佳霖笑得靦覥。「此事自有長輩主張。」

胡京娘見他如此，倒也不好再問下去，自言自語道：「我們老闆娘有個女兒，今年十三歲，生得如花似玉，千伶百俐，廚藝針黹都來得。老闆娘早備下豐厚嫁妝，其中便有城南竹林鎮的一百畝地，將來出嫁，老闆娘還要陪送兩個生得極好的丫鬟……」

鍾佳霖垂下眼簾，嘴角噙著笑不搭話。

青芷抿嘴望著他笑。

哥哥似乎很挑剔，前世做官之後，也曾有不少人上門說媒，哥哥都不曾答應。直到她去世，哥哥還不曾成親。

胡京娘說了一會兒，見鍾佳霖不搭話，以為他害羞，便把話說得更加露骨。「我們老闆娘說了，我家姑娘養得嬌，將來是要許個年貌相當的秀才的。」

鍾佳霖依舊只是笑。

胡京娘以為這小哥年紀小，沒聽懂，正要把話挑明，這時女夥計用盤子端著銀錠子進來了，她只好住嘴，數了五個五兩的銀錠子後，又拿了戥子稱了一兩碎銀子，湊夠二十六兩給了青芷。

青芷和鍾佳霖把銀子裝進書篋裡，依舊由鍾佳霖揹著，告辭離去。

這會兒身上帶著這麼一大筆銀子，兩人都不敢大意，先去了離這裡不遠的韓成鋪子裡，打算蹭韓成的馬車一起回家。

韓成的生意越來越好，為了做生意方便，他如今按月包了輛馬車接送。

此時，他正指揮兩個夥計整理碼頭新來的江南綢緞，見青芷來了，忙笑道：「你們要回家嗎？略等我一會兒，我送你們回去。」

青芷笑咪咪道：「舅舅，先讓馬車送你回家，然後再送我們吧！」

坐在車上，路上閒來無事，韓成和青芷、鍾佳霖閒聊家常，她乘機求韓成。「舅舅，我又掙了些銀子，還想買白蘋洲的地，你和上次那個買賣土地的張經紀說一聲，若有人要賣，記得打聲招呼。」

韓成見她小小年紀卻如此能幹，心中又是歡喜、又是淒涼，伸手摸了摸青芷的腦袋。「妳娘沒兒子，妳祖母又……以後妳娘就指望你了。」

可憐他二姊這輩子幾乎沒享過福……

青芷笑咪咪道：「舅舅，您放心吧，以後我養活我娘。」

鍾佳霖坐在對面，見她眼神亮晶晶的，眼珠子似寶石一般，可愛得很，不由也笑了。

溫東終於無法忍受岳母王氏了，派人把王氏和姜秀珍送到虞櫻梨家裡。

王氏在虞櫻梨家住到七月，才回了蔡家莊，卻不承想這期間，姜秀珍竟然和虞櫻梨的獨生子賈中玉有了情意。

這日傍晚，王氏午睡起來，喝了杯茶，心裡卻越發蠢蠢欲動，身子裡熱烘烘的，難受極了，想到蔡春和那肌肉賁發的臂膀和精瘦有力的腰身，有些受不了了，便起身去了院子裡。

韓氏正在梧桐樹下做針線，見王氏過來，忙放下針線活起身。

王氏隨意地擺了擺手。「妳忙妳的吧，我在院子裡轉一轉。」

韓氏繼續做活。

婆婆很少對她這麼和顏悅色，她可不敢多話，以免惹得婆婆不高興。

王氏在院子裡轉了幾圈，趁不注意時薅了三棵野青艾，拿在手裡搖晃著，慢悠悠出了大門。

這會兒路上沒有人，只有幾個婦人在對面河邊洗衣，倒也熱鬧。

王氏眼睛盯著河邊的人，手卻伸到大門西側，飛快地把那三棵青艾扔在大門靠牆的地上。

做完這些，她仰首看著牆頭上垂下來的黃瓜藤蔓，細細挑選一番，選了根最大、最粗、最完美的黃瓜摘下來，用手搓了搓，站在門口一邊吃，一邊張望著。

恰在此時，蔡春和提著個油紙包從東邊過來了。

見到王氏，他有些吃驚，抬眼從洞開的虞家大門看進去，一眼便看到了坐在院子裡做針線的韓氏，心裡不禁一陣作癢。

他瞇著眼睛看向王氏。

王氏的心怦怦直跳，眼巴巴地看著蔡春和，嘴裡的黃瓜都忘記嚼了。

蔡春和的視線從她身上移到她腳下。

看到地上那三棵青艾，他意味深長地笑了笑，朝王氏拱拱手，揚長去了。

王氏一直把黃瓜吃完，才抿了抿鬢髮，施施然地進了大門。

一進大門，她就大聲吩咐姜秀珍和青芷燒水，她要洗澡。

第二十六章

王氏在臥室裡洗澡，韓氏在院子裡做針線。

青芷難得清閒，想起東鄰的宅子已經空了好久，那家門外有一叢月季花怕也沒人澆水了，便端了一盆水出去把月季花的根部澆了個透。

澆完水，她正要探身掐一朵月季花回去插瓶，忽然聽到身後傳來一陣急促的腳步聲，回頭看過去，見表哥賈中玉滿頭大汗地過來，便笑著迎上去。「中玉表哥，你怎麼來了？」

賈中玉用衣袖擦了擦汗。「外祖母之前走得急，我和爹爹去蒲山鎮了，沒趕上送外祖母，這不是過來給外祖母送些從蒲山鎮帶回來的核桃嗎？」

青芷心裡奇怪，面上卻沒有顯露出來，引著賈中玉進去了。

姜秀珍在給王氏搓背，聽到聲音從屋裡走了出來，雙手濕漉漉的，衣袖捲了起來，呆呆地站在堂屋門口看著賈中玉。「你……大郎，你來了。」

青芷一直觀察著賈中玉和姜秀珍，見狀便道：「中玉表哥，外祖母正在洗澡，你先在院子裡坐下吧！」

韓氏笑著招呼道：「我去給你燒茶。」

賈中玉似乎有點失魂落魄，答應了，在梧桐樹下的椅子上坐下來。

見韓氏去了灶屋，青芷也跟著進去了。

進了灶屋，她往外看了一眼，發現姜秀珍慢慢走到樹蔭下，和賈中玉低聲說話。

王氏洗罷澡出來，見外孫來了，還算熱情，但一個勁兒地催韓氏和青芷。「天快黑了，快去做晚飯，早些做，好讓中玉吃了回家。」

青芷聞言看向王氏。外孫好不容易來一趟，就這麼急著趕外孫走，這可不對勁啊！五姑母是幾個姑母中比較可靠和孝順的，祖母又不傻，怎麼會這樣待五姑母唯一的兒子？這其中一定有什麼貓膩！

想到這裡，她低聲交代韓氏。「娘，晚飯別做那麼快，能拖延就儘量拖延。」

韓氏不明白女兒話中之意，不過她信任女兒，便答應下來。

在韓氏和青芷的有意拖延下，一直到了天色黑透，晚飯才做好。

王氏氣得牙癢癢，當著外孫的面又不便發作，只得勉強忍耐著，一迭連聲地催促道：「快些擺飯，讓中玉吃了趕緊回家。」

賈中玉坐在堂屋內，就著油燈昏黃的光悄悄看著正在擺飯的姜秀珍，發現她眉頭蹙著，彷彿很憂愁的模樣，心裡也有些急。不管怎麼說，今晚先和秀珍談好，明日回去和爹娘談，務必要爹娘同意自己娶秀珍！

做完飯，青芷打了個燈籠，跟著韓氏去學堂送飯去了。

過幾日宛州周學正要親臨南陽縣，知縣祁大人令各村學堂務必選出最優秀的童生到縣城參加考試，其中前二十名有資格隨著祁知縣和縣裡的胡教諭去見周大人。

蔡家莊的里正蔡大戶和虞世清對此都很重視，從今日開始，虞世清每晚都要給參加考試的蔡羽、鍾佳霖和李真再講半個時辰。

出了學堂，韓氏和青芷又去荀家坐了一會兒。

韓氏和荀紅玉的娘坐在葡萄架下聊天，青芷同荀紅玉坐在一邊嘀嘀咕咕說閒話，敲定了後日早上一起採摘芝麻葉之後，才和韓氏一起離開。

青芷打著燈籠，韓氏提著食盒，母女放鬆地慢慢走著。

此時夜風吹拂，涼爽得很，她們沿著大路往西走，一路遇到不少提著燈籠抓知了猴的村人，彼此打招呼，倒也親切。

走到自家大門外，青芷打著燈籠，一眼便看到了大門西側扔著幾棵青艾，心裡一動，上前用燈籠照了照，發現的確是三棵青艾，葉子已經有些蔫了。

她用腳踢了踢地卜的青艾，腦海裡浮現出前些日子那一幕。次蔡春和夜裡過來，傍晚時這個地方也扔著青艾……

難道這是祖母和蔡春和約定的信號？

此時，賈中玉還沒走，在堂屋裡同王氏纏磨。「……外祖母、親姥姥，我真的很喜歡秀珍，我要娶她做娘子，您就把她嫁給我吧！她的身價銀子我明日就回去湊。」

王氏板著臉道：「我用慣了秀珍，不能給你。再說了，你是好人家的孩子，怎麼能娶一個奴婢？太晚了，你趕緊回家吧！」

如今有了秀珍，她才有了秀才母親的體面，才不會把她給人呢！

而且她也知道女兒們的性子，老五是絕對捨不得出秀珍的銀子的，也不一定出得起，因此她就算把秀珍給了賈中玉，老五兩口子也會賴帳。

對於自己不喜歡的女兒，王氏總是理智得很。

姜秀珍原本在外面悄悄聽著，見青芷回來了，悄悄出了堂屋去找青芷。

她把青芷拉到角落處的陰影裡，跪在地上，雙眼含淚哀求道：「大姑娘，求您想個法子讓中玉大哥留下住一夜吧！我有事要和他商量。」

王氏防得太緊了，今日賈中玉來了這麼長時間，始終沒有好好說話的機會。她和賈中玉已經有了肌膚之親，萬一有了身孕，那可怎麼辦？一定得早些和賈中玉商議。

青芷吃了一驚，忙道：「到底是怎麼回事？」

姜秀珍如今要求著她，也知道她實在太聰慧，這件事也瞞不住她，便忍住羞意，把自己和賈中玉的事一五一十說了。

得知姜秀珍和賈中玉已經有了肌膚之親，青芷頓時愣住了。

片刻後，青芷扶起姜秀珍，開口問道：「妳有沒有……懷孕？」

她前世就覺得奇怪，也許是自己體質的緣故，她無論如何都不會有孕，可是王妃進門後，安排侍妾、丫鬟去伺候趙瑜，這些丫鬟、侍妾不過偶爾與趙瑜有了一夕之歡，居然好幾位懷孕了。這事就成了王妃的籌碼——一個不孕的側妃，在王府有什麼存在的價值？

因此青芷總覺得男女只要在一起，總是很容易就懷上身孕。

姜秀珍聞言，臉上熱辣辣的，輕輕道：「哪裡有這麼快……」

她握緊青芷的手，眼淚止不住地流。「大姑娘，求您幫幫我和中玉哥吧，老太太不肯把我給中玉哥，中玉哥已經求了一晚上……」

想到要和賈中玉分開，姜秀珍心裡難受極了，眼淚一直往外湧。

青芷最看不得女孩子流淚，便低聲問。「妳喜歡中玉表哥？」

姜秀珍含著淚連連點頭。「大姑娘，我喜歡他，很喜歡他！」

正是因為喜歡，她才會把自己的身子給了賈中玉……

雖然前世久經磨難，可是青芷內心深處始終有一片柔軟之處，她希望有情人終成眷屬，希望善良的人都有好報，希望壞人得到懲罰。

思索片刻後，她湊近姜秀珍，低聲交代了幾句。

姜秀珍感激極了，連連點頭。

賈中玉又求了好一陣子，見王氏始終不為所動，便哀求道：「外祖母，今日都這麼晚了，您就別趕我走了。」

王氏卻堅持讓賈中玉回家。「家裡地方狹窄，你如今又大了，實在是住不下。」

恰在此時，堂屋的竹簾從外面掀了起來，青芷走進去，笑道：「祖母，您不用擔心中玉表哥沒地方住，學堂晚上能住人的，讓中玉表哥晚上在學堂住一夜吧！畢竟這麼晚了，中玉表哥若是走夜路，五姑母一定會擔心的。」

賈中玉是個機靈鬼，當即順著竿子往上爬。「對啊，外祖母，我爹娘只有我一個，我若是走夜路有個三長兩短，我娘一定會傷心死的。」

既然青芷都這麼說了，王氏也不好再逼著賈中玉走了，便道：「既然如此，今夜你就先去學堂湊合一夜吧，明日一早趕緊回家。」
賈中玉眼睛亮晶晶地看著青芷，滿口答應了。
青芷略略一想，笑盈盈問王氏。「祖母，我已經和紅玉商議好了，後日早上去採摘她家的芝麻葉。您喜歡吃嫩些的芝麻葉，還是喜歡吃老些的芝麻葉？」
王氏沈吟了一下，道：「別人喜歡吃嫩的，我倒是覺得老芝麻葉更香一些。」
青芷藉此拖住了王氏，給姜秀珍使了個眼色，示意她送賈中玉出去，好讓她告訴賈中玉自己的計劃。
姜秀珍見狀，忙送賈中玉出去了。

虞世清把外甥安置在學堂屏風後的木榻上，又交代鍾佳霖照顧他，一切妥當後，這才慢慢往家走去。
臨睡前，王氏尋了個由頭，把姜秀珍罵了一頓，趕了出去。
青芷正在抄書，見姜秀珍孤零零站在堂屋門口，瞧著可憐，忙放下筆出去，悄悄拉了她過去，低聲道：「今晚先睡我這屋吧！」
姜秀珍點點頭，又往堂屋看了一眼，才隨著青芷往西廂房去了。
但青芷有些不習慣床上多一個人，整晚翻來覆去；而姜秀珍心裡有事，也無睡意，便輕輕問青芷。「大姑娘，您的法子不知道有沒有用……萬一老太太不肯呢？」
「不肯咱們再想別的法子唄！一次不行就試兩次，兩次不行就試三次，反正按照老太太的性子，親孫女她都要賣，妳在她手裡，早晚會被賣到那見不得人的地方去。」她翻成仰躺，閉著眼睛道：「妳不爭的話，一定是最壞的結果，還不如爭一爭呢，到時候和中玉表哥和和美美過日子。」

姜秀珍這段時間侍候王氏，對王氏的自私自利可是看得清清楚楚，想到自己將來的結局，不禁打了個寒噤，喃喃道：「嗯，我一定要爭一爭……」

過了一會兒，耳畔傳來青芷均勻的呼吸聲——她睡著了。

姜秀珍不敢睡，躺在那裡，聽著青芷的呼吸聲，覺得有青芷真好，青芷似乎永遠都不怕事，遇到事情就會有主意，而且一直很堅強……

王氏朦朦朧朧睡了一陣子，忽然聽到房後傳來「咚」的一聲悶響，一下子醒了過來。

她來不及穿鞋就跑到後窗，飛快地拔出窗閂，推開窗子。

一道黑影從牆邊陰影裡走出來，徑直走到後窗前，正是蔡春和。

王氏撲了上去，一把親了蔡春和，過了半日，才依依不捨地放開他。

蔡春和低笑道：「老淫婦，閃一邊，讓我跳進去再說。」

王氏忙閃到一邊，待蔡春和跳進來，她才過來合上窗子，插上門閂。

姜秀珍裹緊穿在身上的褙子，孤零零地站在王氏臥房外面的陰影裡。

臥房裡此時熱鬧得很，床板「吱呀吱呀」一直響，王氏哼哼唧唧的聲音，時快時慢時低時高。

姜秀珍心情複雜地站在那裡，只覺得夏夜冷得可怕。
正在這時，她聽到外面傳來一聲鵪鴣鳴叫，不由豎起耳朵。
片刻之後，鵪鴣又連叫了兩聲——這正是她和賈中玉約好的信號——她頓時得救一般，躡手躡腳往大門那邊去了。
賈中玉閃身進來，低聲道：「讓我夜裡來，到底要做什麼？」
姜秀珍一邊掩上門，一邊道：「老太太有個相好，如今正在臥室裡幹著好事。」
賈中玉「啊」了一聲，愣在那裡，半晌方道：「開什麼玩笑……外祖母不是那樣的人……」
姜秀珍急急道：「你若不信，我帶你聽聽去。」
她急著帶賈中玉過去，沒把門閂插上，虛掩著門就往堂屋方向去了。
大門東側的陰影中立著一個瘦瘦的少年，正是鍾佳霖。
賈中玉夜間起來，鬼鬼祟祟地出去了，鍾佳霖擔心他對青芷有什麼危害，便悄悄跟過來。
因此姜秀珍和賈中玉的對話他聽得清清楚楚，卻不急著進去，而是繼續立在那叢月季藤蔓的陰影裡，注意裡面的動靜。夜裡實在太靜了，裡面稍微大一些的動靜，外面也聽得清清楚楚。
賈中玉長得高壯，心思卻細膩，怕驚動西廂房的舅舅一家三口，就牽著姜秀珍的手，躡手躡腳從灶屋和儲藏室門口經過，往正房去了。

此時，臥室裡疾風暴雨戰得正酣，隨著一聲壓抑的叫聲，一切終於平靜下來。

賈中玉覺得自己是在作夢。

他已經明白了青芷的用意——她是讓他當場捉姦，逼著王氏答應把秀珍給他！

可是，這畢竟是他的外祖母啊！賈中玉覺得荒謬極了。

而這時候，屋子裡的野鴛鴦開始絮絮說了起來。

蔡春和舒適地躺在床上，抬腳懶洋洋地踢了王氏一下。「老淫婦，眼看著該秋收了，收罷就要種麥子和油菜，家裡湊不齊種子錢，妳先給我三、五兩銀子用用吧！」

王氏聲音裡帶著一股媚意。「想要老娘的銀子，你還得再出一次力……」

蔡春和低笑起來。「老淫婦，妳若是能讓它起來，我全都給妳……」

屋子裡靜了一會兒，蔡春和又道：「老淫婦，想不想和我長久好下去？若是想的話，讓我睡一睡妳那兒媳婦韓氏，我包准和妳長長久久。」

賈中玉實在聽不下去了，當下便解下腰帶，把正房堂屋門從外面綁住，低聲交代姜秀珍。「妳在這門前守著，我去後窗那裡。」

姜秀珍答應了，看著他身子矯捷地繞到西邊往後院去了。

房內的王氏剛騎了上去，卻聽到後窗處傳來「咚咚咚」的敲窗聲，一下子愣在那裡，一動也不敢動，顫聲道：「誰？」

「是我，外祖母。」窗外傳來賈中玉的聲音。「外祖母，我擔心家裡招了賊，過來看看。外祖母，您沒事吧？」

王氏在黑暗中看著身下的蔡春和，顫聲道：「我……我沒事，你……你快回去睡吧！」

賈中玉不緊不慢地道：「哦，沒事啊！既然沒事，那祖母就把秀珍給我吧！」

王氏這下子全明白了，自己這個外孫是來捉姦以要脅自己的！她聲音顫抖，急急道：「好，我給你，你快走吧！」

賈中玉的聲音繼續傳來。「既然如此，我現在就帶她走。」

王氏這會兒掐死賈中玉的心思都有了，一想到姜秀珍還值幾兩銀子，不免有些遲疑。

賈中玉等了等，沒等到回音，便道：「外祖母屋子裡是不是進賊了？不如我大喊一聲，讓街坊鄰居來幫忙捉賊吧！」

王氏還在猶豫，蔡春和有些急了，當下往王氏胸前用力捶了一拳。他也是蔡家莊響噹噹的一條漢子，若是被人知道他跟一個五十多歲的老寡婦相好，實在太丟人了！

王氏吃痛，忙道：「好好好！我答應你，你帶著那小蹄子走吧！」

賈中玉又道：「那我娘若是問您老人家，您老人家可得說實話，就說是您作主，把秀珍嫁給我的。」

王氏又氣又急，當即道：「好，我答應了！你快走吧！」

賈中玉心眼多，臨走前又加了一句。「以後春和叔到我家給他家的驢釘掌，我給他算便宜些。」

說罷，他起身離開了。

屋內的王氏和蔡春和聽了這句話，心裡都有些發冷。賈中玉這是抓住了他們的把柄，威脅他們啊！

拂曉時分，整個村莊都籠罩在灰藍色的濃霧中，雞叫聲此起彼伏，響個不停。

鍾佳霖站在那裡，目送賈中玉牽著姜秀珍的手一路急急往西去了，很快便消失在濃霧中。

他剛打算著怎麼把大門閂上，便聽到一陣腳步聲由遠而近，接著大門就從裡面開了一條縫，一個漢子從裡面出來，張望了一番，然後也往西去了。

鍾佳霖認出是虞家的佃戶蔡春和，抬眼看向虛掩的門，心道：原來王氏居然和年輕佃戶好上了……青芷應該早知道了，所以給賈中玉和姜秀珍出了這個主意。

到了此時，他知道王氏的小情郎離開了，王氏一定會來關大門，便繼續把身子隱在藤蔓中。

果真過沒多久，又傳來一陣腳步聲，接著大門就閂上了。

鍾佳霖這才悄悄離開。

像往常一樣，韓氏和虞世清早早起了床。

韓氏去灶屋做早飯，虞世清則拿了書坐在院子裡默默誦讀。

待早飯好了，虞世清見王氏還沒起來，心中擔憂，便過去隔著窗子給王氏請安，請王氏起來用早飯。

王氏鼻子有些塞，口氣頗為不善，冷冷道：「我太累了，想睡一會兒，不用叫我了。」

虞世清還以為母親還在生自己的氣，心中也不好受，早飯沒怎麼吃就去學堂了。

韓氏聽到青芷屋裡的動靜，想著青芷和姜秀珍已經起來了，便掀開門簾進去，誰知只有青芷坐在床上，隨口問道：「怎麼只有妳自己？秀珍呢？」

青芷搖搖頭。「我也不知道啊。」

韓氏出去裡裡外外找了一圈，沒找到姜秀珍，心中擔心，忙去稟報王氏。

王氏沒好氣道：「中玉看上秀珍了，我疼外孫，就把秀珍給中玉了。怎麼，妳不同意？」

韓氏哪裡敢不同意？囁嚅了兩句就離開了。

回到西廂房，韓氏才敢露出一絲笑意來。

不管秀珍自己心裡怎麼想，她畢竟是王氏給虞世清買來預備做妾的，秀珍一直在家裡待著，韓氏還是有些擔心的。如今秀珍被王氏給了賈中玉，是不是意味著以後秀珍就和虞世清沒關係了？

青芷正在穿衣，見韓氏過來，眉眼都是笑意，心裡明白，卻依舊裝糊塗。「娘，我剛才聽到祖母嚷嚷著把秀珍給中玉表哥了，究竟是真的還是假的？」

韓氏笑著拿了桃木梳給她梳頭。「自然是真的，中玉已經帶著秀珍走了。」

青芷笑嘻嘻地拍手。「啊，真好！五姑母那麼疼愛中玉表哥，說不得過幾日就要有喜酒吃了。」

韓氏也笑了起來。

第二十七章

這日，青芷正在院子裡和韓氏說話，外面忽然傳來敲門聲。

她去開門，見是韓成的車夫許三，忙道：「許三叔，是舅舅讓你過來的？」

韓成這幾年生意越做越好，攤子越鋪越大，為了做生意方便，他如今按月包了輛馬車接送。車夫許三既是趕馬車，還住在鋪子裡值夜，倒也便宜。

許三笑著指了指身後的馬車。青芷一看，見表弟韓昭玉正扶著舅母葛氏下來，忙笑著迎上去。

葛氏忙對青芷道：「我去城裡看妳舅舅回來，妳舅舅讓我給妳捎個信，說明日中午買賣土地的張經紀在鋪子裡。」

青芷聞言，眼睛頓時亮了起來。難道白蘋洲又有人要賣地了？

這時，韓氏也迎了出來，見是弟妹葛氏和姪子韓昭玉，自然歡喜，當下就要讓母子倆進院子裡坐。

葛氏笑道：「姊姊，妳家的事我們都知道，妳的心意我領了，下次等姊姊回娘家，咱們再好好聚聚吧！」

她知道韓氏不當家，擔心自己帶著昭玉過去，王氏又要尋釁鬧事，因此才這樣說。

韓氏聽了，眼圈頓時紅了。

葛氏忙吩咐韓昭玉。「昭玉，還不把你爹給你二姑母的東西拿出來。」

韓氏見四周沒人，便從荷包裡掏出一塊碎銀子塞給韓昭玉。「昭玉，拿去買糖吃。」一直以來都是弟弟和弟妹兩口子接濟她和青芷，如今她自己也能掙些錢了，自然要給姪子零花錢。

韓昭玉接過碎銀子，笑嘻嘻地學大人模樣拱手作揖。「多謝二姑母。」

葛氏笑道：「多謝二姊。」又道：「包袱裡是新到的松江闊機尖素白綾，是客人買了後剪剩下的，輕軟透氣，做中衣穿是最好的。」

韓氏忙道了謝。

葛氏又吩咐許三。「把我給二姑奶奶送來的兩個西瓜拿出來，抱到院子裡去。」

許三答應了一聲，很快就從車上搬下兩個大西瓜，送到院子裡去了。

青芷和韓氏都捨不得葛氏，站在門口又說了會兒話。

葛氏說起今日進城的事，眼中全是笑。

青芷看在眼裡，便笑道：「舅母有空了就去城裡陪舅舅吧，如今鋪子裡的生意越來越好，舅舅那麼忙，總得有人照料他的生活。」

葛氏想了想，道：「可妳外祖母……」

青芷裝作沒聽到，繼續道：「我上次進城去舅舅那裡，恍惚間聽夥計說西邊有個鋪子的老闆，背著老闆娘在燕子胡同養了個賣唱的，還生了女兒。」

聞言，葛氏當即道：「青芷，妳說得對，我自然要好好照料妳舅舅的生活。」

青芷笑了起來，大眼睛彎成了月牙狀，可愛極了。

葛氏實在喜歡這個外甥女，見她依舊用絲帶紮頭髮，便從髮髻上拔下一對白銀梨花對釵，分別簪在青芷的丫髻上，笑咪咪道：「這才更像個大姑娘了。」

韓氏忙道：「弟妹，這怎麼好意思——」

葛氏做人十分大方，擺擺手道：「我沒有女兒，把外甥女當親閨女疼愛，二姊別放在心上。」

青芷笑盈盈地屈膝。「謝謝舅母。」

中午，她趁著往學堂送飯，悄悄把鍾佳霖叫到後面園子的竹林邊，和他商議明日進城見張經紀的事。

鍾佳霖當即道：「我陪妳去吧！」

青芷一個小女孩，他一向不放心她自己進城。

青芷心中歡喜，口中卻依舊道：「你過幾日不是要去縣學考試，不需要抓緊時間好好讀書嗎？」

鍾佳霖伸手揉了揉青芷的腦袋。「沒關係，我已經準備好了。」

她想了想，道：「那咱倆還是像以前一樣，拿抄好的書先去梅溪書肆，然後再去舅舅那裡。」

她和鍾佳霖三日前尋了機會進城，已經去過涵香樓送香油香膏等貨物了，因此不必再去涵香樓。

鍾佳霖點點頭。「我晚上就和先生說，明日早上還是我去接妳。」

隔天早上，兄妹倆一起坐馬車進城。

韓成正和松江那邊來的客商算帳，見青芷和鍾佳霖來了，忙道：「我如今正忙著，你們先去後院歇歇吧！」

青芷見舅舅忙得腳打後腦勺，便答應了，和鍾佳霖一起去了後院。

韓成的這個後院小小的，花木卻繁多，很是雅致，青芷和鍾佳霖一一看過，這才去了堂屋坐下。

兄妹倆剛坐下，新雇的小夥計就用托盤端著清茶和兩盤點心進來了。

青芷見裝點心的碟子甚是潔淨，點心也精緻，便拿來嚐了一下，發現是板栗餅，又甜又糯，便笑著拿了一個遞給鍾佳霖。「哥哥，這是板栗餅，我記得你愛吃。」

鍾佳霖接過板栗餅，咬了一口，慢慢品嚐著。

他記得自己從來未在青芷面前表現出對板栗餅的喜愛……

青芷吃完一個板栗餅，又拿了另一個碟子的點心嚐了嚐，發現是紅豆餅，甜蜜酥軟，便遞了一個給鍾佳霖，自己才吃了起來。

約莫等了一盞茶工夫，韓成急匆匆地走進來。「青芷，張經紀昨日來尋我，說白蘋洲村子裡有人要跟著兒子去京城居住，想賣掉白蘋洲的地，因我提前交代過他了，所以先來通知我。」

青芷想了想，道：「舅舅，張經紀有沒有說這塊地的位置？」

「張經紀說了，不過我忘了，讓我先想想……」韓成想了一會兒，道：「我想起來了，就在三棵樹和蘆葦蕩之間，大約有五畝地。」

青芷看向韓成。「舅舅，您要不要買？咱們可以一起買下來。」

韓成笑了，道：「青芷，我剛把西邊的鋪子盤下來，又請了兩個夥計，哪裡還有餘力買地？我還是喜歡做生意。這樣吧，這塊地妳若是看上就先買了，等白蘋洲那邊再有合適的，等我有了閒錢再買也不遲。」

青芷見勸不動舅舅，便道：「舅舅，既然您忙，那我和哥哥自己去白蘋洲村子找張經紀吧！」

「你們兩個小孩子去，我哪裡放心？且等我片刻，我出去交代一下，然後帶你們過去。」

他出去之後，青芷把今日帶來的銀兩從書篋裡拿出來。

這些日子她總共攢了三十兩八錢五分銀子，預備把這些銀子分成三部分，其中一部分用來繼續在白蘋洲買地，一部分做自己的生意本錢，另一部分則攢起來，待明年哥哥考中秀才在縣學使用。

這次進城，她一共帶了十七兩銀子。

鍾佳霖見狀，拿出荷包推到她面前，抬眼看向她。「青芷，這裡還有五兩銀子。」

青芷瞪圓了眼睛。「哥哥，這些你拿著做日常開銷吧！」

鍾佳霖沒有說話，一雙黑泠泠的眼睛凝視著她。

青芷便不再堅持，把他的荷包和銀子一起收起來，一共二十二兩銀子，差不多應該夠了。

大約過了一盞茶工夫，韓成急匆匆地進來。「夥計已經雇了船，正在梅溪河碼頭等著咱們。」

三人去了碼頭，登船往西到了南水門。船隻過了南水門的檢查之後，一直向南而去，很快就進了白河水道。

船停在白蘋洲碼頭，青芷扶著鍾佳霖的手跳下船，敏捷地落在碼頭上。

碼頭上已經有兩個人候著了，其中一個身材瘦小，十分精幹，身上穿著青布袍子，正是白蘋洲買賣土地的張經紀。另一個是個老人，穿著深紫綢袍，看著頗為殷實，應該是土地的主人。

韓成上前寒暄一番，一行人步行穿過松林，往白蘋洲而去。

要賣的那塊地，主人因急著賣了進京，因此要價不高，和上次青芷買的價錢也一樣，四兩銀子一畝。

韓成帶著鍾佳霖和青芷花了半個時辰把這塊地看了個遍，又去白蘋洲村子裡打聽，確定無礙後便決定買下。

不過按照宛州人做生意的傳統，即使已經決定買下了，可是為了顯示自己並沒有迫切想買，還是要討價還價一番。

最後，青芷總共花了十九兩銀子買下了這塊地，又拿了一兩銀子給張經紀。

這塊地的面積是四畝九分，和青芷上次買的三畝一分地加起來，一共是八畝地。地主又趕著進京，因此直接拿了地契，跟著韓成一行人往南陽縣衙登記去了。

出了縣衙，青芷笑盈盈對著鍾佳霖福了福。「哥哥，如今你已經有了八畝地，可是南陽城中小小的地主了！」

鍾佳霖微微一笑，伸手摸了摸她的腦袋。

回去的路上，青芷笑吟吟地拉住韓成。「今日辛苦舅舅了！舅舅有沒有想吃的？外甥女預備斥巨資請您老人家好好吃一頓！」

鍾佳霖瞭解青芷的底細，知道她如今還剩二兩銀子，聽她口氣如此大，不由莞爾。「青芷，妳所謂的斥巨資，不會是預備花一兩銀子請客吧？」

青芷笑盈盈看向韓成。「舅舅，好不好？」

此時他們正經過南陽城的瓦舍勾欄集中地，如今已是午後，這些瓦舍勾欄才剛開始熱鬧起來，歡笑聲、撥弦聲和歌唱聲匯聚一起，端的是熱鬧非凡。

韓成加快步伐，笑道：「哪裡有舅舅讓十二歲的外甥女請客的？舅舅請你們去吃南食，前面不遠開了一家南食店，店裡的麵很好吃，有三鮮麵、筍潑肉麵──」

「青芷──」忽然有人在喊青芷。

三人順著聲音看過去，見一個穿著白紗夏袍腰圍金帶的美少年站在半開門的人家前，旁邊圍著幾個男女，正是溫子凌。

溫子凌見韓成居然也跟著，心中大喜，當下聲音就更大了。「舅舅也在呀！」

他說著話，乘機從那些男女中掙了出來，直奔三人。

那些男女笑道：「溫小官人這是何意？說好的要去張兮兮家吃酒的，如何卻要走？」

溫子淩如今得了救兵，簡直是神清氣爽，走到青芷身旁，理了理被扯得有些縐的紗袍，拱了拱手，笑嘻嘻道：「家舅和家妹來了，這次就不奉陪了，下次再說吧！」

說罷，他給青芷使了個眼色。

青芷會意，當即眉頭倒豎，怒喝道：「大哥，你居然敢來這花街柳巷，若是娘知道，還不打下你的下半截！」

她拽著溫子淩的衣袖，徑直向前走去。

溫子淩得救，心花怒放地又拱了拱手，被青芷推著走了。

韓成和鍾佳霖覺得好笑，也都跟了上去。

走出這條街，溫子淩才笑嘻嘻道：「謝謝妹妹。」

青芷得意地笑。「我解救你於瓦舍勾欄，使你的貞操得以保全，對你恩重如山，別空口說白話，請我吃一頓好吃的吧！」

溫子淩抬手在青芷腦袋上敲了一下。「女孩子家家的，說什麼呢！想吃什麼儘管帶路，哥哥今日請客。」

青芷便看向韓成。「舅舅，子淩表哥既然請客，咱們就去您說的那家南食店吧！」

韓成笑著答應了，帶著青芷三個往新開的南食店去了。

到了南食店，只見店面甚是雅靜，擺著幾張桐油油過的木桌木椅，每張桌上還擺著一只玉青瓷梅瓶。

點罷麵食，溫子淩拿著菜牌讓了讓，見韓成、青芷和鍾佳霖都無意點菜，又要了四個菜——紅燒肉、魚羹、栗子炒子雞和蒜蓉青菜，又為青芷叫了一碗糖豆粥。

跑堂的下去之後，他才道：「方才那些人都是我爹爹身邊的幫閒，今日原本說好要去酒肆談生意的，竟把我拉到了這裡。我察覺不對要離開，卻被他們纏住，幸虧你們來了。」

他說話的時候，一雙桃花眼一直看向青芷。青芷明白溫子淩這是告訴自己，他把自己交代的話記在心裡，不由微笑。「哥哥，你才十四、五歲，可要保護好自己啊，不然將來就算是掙了金山銀山，沒命花可是不行。」

韓成苦笑著搖頭。「妳這孩子說什麼呢！」

這家南食店的麵很勁道，麵湯醇香濃厚，菜也入味，四人吃得很開心。

溫子淩會了帳，道：「舅舅，您忙的話，我送青芷和佳霖回去吧！」

韓成自然是忙得很，見他做事有分寸，便答應下來，自己先回鋪子裡去了。

溫子淩帶著青芷和鍾佳霖往前走。「這裡距離城南巷不遠，咱們去城南巷吧！」

他又向青芷解釋道：「我如今在城南巷開了間瓷器店，專門賣我的瓷窯出產的玉青瓷。」

青芷一聽城南巷便問：「城南巷？離梅溪書肆不遠吧？」

溫子淩笑了。「不遠的，就在梅溪書肆錯對面。」

青芷也笑起來。「那以後我們可以常常去叨擾你了。」

溫子淩不明所以，鍾佳霖含笑解釋。「我和青芷如今在為梅溪書肆抄書，每月初要去梅溪書肆一趟。」

溫子淩這才明白過來，不由笑了。「你們倆還挺有主意。」

十四、五歲的少年，怎麼這麼老氣橫秋啊！

到了溫氏瓷器店，溫子淩進店裡交代一番，很快就帶著張允出來了。

他認真地問青芷。「青芷，我新得了幾盆桂花，開得金燦燦的，香得很，如今在家裡，妳要不要？要的話跟著我先去我家，裝了桂花後我再送妳和佳霖回蔡家莊。」

青芷正打算試試製作桂花油和桂花香膏，聞言便看向鍾佳霖。

鍾佳霖笑了。「妳想去咱們就去吧！」

青芷才笑盈盈道：「好啊！謝謝你，子淩哥哥。」

她恰好也想找機會問問司徒娟的事。

兄妹正說著話，張允趕著溫子淩那輛豪華大馬車過來了。

溫子淩扶青芷上了馬車，又請鍾佳霖上去，然後自己才上去。坐穩之後，他抬手敲了敲板壁，吩咐張允。「回司徒鎮。」

張允答應了一聲，馬車緩緩開始向前移動。

沒有韓成這個長輩在，趕車的張允又是自己的親信，這時溫子淩沒了忌諱，才道：「方才在張家勾欄外面的那幾個人，是我爹爹的幫閒兼幫嫖，間或也介紹生意，卻也與司徒峰、司徒娟兄妹很熟。前些日子，我讓玉露她們纏著爹爹不出門，也不放這些人進我家，他們估計沒油水了，或者是得了司徒娟兄妹的好處，才想引著我往那花街柳巷走。」

他收斂笑意，鄭重地看向青芷。「青芷，多謝妳提醒，若不是妳，我差點上當了。」

那些幫閒引著他去吃酒談生意，席間唱曲的粉頭就是張家的張兮兮。張兮兮瞧著年紀小小的，據說還未被人梳籠，可是溫子淩因得了提醒，悄悄塞了二兩銀子給侍候張兮兮的丫鬟，才知這張兮兮被一個販絲的江南客人包占了一段時間，早染上了髒病。

青芷笑了。「哥哥，你以後要小心，應酬時聽聽曲子還行，可千萬不要請粉頭。」

「請粉頭」是花街柳巷的行話，即睡了妓女之意。

溫子淩聽她又說這些女孩子不該說的話，便要敲她腦袋，卻被鍾佳霖擋了一下，不禁一愣。

鍾佳霖笑容溫潤，眼裡流光溢彩。「子淩表哥，你如今都在做什麼生意？」

溫子淩的心思馬上被他轉移，道：「我家的生意有煤礦、瓷窯，如今又開了瓷器店，都是我管著。」

青芷聽溫子淩說起了生意經，頓時大感興趣，也專注地聽起來。

到了溫宅大門外，青芷下了馬車，跟著溫子淩往裡走去。

她是第一次來溫家的新宅，自然好奇得很，一邊走一邊問溫子淩。「子淩哥哥，我要不要先去見姑父、姑母？」

溫子淩道：「見我母親就行了。我爹這幾日不在家，他陪著王主事去宛州了。」

到了正房外，溫子淩自顧自帶著青芷和鍾佳霖進了明間。

明間內熱鬧得很，虞蘭芷和幾個富戶的妻妾在打葉子牌，見青芷和鍾佳霖進來行禮，便笑道：「我忙著呢，子淩你可得好好招待你表妹和鍾小哥。」

一進溫子淩的院子，青芷就呆住了。院子裡真的放了好多株桂樹，滿院氤氳著甜香，而且這些桂樹還在花盆裡，並沒有移栽。

她實在是喜歡這些桂樹，當即拽住溫子淩的衣袖。「子淩表哥，我多挑選幾株桂樹行不行？」

溫子淩才不喜歡這些花花草草。「想要什麼儘管挑，到時候我讓人送到妳家去。」

青芷聞言大喜，道：「子淩哥哥，那我可不客氣了！」

她細細挑選了好一陣子，最後選中一株金桂、一株銀桂和一株丹桂。

溫子淩想起舅舅的學堂，便道：「舅舅的學堂不是有空地嗎？可以也種幾株桂樹，『桂』字諧音是『貴』，舅舅的學生定能蟾宮折桂，魚躍龍門。」又含笑看向鍾佳霖。「佳霖，你跟著青芷一起選吧，選好了我讓人送過去種上。」

鍾佳霖答應了，先謝了溫子淩，才和青芷一起挑選去了。

青芷和鍾佳霖又選了兩株丹桂和兩株四季桂。

溫子淩見他們選好了，便叫來張允吩咐道：「你雇兩個人，讓他們用板車把這幾盆桂花送到外祖母家和舅舅的學堂種好。」

張允自去安排這件事。

溫子淩剛剛要帶青芷和鍾佳霖進書房喝茶吃點心，好好歇息一下，誰知便聽到外面傳來一陣淒厲的哭聲，眉頭當即皺了起來，大聲道：「來人。」

一個小廝飛快地跑過來，拱手道：「大郎，何事？」

溫子淩吩咐道：「香椿，你去看看外面到底是怎麼回事？」

小廝答了聲「是」，急急去了。

青芷心中有些疑惑，思索著和鍾佳霖一起進了書房。

第二十八章

溫子淩的書房雖然稍顯凌亂，卻頗為雅致。

溫子淩招呼鍾佳霖在雞翅木直櫺玫瑰椅上坐下之後，自己把書案後擺著的雞翅木官帽椅調轉過來，一屁股坐下去。「咱們先歇一會兒，等小廝過來，再要他送些茶點。」

青芷見書案凌亂，便幫著溫子淩整理。

溫子淩抬手道：「青芷，把書案上的扇子拿兩把給我。」

青芷見書案上擺著個玉青瓷罐，裡面插著好幾把灑金川扇，便抽出兩把遞過去。

溫子淩欠身遞給鍾佳霖一把，自己拿了一把，「嘩」地展開，用力「嘩嘩嘩」搧動著，口中道：「真是快要熱死老子了。」

鍾佳霖展開扇子，慢條斯理地搧著。

青芷揀了扇子細細賞鑑著，見是把紅骨細灑金、金釘鉸川扇，嗅了嗅，發現香氣襲人，便笑了起來。「哥哥，這把可是女孩子用的扇子。」

溫子淩渾不在意道：「既是女孩子用的，我拿著不好看，那就送給妳吧！」

青芷也不和溫子淩客氣，笑嘻嘻道：「謝謝你，子淩哥哥。」

「和自己哥哥客氣什麼？」他又道：「青芷，我又讓老徐給妳燒了一批瓶子、盒子，過幾日讓人給妳送過去。」

青芷笑咪咪道謝，正把玩著川扇，忽然聽到一陣急促的腳步聲由遠而近，便從窗子看出去，發現是小廝。

香椿氣喘吁吁地進來，匆匆拱手行禮，喘著氣道：「大公子，老爺帶著玉露姑娘和玉蓮姑娘坐車從宛州回來，誰知在大門口遇到了司徒峰和他妹子，現在正在外面撕打呢！」

聞言，青芷和鍾佳霖都看向溫子淩。

溫子淩卻笑了。「走，咱們也看看熱鬧去。」

大門外正熱鬧得緊。

溫東興興頭頭地攙了玉露和玉蓮下馬車，誰知迎面就被司徒娟給堵住了。

司徒娟挺著肚子，大熱的天依然脂濃粉豔，滿頭珠翠，紅衣白裙。她知道溫東脾氣不好，因此不敢招惹，只是追著撕打玉露和玉蓮，口中「賤婢」、「賤人」、「小蹄子」罵個不停。

玉蓮和玉露見她懷了身孕，一時也不敢反抗，生怕司徒娟有個好歹賴上她們，因此只是拽著溫東躲避，三女一男亂成一團。

溫子淩帶著青芷和鍾佳霖剛走到大門影壁處，就碰到了溫歡扶著虞蘭過來。

虞蘭氣得臉都紅了。「司徒娟這賤人！我不理會她也就罷了，居然敢找上門來！」

溫子淩忙道：「娘，您回屋陪客人坐吧，外面的事我來處理。」

說罷，他淩厲地看向溫歡。「還不扶母親回房？」

溫歡最怕溫子淩，當即答應，好說歹說地扶著嫡母轉身回去了。

青芷跟著溫子淩一出大門，就看到三個女人正圍著溫東撕打斥罵，溫東徒勞無功地嚷嚷著「別打了」，旁人圍了個半圈，津津有味地看熱鬧。

她忙拉住溫子淩的手，低聲道：「子淩哥哥，絕對不能讓司徒娟進這道門。」

如果司徒娟進了溫家大門，她肚子裡的孩子生在溫家，就是溫東的庶子了；若是不得進門，肚子裡的孩子生在外面，那可就是私生子，大周律可不承認私生子。

溫子淩答應了聲，大步走了過去，道：「司徒姑娘，妳懷著身孕還和人撕打，難道不怕不小心跌倒，落了身子嗎？」

玉露和玉蓮正被司徒娟纏得不耐煩，聽了這話，都聽出了些弦外之音，便齊齊看向溫子淩。

溫子淩眨了眨眼睛，給她們使了個眼色。

玉蓮會意，當即看向玉露，玉露也點點頭。

兩人當即一起朝司徒娟撞了過去，口中卻道：「這位大嫂，妳撞我們做什麼？」

司徒娟一時收勢不住，身子向後倒去，當即尖叫起來。

溫東正心煩意亂，聽到司徒娟的尖叫，愣了片刻，這才想起去扶她。

司徒峰原本躲在一邊看熱鬧，這會兒也回過神來，衝過來扶自己妹子。

玉露和玉蓮那一撞實在太大力了，司徒娟「砰」地倒在地上，頓時慘叫起來。

這時候，玉蓮和玉露看到司徒娟白裙上蜿蜒流出的血，都被嚇住了，兩個人緊緊偎在一起，瑟瑟發抖。

她們看向溫子淩，見溫子淩嘴角閃過一絲笑意，這才放下心來，開始嚶嚶假哭起來。

司徒峰這時候也反應了過來，在溫東面前跪下，連磕了三個響頭。「老爺！求老爺施恩，讓我妹子進去救治吧，畢竟是老爺的骨肉啊！」

溫東腦子裡亂糟糟的，正要答應，溫子淩已經大步走過來，吩咐小廝們。「快把車拉過來，正好讓司徒峰送司徒姑娘去城裡醫館醫治！」

小廝香椿和白楊響亮地答應，很快就把溫東的馬車趕了過來，麻利地擠進人群，把癱軟在地的司徒娟攙扶起來，扶進了馬車。

一切發生得太快，司徒峰只顧著給溫東磕頭。「求您了，老爺！老爺，娟兒待老爺癡心一片，一心一意要把老爺的骨血生下來，好為溫家開枝散葉……」

溫東心一軟，便踢了小廝一腳，讓小廝去請產婆。「還不快去請鎮上的產婆！」

恰在這時，香椿已經趕著馬車往前而去，溫東下意識抬腿就要去追。

溫子淩見玉露正看自己，便咳嗽一聲，用手摁了摁肚子。

玉露機靈得很，當即捂著肚子「哎喲」了起來。「老爺，我肚子好疼！刀絞一樣痛！啊——」

溫東見新寵肚子疼，當即把動了胎氣的舊愛拋到九霄雲外，改口吩咐小廝。「快去請鎮上的華大夫來給玉露看病。」

司徒峰眼睜睜看著玉露和玉蓮簇擁著溫東進了大門，也要追進去，卻被溫子淩帶著人攔住了。

溫子淩從袖袋裡掏出一個銀錠子，扔在地上，冷冷道：「司徒峰，以後你不用過來了。」

說罷，看都不看司徒峰一眼，轉身進了大門。

大門隨之「砰」一聲關上了。

司徒峰站在那裡，呆呆看著溫家緊閉的紅漆大門。

圍觀的人意猶未盡，對著他指指點點，說個不停。

司徒峰恨恨地看了溫家大門一眼，彎腰撿起那個銀錠子，起身離開了。

溫子淩見玉蓮和玉露簇擁著爹爹走了，鬆了口氣，看向青芷和鍾佳霖。「我讓人送你們回去吧！」

青芷點點頭，往四周看了看，見沒了外人，便低聲道：「子淩哥哥，等一會兒你去見七姑母，勸說她出面，擺酒抬了玉蓮和玉露做姨娘——不過她們的身契你得自己拿著，千萬別給七姑母。」

虞蘭心軟又衝動，青芷有些不放心。

溫子淩心中感激，點點頭，輕輕道：「我知道了。」

溫家的馬車都派出去了，溫子淩便命人去鎮上雇了輛馬車送青芷和鍾佳霖回蔡家莊。

過了兩日，張允得了溫子淩的吩咐，給青芷送來兩箱玉青瓷瓶子和盒子，然後去正房堂屋見王氏。「啟稟老太太，我們太太說了，八月初一家裡擺酒，慶賀露姨娘和蓮姨娘被老爺收房，到時候一早就派車來接老太太。」

王氏乘機道：「你回去和你們太太說一聲，我沒有見人的衣服和首飾，去了不免給她丟人，讓她不拘什麼舊衣服，給我送來兩件；有什麼不愛戴的首飾，也給我拿來戴戴。」

張允有些尷尬，答應了一聲，退了下去。

送張允出去的時候，青芷低聲問張允。「司徒娟那事怎麼樣了？」

張允笑嘻嘻道：「啟稟大姑娘，司徒娟腹中胎兒落地就是死胎。她如今還住在老爺給她買的宅子裡，老爺倒是去看了一次，留了些銀子就走了，也沒過夜。」

青芷目送張允趕了馬車離去，悄悄鬆了口氣。前世的司徒娟母以子貴，倚仗她那個兒子可是害了不少人，造了不少孽，沒想到這一世的孩子根本沒機會活著生下來……

晚上，韓氏交代青芷。「我聽說妳舅母身體不太舒服，明日早上妳陪我去妳外祖母家一趟，把今年收的綠豆給他們送些過去。」

青芷早想去看看葛氏，忙答應了。

她一直攛掇著舅母多進城陪舅舅，不知道效果怎麼樣了？

一直到了深夜，虞世清才回到家裡。

如今正是七月，白天炎熱，晚上涼快，他特地給學生延長半個時辰的讀書時間，因此回來得有些晚。

韓氏服侍虞世清洗了澡，才把明日想要回娘家看望弟妹的事情說了。

虞世清當即道：「既然弟妹身體有恙，妳回去看看也是應該的。」

韓氏欲言又止。「婆婆那邊……」

「沒事，我明日託人給五姊捎信，讓她來給娘做飯。」

韓氏忙道：「五姊正忙著籌備中玉和秀珍的婚事……」

虞世清吐出一口氣。「那我讓三姊來吧！」

他起身去了正房，稟報王氏去了。

片刻之後，虞世清回來了，有些納悶地說道：「娘說了，讓妳儘管帶著青芷去王家營，她自己可以照顧自己。」

韓氏聽了，也有些納悶。婆婆啥時候這麼通情達理了？

第二天一大早，韓氏提了一個小布袋，帶著青芷沿著河邊往南去了。

到了韓家，韓氏和韓老太太打過招呼，便帶著青芷進了東廂房看葛氏。

葛氏正躺在床上閉目養神，見韓氏和青芷進來，忙掙扎著要起來。

韓氏上前扶住她，柔聲道：「弟妹，妳身子不舒服，就躺著吧，別逞強。」

青芷在一邊細細觀察葛氏，見她臉色青黃，氣色很差，比先前瘦了很多，便道：「舅母是累著了吧？」

葛氏眼睛濕潤了，道：「是我不中用，伺候不了婆婆……」

韓氏知道自己母親也不好惹，便試探著問道：「是不是娘她……」

葛氏搖搖頭。「是我沒本事，讓婆婆不高興了。」

青芷輕輕道：「娘和外祖母聊聊去吧，我在這邊陪著舅母。」

她娘畢竟是大姑子，當著娘的面，舅母也不好說什麼。

韓氏離開沒多久，青芷就問出了葛氏的病因。如今韓昭玉也在城裡學堂讀書，葛氏想要進城陪著丈夫和兒子，可是高氏偏偏不肯，非讓葛氏在家伺候她。

青芷一聽就笑了，輕輕道：「舅母，我先問一句話——如今手裡有四兩私房銀子嗎？」

葛氏知道青芷主意多，便老老實實道：「四兩銀子自然是有的。」

青芷微微一笑。「舅母先拿出四兩銀子，尋牙婆買個丫鬟在家伺候外祖母，這樣就能進城和舅舅、表弟團聚了。」

葛氏聞言，黯淡的眼一下子亮起來。

昭玉如今在城裡的學堂讀書，只有休沐日才能回家，如果她進城去住，不但能和丈夫團聚，而且想看兒子就去先生家看，方便得很。

青芷柔聲道：「舅母，等妳和舅舅團聚了，到時候再和舅舅說，讓舅舅拿出這買丫鬟的錢不就行了？」

前世就是因為外祖母不肯讓舅母進城與舅舅團聚，才給了那個小寡婦可乘之機。而舅舅和那個風流小寡婦好上之後，小寡婦擠對得葛氏沒法子活，最後一根繩子吊死了……

青芷記得舅舅是在她十三歲的時候和那個寡婦好上的，也就是明年，得趕緊讓舅母進城了！

葛氏一下子坐直身子，伸手握住青芷的手。「青芷，那妳外祖母那邊……」

青芷抿嘴一笑。「舅母，這件事就交給我吧，保證給妳辦成。」

午飯是韓氏和青芷做的。

用罷午飯，青芷先服侍葛氏梳洗打扮，然後才去和高氏說要陪著葛氏去潦河鎮看大夫。

高氏打心眼裡覺得葛氏是因為不想伺候她在裝病，聽了青芷的話，「哼」了一聲，但瞧在外孫女的面上，倒也沒說什麼。

青芷悄悄交代韓氏。「娘，您好好陪著外祖母，我和舅母去潦河鎮一趟。」

韓氏和葛氏感情很好，自然滿口答應，還特地交代青芷一句。「記得好好照顧妳舅母。」

今日天氣很涼爽，青芷陪著葛氏沿著河往南走。

葛氏沒有女兒，一直把她當閨女看，因此一邊走一邊聊天，漸漸鬆快了些，臉上也有些笑意。

到了潦河鎮，葛氏帶著青芷直奔牙婆馬嫂家。

馬嫂正帶了兩個小丫鬟坐在院子裡的桂花樹下做花翠，見葛氏帶了個極好看的女孩子進來，忙笑嘻嘻上去迎接。「我的葛姑娘，妳這可是貴人踏賤地呀！」

說著話，馬嫂的一雙眼睛射向青芷，滴溜溜打了個轉。「這位是——」又道：「這小姑娘生得可真標緻。」

「這是我外甥女，陪我過來的，」葛氏不喜歡馬嫂打量青芷的眼神，開門見山道：「馬嫂子，我想買個丫鬟回去伺候婆婆，妳這裡有沒有合適的？」

馬嫂見有生意上門，也不盯著青芷了，指著桂花樹下做活的女孩子。「妳看那兩個怎麼樣？那個圓臉的叫春穎，今年十三歲了，做飯、針線都會，只要四兩銀子；那個瓜子臉的叫荷香，今年十四歲了，生得好看些，要十兩銀子。」

葛氏見那春穎生得普通，荷香卻有幾分顏色，便有些猶豫，看向青芷。「青芷幫我拿個主意吧！」

青芷含笑問馬嫂。「我們是要買丫鬟回去伺候家裡老太太的，這兩個不知哪個幹活更麻利些？」

馬嫂一聽便明白了——原來不是給家裡男人買陪睡丫鬟的——當即招手道：「春穎，妳過來一下。」

那個叫春穎的放下手裡做了一半的花翠，起身走了過來。

青芷觀察了一番，見春穎眼神清澈，打扮索利，便朝葛氏點點頭。

葛氏如今都聽她的，當下便拿出四兩銀子買了春穎。

簽買賣文書的時候，見葛氏老實，中人要寫上家主韓成的名字，青芷忙笑道：「舅舅如今又不在這裡，直接寫舅母的名字也可以。」

葛氏一想，明白青芷是為她考慮，心中更加感激，把此事記在心裡。

春穎父母都歿了，是被自家姑母給賣的，也沒有什麼行李，拎著一個小包袱就跟著葛氏和青芷走了。

高氏得知葛氏是拿出陪嫁銀子買的丫鬟，而且是為了伺候她，總算露出了些笑顏。

離開前，青芷悄悄叮囑葛氏。「舅母，妳這幾日好好教導春穎，待春穎上手了，妳再進城去陪伴舅舅和昭玉表弟。」

葛氏笑著點點頭。

高氏懶得走路，送女兒和外孫女出了正房就回去了。

葛氏送韓氏和青芷出了院子，見婆婆沒跟出來，便從寬大的衣袖裡掏出一個絹包給韓氏，笑吟吟道：「二姊，這裡面是兩塊衣料，一塊嬌紅紗，柔軟透氣，又輕又薄，妳拿回去給青芷做兩件胸衣穿；一塊是松江白綾，可以給青芷做件衣衫。青芷正長個子，身上的衣服袖子都有些短了。」

婆婆高氏小氣又重男輕女，即使是親閨女和親外孫女，也捨不得給什麼東西，葛氏想給青芷些衣料還得背著婆婆，不然又會被婆婆嘮叨好幾日。

韓氏接了過來，眼睛有些濕潤，深深謝了葛氏，才帶著青芷沿著河邊往北去了。

夕陽西下時分，微風輕拂，河水流淌，很是愜意。

韓氏趁著四周無人，把絹包塞進腰裡——她怕婆婆發現，非得要走，那就沒法子給青芷做衣服了。

青芷見狀，心裡有些酸楚又有些感動，上前一步擋在韓氏前面，待韓氏把衣服整理好了，她才低聲道：「娘待我真好……」

韓氏牽著女兒軟乎乎的小手，一邊往前走，一邊道：「妳是我閨女，我不對妳好對誰好？倒是妳舅母，對咱們娘兒倆真的太好了，咱們可不能忘恩負義啊。」

青芷聽了，便把葛氏的病因和韓氏說了，又把自己給葛氏出的主意說了，然後道：「娘，您得多勸勸外祖母，別讓她分開舅舅和舅母。」

韓氏一聽，忙道：「原來是這樣啊！過幾日我們再去妳外祖母家一趟，妳陪著我勸說妳外祖母。」

青芷「嗯」了一聲，搖了搖韓氏的手。「娘，放心吧！」

蔡家莊和王家營距離不算遠，母女倆過沒多久便看到蒼茫暮色中的蔡家莊了。

青芷心裡輕鬆愉快，笑盈盈問韓氏。「娘，哥哥五日後就要跟著爹爹去南陽縣城參加縣學的考試了，能不能給他趕做一件新儒袍呀？」

韓氏知道她捨不得自己做衣服，想把葛氏給的那塊松江白綾給鍾佳霖做儒袍。「五日的話，我趕趕工倒是可以的。」

青芷當下拉著韓氏的手撒嬌。「娘，那您給哥哥做件儒袍吧，這幾日家裡的活都交給我吧！」

前世的哥哥為她付出了那麼多，這一世，她要好好照顧哥哥！

韓氏最疼愛青芷了，自然滿口答應。

母女倆開開心心往家的方向走去，可剛走到路邊，韓氏就停下了腳步。

青芷順著韓氏的視線看去，恰好看到王氏正倚著大門，笑吟吟和一個男子說話。

那男子背對著她們，身材清瘦文弱，瞧著不像是蔡春和，旁邊有個小廝牽著兩匹駿馬。

王氏聊得正開心，並沒有注意兒媳婦和孫女已經回來了。

她打量著眼前這個瞧著頗為文弱的青年，道：「那個鍾佳霖不過是我兒子雇的小廝，哪裡是什麼弟子，周公子你莫不是聽錯了？」

王氏在家有些氣悶，出來站在門首看人，恰好這青年帶著小廝在門前走過，便攀談起來，得知對方姓周，是從宛州城過來的讀書人。聽對方說曾在城中梅溪書肆見過一個叫鍾佳霖的少年，據說是村中學堂先生虞世清的弟子，她忙否認了。

周靈正與王氏攀談，聽到身後傳來腳步聲，便轉身看過去。

青芷認出這個做儒生打扮的青年，正是前世清平帝的親信周靈，心中詫異至極。周靈來南陽縣做什麼？他不是該在京城侍奉清平帝嗎？

王氏在外人面前總是如慈祥的祖母一般，微笑道：「妳們回來了，快進去吧！」

待韓氏和青芷進門，王氏才和周靈道別，關上大門回家了。

第二十九章

今日韓氏和青芷到家已經有些晚了，因此晚飯有些簡單。韓氏和麵烙了幾張蔥油餅，青芷在後面園子摘了幾顆番茄，做了番茄湯。

青芷給王氏擺飯的時候，裝作隨意地問了一句。「祖母，方才在門口見到的那個人，瞧著不像是本地人呢。」

王氏見晚飯簡單，心裡正不自在，沒好氣道：「妳一個小姑娘家，盯著人家外男看什麼看?!」

青芷才不在意王氏說什麼，把筷子擺好就退下去，提了食盒去給虞世清和鍾佳霖送飯。用罷晚飯，鍾佳霖去後院洗碗，她也跟了過去，拿出軟尺道：「哥哥，娘讓我量量你的身量，她要給你再做件儒袍。」

鍾佳霖「嗯」了一聲，身姿挺拔地站在那裡，等著青芷給他量尺寸。

這會兒，學堂裡點著蔡大戶命人送來的燭臺，窗子沒有關，燭光從學堂內透出來，把兩人的身影都拉得長長的。

青芷拿著軟尺上前，這才發現自己要仰首看鍾佳霖了，不禁微笑。不知不覺，哥哥已經長得比她高了！

看著立在燭光中的鍾佳霖，青芷想起了前世，笑容更加燦爛。哥哥長大成人後，可是比她高了不少呢！

鍾佳霖看著兀自微笑的青芷，心想，妹妹生得這麼美，以後不免為登徒子覬覦，可得護好她，不讓她被那些只貪圖美貌的人用小恩小惠給引誘了。

恰在這時，前面傳來李真的聲音。「佳霖，忙完沒有？我等著請教你問題呢。」

青芷聞言忙道：「我和哥哥在這邊呢。」

李真循聲過去，發現鍾佳霖站在窗外，青芷正拿軟尺在給他丈量尺寸，青芷一邊量，一邊拿了炭筆在紙上記錄著。

李真走到窗邊，探頭喊正在看書的蔡羽。「蔡羽，佳霖和師妹都在這裡，你也過來歇一會兒吧！」

蔡羽一聽說青芷也在，當即放下書走到窗邊。

見先生沒在，他狡黠一笑，把身上紗袍的衣襬撩起來掖在腰帶裡，雙手在窗臺上一撐，輕輕鬆鬆地從窗子裡跳出來。

誰知青芷只顧著給鍾佳霖丈量肩寬，根本沒注意到蔡羽的颯爽英姿。

蔡羽微微有些失望，忍不住道：「青芷，妳也幫我做件衣服吧，我投桃報李，給妳買個赤金鑲嵌的珠花。」

鍾佳霖渾身寒毛當即豎了起來。剛才還想著要護好妹妹，不讓她被那些只貪圖美貌的人用小恩小惠給引誘，眨眼間這「登徒子」就出現了。

他不動聲色地看向青芷。

青芷瞇著眼睛笑。「我有爹娘和哥哥，將來自有爹娘和哥哥給我買，幹麼要你給我買珠花戴？」

蔡羽毫不氣餒。「我也是妳的哥哥——師哥啊！」

青芷懶得理他，逕自把鍾佳霖的肩寬記在紙上，拿著紙離開了。

蔡羽有些尷尬地摸了摸鼻尖。

鍾佳霖垂目微笑。青芷真的好可愛啊！

已經有些晚了，青芷便沒有自己回家，而是陪著虞世清坐在屏風後的小書房裡，等著他忙完一起回家。

虞世清捧著茶盞喝茶，青芷便在燈下讀書。

虞世清喝完一盞茶，從小書房出來，招呼三位得意門生繼續讀書聽講。

州裡的周學正親臨南陽縣，知縣祁大人極為重視，令各村學堂選出最優秀的童生到縣城參加考試。虞世清和蔡大戶商議之後，確定帶蔡羽、鍾佳霖和李真去縣城參加考試。

如今只剩下五日了，這五日自然是要夙興夜寐，督促三位學生好好讀書。

散了晚學，虞世清帶著青芷在月色中往家的方向走去。

不知不覺，夏天就過去了，初秋的夜晚涼爽極了，隨著父女倆走過，旁人家養的狗應付似地吠叫兩聲，越發襯出了夜晚的安寧靜謐。

在這樣的夜晚，青芷也放鬆得很。

她手裡拿著一朵盛開的玫瑰，一邊嗅著花，一邊道：「爹爹，過幾日您帶著哥哥進城，我和我娘也跟著舅母進城吧！爹爹帶哥哥去考試，我和娘跟著舅母去看看舅舅，好不好？」

聽了女兒的話，虞世清便想回去問問王氏，誰知還沒開口，青芷就猜到了，閒閒道：「爹，難道這樣的小事，您還作不了主，要先去問問祖母嗎？」

虞世清被女兒揭穿，不免有些尷尬，訕訕地笑了，道：「怎麼可能啊！既然是去看妳舅舅，那就去吧！」

青芷回去和韓氏說了這件事，韓氏大喜，第二天就尋了個藉口去了趟王家營，和葛氏商議一番。

葛氏自然開心，約好到了進城那日，她在家等著韓氏和青芷。

接下來這幾日，韓氏忙著給鍾佳霖縫製新儒袍，青芷則忙著繼續採玫瑰和薄荷葉，又製了一批香油和香膏，預備進城時帶上，再去一趟涵香樓。

另外，她也想看看白蘋洲那邊的地適不適合種薄荷？

直到進城前的晚上，虞世清才和王氏說了要韓氏母女倆也跟著去城裡的事。

說完，他背脊挺直坐在那裡，雙手放在膝蓋上，等待著王氏的暴風驟雨。

王氏卻沒有立刻發怒，只道：「既然沒人伺候我了，我明日去你六姊家住幾日吧！」

虞世清心裡鬆了口氣，忙道：「娘，那我明日先雇車送娘去六姊家。」

王氏笑了，道：「你明日還得帶著那幾個孩子出發進城，哪裡顧得上我，我也不耽誤你的正事……」她眼珠子一轉，一臉慈愛道：「這樣吧，你這會兒去蔡春和家走一趟。他家是咱家的佃戶，咱家使喚他也是應該的，讓他雇頭騾子送我去吧！你告訴他，銀子我另外給他。」

王氏難得這樣通情達理，虞世清簡直驚喜，哪裡會想那麼多？當即道：「好，我現在就去。」

王氏越發慈和起來。「去吧去吧！路上小心些。」

虞世清怕娘親變卦，急急出去了。

王氏獨自坐在屋裡，看著方桌上的油燈出神。

先前村裡女人湊在一起閒談，說什麼三十如狼，四十如虎，五十歲坐地吸土，她那時還不信，如今真的是信了。

蔡春和就是醫她的藥啊！

想到他精壯的腰身，王氏心裡一陣蕩漾，不過轉念想到他對韓氏的覬覦，又有些煩惱。

她倒不是捨不得兒媳婦，而是怕蔡春和刮上了韓氏這小媳婦，就不吃她這老幫子了！

第二天早上，蔡春和果然牽了一頭健騾來接王氏了。

虞世清目送母親離去，這才預備出發。

青芷早和韓氏商量好，待虞世清一行人出發，她們娘兒倆便出發去王家營。

高氏正在後院雞圈餵雞，聽春穎說二女兒帶著外孫女來了，把手裡盛玉米的竹簸籮交給春穎。「不要餵太多，雞吃多了不好。」

春穎答應了，待高氏離開，這才抓了一把玉米粒，撒進雞圈裡。

如今到了韓家，她發現主母葛氏性子好，老太太高氏雖然小氣了些，人倒是還好，在韓家比先前在家裡的時候強多了，因此老老實實幹活，也沒起什麼花花腸子。

得知青芷母女倆要拉著葛氏進城看舅舅，高氏臉色就有些變了。「家裡事情這麼多，老進城做什麼呀！」

葛氏悶悶坐在那裡，一聲不吭。

青芷笑嘻嘻地道：「外祖母，家裡只有昭玉一個孫子，您老人家不覺得昭玉孤單了些嗎？最重要的是讓舅母繼續為韓家開枝散葉，為您老人家多添幾個孫子啊！」

高氏臉色這才變了回來。

青芷再接再厲，又道：「再說了，眼看著都快八月十五中秋了，舅母進城去舅舅那裡，也是為了好好給您挑件料子，做件咱們王家營頭一份的好衣衫，讓您老人家穿出去炫耀呢！」

高氏這才喜笑顏開。「妳這小丫頭，離八月十五還有一個月呢，哪裡就要做新衣服了？」

青芷挽著高氏的手撒嬌。「外祖母，到時候舅母給您做好新衣服回來，讓您提前穿出去，讓莊子上的老太太都看看，還有誰比您風光。」

高氏想像了一下自己穿著新衣出去打葉子牌的情景，嘴都合不攏了。

青芷悄悄對著葛氏眨了眨眼睛，狡黠地笑了。

葛氏和韓氏也笑了。

到了下午，青芷出去雇了輛馬車，帶著韓氏和葛氏進城去。

韓成正在鋪子裡和夥計算帳，聽到門簾響，抬頭一看，見是青芷笑吟吟的臉，當即笑了。「青芷來了。」

青芷撩起門簾，請韓氏和葛氏進來。「我娘和我舅母都來了。」

韓成忙得有大半月時間沒有回家了，見到妻子先是一愣，接著便笑了。「妳也來了，快帶著二姊和青芷去後面歇一會兒吧！」

葛氏見到多時沒見的丈夫，心中自然是歡喜的，「嗯」了一聲，帶著韓氏和青芷往後面去。

韓成算罷帳，讓夥計看著鋪子，自己去後面了。

青芷剛把被子、褥子曬上，一回頭見舅舅進來，忙笑道：「舅舅，舅母剛把我和娘安置在東廂房，如今正陪著我娘說話呢！」

韓成聽了，去到韓氏和葛氏那裡。「中午想吃些什麼？」

葛氏素來大方，想到韓氏和青芷在家裡被王氏欺負，應該很少吃葷，便笑道：「葉家店的扣碗不錯，讓他家送來六份扣碗，我和二姊在家裡熬一鍋粥，餾一籠饅頭，豈不是好？」

韓成點點頭。「如此甚好。」

韓氏捨不得弟弟和弟妹破費，忙道：「在家隨意吃些家常飯菜就行了，何必破費？」

韓成知道姊姊節儉，笑著招呼青芷。「走，和舅舅一起去葉家店買扣碗去。」

青芷答應，開開心心地跟著舅舅去了。

跟著韓成走在胡同的青石板路上，她腳步輕快，一會兒看看旁邊的店鋪，一會兒看看行人中的俊男美女，真是心曠神怡。

行走間，青芷注意到韓成的視線落在路邊一個女子身上，便看了過去。

那女子在買玉簪花，正和賣花的婆子說話，一雙杏眼水汪汪的，尖俏的瓜子臉脂濃粉豔，嘴角紅痣一點，耳朵上掛著一對金絲紅寶石耳墜，說話間晃來晃去；女子身上穿著海棠紅對襟窄腰長衣，繫了條白銀條裙子，是說不出的風情——正是涵香樓的老闆娘麗娘子。

麗娘子被人看慣了，根本沒注意到韓成和青芷舅甥倆。她拿了朵玉簪花放在鼻端輕嗅，吸引了好多行人的視線。

青芷看看直盯著麗娘子的舅舅，再看看周圍男子的眼神，故意問韓成。「舅舅，下午有沒有空？」

韓成這才意識到自己忘情，忙道：「下午沒有空，不過明日上午可以挪些時間出來。」

青芷笑盈盈道：「那舅舅陪我去白蘋洲看看咱們的地去，好不好？」

韓成一邊走，一邊算著時間，最後道：「下午我讓人去白蘋洲找張經紀，讓他明日上午在地裡等著咱們。」

青芷見韓成的心思已經被轉移了，不禁偷笑，繼續道：「舅舅，如今你在城裡看鋪子，昭玉也在城裡學堂讀書，你和昭玉是舅母最親的人，都不在她身邊，前些日子她想你們都想得病了。」

韓成想想葛氏確實比先前瘦了不少，不禁沈吟。「可是妳外祖母……」

「舅母買了個丫鬟伺候外祖母呢，」青芷笑咪咪。「外祖母也盼著您和舅母早日為韓家開枝散葉。」

韓成見外甥女如此熱心，可見葛氏這個舅母著實待二姊和青芷母女倆很親，便笑了起來。「既然如此，就讓妳舅母留在城裡吧！」

青芷眼中滿是笑意，在心裡悄悄給自己豎了大拇指。虞青芷，為了舅舅和舅母琴瑟和鳴，白頭偕老，繼續努力吧！

下午午睡起來，青芷想看看韓成是如何做生意的，洗漱後便去了前面鋪子裡。

韓成正給一個顧客裁剪衣料，見青芷來了，便道：「青芷，妳先自己看看有沒有喜歡的，選好了告訴舅舅。」

青芷答應了，自顧自在鋪子裡看著。

這間鋪子與一般綢緞鋪子不同，都是簡單的雕花家具，多寶槅上擺著幾樣玩器，旁邊茂蘭碧綠蔥茂，格外潔淨風雅。

青芷正在看那盆蘭草的時候，外面又來了顧客。

聞到一股幽香，她不由抬起頭來，發現那顧客人還沒到，香氣先到，正是涵香樓的老闆娘麗娘子。

她瞅了韓成一眼，見他一雙眼睛落在麗娘子身上，已經要往這邊走了，心裡一驚。前世與舅舅相好的那位風流小寡婦，不會就是麗娘子吧？

意識到這種可能之後，她當即有了判斷，笑盈盈迎上前去。「老闆娘，您今日怎麼貴人踏賤地了？」

麗娘子原是閒得無聊，帶著丫鬟逛街的時候，見這綢緞鋪子有些陌生，便隨意逛了進來，誰知竟然見到青芷，不禁也笑了，用團扇半遮著臉，一雙水汪汪的妙目打量著青芷。「虞姑娘，我也正要找妳呢！」

青芷看了韓成一眼，見他又被顧客纏住，便笑著低聲道：「老闆娘，咱們去外面說吧！」

麗娘子原本就是閒逛，沒什麼目的，當下便與青芷一起出去了。

一直走到外邊，青芷才停下腳步，笑盈盈問麗娘子。「老闆娘，您找我有什麼事？」

麗娘子拿著團扇輕輕搧了兩下。「妳上次送的玫瑰香油和玫瑰香膏，都已經賣完了，正要和妳說一聲，讓妳再多送些過來呢！」

青芷滿口答應下來，約好傍晚就往涵香樓送香油、香膏，又問麗娘子。「老闆娘，我下次去涵香樓，帶幾樣桂花香油和桂花香膏過去，您先看看再說。」

麗娘子答應了，和青芷又聊了幾句，這才風擺楊柳般地離開了。

青芷目送麗娘子的背影消失在胡同盡頭，這才回去。

韓成送走顧客，見她回來，隨口問了一句。「方才那女子是誰？瞧著頗為水性。」

他隨青芷去過涵香樓，只是見的是管事胡京娘，並沒有見過麗娘子。

青芷微笑。「是涵香樓的老闆娘。」又自言自語道：「聽說這位老闆娘，背後可是有一位大人物，她似乎是那位大人物的外室呢。」

她知道舅舅做生意的，又沒有什麼後臺，自然不願惹上麻煩，故意這樣說。

不過她的確也沒有說假話，她與涵香樓的管事和女夥計打交道的次數多了，多多少少也聽到了些風聲，知道麗娘子是某位大人物的外室。

韓成見了麗娘子，原本驚豔得很，這會兒聽她這樣說，當即心裡一凜，不再提這個人了。

他這生意本錢小，門路少，可不敢惹那些大人物。

傍晚時分，青芷和韓氏一起去了趟涵香樓。

青芷拿了些香膏、香胰子和香油；韓氏則拿著前段時間繡的香囊、荷包和帕子。

先前青芷來涵香樓，都是管事胡京娘出面接待，這次是麗娘子親自出面接待。

雖然已是傍晚，可是涵香樓生意依舊很好，不少打扮嬌豔的女子呼朋引伴進進出出，衣香鬢影，熱鬧非凡。

看著這樣的情景，青芷眼睛亮晶晶的——只要世上女子有一顆愛美之心，她就能一直生意興隆！

早晚有一日，她也要開一間屬於自己的胭脂水粉鋪子！

胡京娘陪著麗娘子一起迎了出來。

麗娘子這次拿的是一把精緻的檀香骨扇，扇面上畫的是桃花圖。她握著檀香骨扇，一雙妙目打量了韓氏一眼，見她生得雖秀麗，卻是閨中少婦模樣，便含笑看向青芷。「虞姑娘，這位就是令堂嗎？真是好容貌、好氣質，看來姑娘長得像令堂。」

青芷嫣然一笑，並沒有多解釋。

麗娘子一看韓氏和青芷的情形，就知道母親溫柔賢淑，不善交際，而女兒精明能幹，因此母親聽女兒的。

她聲音微微沙啞，帶著柔媚，引著母女進了內堂。

內堂依舊是舊時模樣，窗明几淨，家具精緻，香爐裡焚著香餅，氣息淡雅。

麗娘子親自引著兩人在紫檀木圈椅上坐下，這才回到自己那張紫檀木雕花羅漢床上，倚著繡花靠枕舒舒服服坐下來，寒暄了幾句便直接驗貨。

青芷製作這些香油、香膏的時候，從來不曾偷工減料，因此並不擔心，含笑看著麗娘子驗貨。

她先從青芷送來的貨物裡隨意挑了個精緻的白瓷胭脂盒，翹著塗了蔻丹的尾指，輕輕擰開盒蓋。

這次青芷製作的玫瑰香膏依舊是頂級的，在麗娘子擰開盒蓋的同時，一股沁人心脾的玫瑰芬芳便飄了出來。

麗娘子又拿了一瓶玫瑰香油驗了，發現依舊芬芳滋潤，香氣持久，便含笑著點點頭，吩咐胡京娘。「讓帳房給虞大姑娘結帳吧！」

胡京娘吩咐完帳房，過來回話。

麗娘子拿了一枚瓜子輕輕嗑開，慢慢嚼了，才道：「把我房裡妝檯上新得的頭面匣子拿過來吧！」

胡京娘看了看麗娘子，見她撩了自己一眼，知她並非開玩笑，忙急急退下，很快便捧著一個扁平的紅錦匣子過來了。

麗娘子媚眼欲滴，給胡京娘使了個眼色。

胡京娘會意，捧著紅錦匣子走到青芷身前，輕輕一摁，匣蓋發出「咔」的一聲輕響彈開了。

胡京娘把匣子放在紫檀木小几上，含笑道：「虞姑娘、虞太太，妳們看看這副頭面怎麼樣？」

韓氏和青芷娘兒倆都有些好奇，齊齊看了過去，只見黑絲絨底座上擱著一副赤金鑲紅寶石頭面，簪環釵梳樣樣俱全，雖然上面鑲嵌的紅寶石小了些，只有綠豆大小，可是式樣精緻，令人心動。

麗娘子見母女倆看得入神，不由笑了，道：「這套頭面放在珠寶樓賣的話，怕是得百十兩銀子了，虞大姑娘，妳看看喜歡不喜歡？」她的笑容變得充滿誘惑。「若是喜歡，就儘管拿去吧，只需告訴我製作玫瑰香油和玫瑰香膏的秘訣……」

青芷沒想到麗娘子還沒放棄引誘她說出秘訣，不由笑了，起身道：「麗娘子，那是我養家餬口的本錢。」又道：「不過麗娘子您請放心，只要您不嫌棄，我會一直往涵香樓送貨的。」

麗娘子沒想到這個小姑娘居然能夠抵抗赤金鑲寶頭面的誘惑，心中納悶，卻也敬佩，便不強留，大大方方送了韓氏和青芷出去。
出了涵香樓，青芷鬆開韓氏的手，笑嘻嘻道：「娘，您手心全是汗，是不是緊張呀？」
韓氏長長地吁了一口氣。「妳不知道，剛才看到那副頭面，我的心怦怦直跳，眼睛都移不開了……這世上居然有這麼好看的首飾……」
青芷挽住韓氏的胳膊，輕輕道：「娘，您放心，如今我還買不起這樣的頭面，可是將來總有一天，我會買比今日這套更美的頭面送給您。」
韓氏笑了起來，不緊不慢道：「妳以為我不懂啊，涵香樓就是想占便宜，咱們慢慢來，細水長流。」她眼神慈和地看向女兒。「青芷，妳放心，只要妳好好的，買不買頭面，娘不在意。」
青芷心裡一陣溫暖，在夕陽餘暉中挽住母親的手臂。
這次她送到涵香樓的香油、香膏和香胰子，總共得了十六兩銀子；娘親寄賣香囊荷包，總共賺了一兩五錢銀子，母女兩個也算滿載而歸了，真是幸福啊！
韓氏自己掙了銀子，心中得意，便帶著青芷去街上買了二斤五花肉、一隻小筍雞和一條鯉魚，又買了一小罈女兒紅，預備回去請大家吃酒。
到家之後，韓氏和葛氏下廚燒了六個小菜，又燙了一壺女兒紅，待韓成去學堂接了韓昭玉回來，三個大人帶著青芷和韓昭玉兩個孩子，熱熱鬧鬧在月下吃酒聊天，到了子時方興盡而散。
第二天，青芷一直睡到快中午才醒來，洗漱後略吃了些早飯，便帶著韓氏和葛氏逛街去了。

一直到中午時分，三人滿載而歸——葛氏買了幾樣首飾，韓氏提著幾樣青芷愛吃的點心，青芷則拎著一個紗布袋子。

韓成頗為好奇地撚了撚青芷的紗布袋子裡又輕又小的顆粒。「這是什麼？怎麼買這麼多？」

青芷笑咪咪。「這是薄荷種子，我打算種在白蘋洲的地裡。」

韓成得知她種薄荷是為了賣錢，便道：「既然如此，我的那塊地閒著也是閒著，妳也種了吧！」

青芷笑嘻嘻道：「多謝舅舅。」又扭頭看葛氏，大眼睛寶光璀璨。「謝謝舅母。」

韓成和葛氏沒有女兒，一向把她當女兒疼愛，見她如此俏皮可愛，都笑了起來。

葛氏伸手撫了撫青芷的丫髻。「既然妳先謝了舅母，舅母就送妳一套衣裙好了。」

韓氏忙道：「弟妹，這如何敢當。」

韓成擺了擺手。「二姊，不須和我們夫婦客氣。」

韓氏這才不說話了，心裡卻感動異常。

青芷笑咪咪依偎著葛氏。「舅母真好。」

人與人之間就是這樣，舅舅、舅母和昭玉表弟是她和母親的親人，她一定會對舅舅、舅母和昭玉表弟很好的！

第三十章

到了下午，韓成讓夥計看著鋪子，自己帶著青芷去白蘋洲了。

到了白蘋洲，舅甥倆先去踏勘田地。

薄荷對土壤的要求不算很嚴格，除了低窪排水不良的土壤外，一般土壤均能種植，以砂質壤土、沖積土為好。

青芷蹲在地上，用手撚了些土細看，確定正是最適合薄荷生長的砂質壤土。

她起身，見這塊地光照很充足，心裡便有數了。薄荷生長是需要大量光照的，日照長，能夠促進薄荷開花，且利於薄荷油、薄荷腦的積累。

青芷確定之後和韓成商量一番，透過張經紀雇了兩個村民，叮囑他們把青芷選好的那塊地翻一遍，然後把薄荷種都撒了，再澆一遍水，又交代張經紀代為盯著。

如今薄荷才種下，還不用理會，待到出了苗，就得雇人專門照料了。

見一切停當，青芷在河邊洗了手，起身道：「舅舅，咱們回去吧！」

韓成看了看籠罩在金色夕陽中的田地，身心鬆快。「走吧，回去讓妳舅母給咱們攤煎餅。」

青芷答了聲「好」，笑了起來。

轉念間，又想到了鍾佳霖。哥哥這會兒在做什麼呢？是在讀書呢，還是跟著爹爹見客去了呢……

虞世清一行人進了南陽城，便直奔蔡家在縣學旁邊的宅子。

蔡家在南陽城和宛州城內都有宅子，這個宅子位於縣學後面的巷子裡，是兩進的院子，前院植滿了翠竹，十分清雅，有道月亮門從西夾道通往後院，後院影影綽綽，瞧著花木扶疏，頗有幾分景致。

蔡羽雖然性子跳脫，遇到正事卻也能辦得妥妥當當。

他吩咐提前過來佈置的小廝蔡福和蔡祿，讓蔡福把鍾佳霖安置在正房的東耳房，李真安排在正房的西耳房，自己親自引著先生進了東廂房，恭謹地把虞世清安頓下來，親自帶著小廝服侍虞世清更衣洗手，又奉了茶，這才退出去。

鍾佳霖提著書篋跟著蔡福進東耳房，見房間裡潔淨整齊，後窗前的書案上還擺著一盆素心蘭，頗為雅致，心中很是滿意，拿了一粒碎銀子給蔡福。「辛苦你了，拿去買瓜子吃吧！」

蔡福笑了起來。「小的謝鍾公子賞。」又道：「不過這屋子不是小的拾掇的，都是我們大姑娘看著人收拾的。」

他眼珠子一轉，也不急著出去，笑嘻嘻道：「我家大姑娘今年十五歲了，還沒有定下人家，生得千伶百俐，既聰明又好看，我們家老爺和太太都很倚重我們大姑娘呢！」

鍾佳霖微微一笑，並不多言，自顧自把書篋放在書案旁，把自己的幾本書都拿出來。

蔡福見鍾佳霖不感興趣，有些失望，行了個禮，這才退下去。

蔡福離開後，鍾佳霖端起茶壺斟了一盞茶，端著慢慢飲了，心裡思忖著，青芷跟著師母這會兒應該到了楊狀元胡同了吧？不知道舅舅會留青芷和師母住幾日？等考完得尋個時間去瞧瞧她。

計劃定了，鍾佳霖便在書案前坐下來，開始溫書。

他雖然天分高，可是畢竟荒廢了幾年，要想脫穎而出，必須得付出比旁人多一些的努力。

後院小樓內靜悄悄的。

蔡家大姑娘蔡翠正和一個穿著大紅罩衣的女孩子對弈。

二姑娘蔡瑩立在窗前向外看，看了一會兒，她扭頭看向穿著大紅罩衣的女孩子。「素梅姊姊，東耳房的後窗裡似乎有人在讀書……咦，是我家哥哥的同窗鍾小哥。」

原來穿著大紅罩衣的女孩，正是祁知縣的千金祁素梅。

祁素梅聞言，起身道：「距離這麼遠，能看到什麼啊？」

祁素梅說著話，走到窗前，和蔡瑩並肩而立向外看，發現前面東耳房真的有一個清俊少年在讀書。

鍾佳霖讀書很認真，一直未曾抬頭看，自然也沒有看到她們這些人。

祁素梅看了一會兒，不好意思再看了，便走回原位坐下，嘴角噙著一絲笑意。「瞧著鍾小哥年紀不大，不知他學業如何？」

蔡翠笑容和煦。「明日就要在縣學考試，到時候自然就知道了。」

蔡瑩笑嘻嘻地拍手。「鍾家哥哥生得這麼好看，若是學業很差，那可就是繡花枕頭了！」

這日，祁素梅一直在蔡家後宅待到傍晚才離開。

蔡翠和蔡瑩姊妹出去送她。三個女孩子在丫鬟的陪同下出了月亮門，不約而同都往前院的東耳房看去，正好看到蔡羽和鍾佳霖立在房門口說話。

她們恰好見到了鍾佳霖的側臉。

其實蔡羽也英俊，可是他的英俊在表相，而鍾佳霖的清俊卻是在骨子裡。

幾個女孩子站在那裡看著鍾佳霖，發現他眉毛濃秀，高鼻梁，白皮膚，單看也就那樣，可是搭配在一起，就是特別好看。

這會兒鍾佳霖似乎被蔡羽逗笑了，笑了起來，露出臉上的小酒窩。

他這一笑，彷彿整個天地都明亮起來。

祁素梅見了，微笑起來，用極輕的聲音道：「他真是乾淨陽光又美好……」

蔡瑩正在看那邊，沒聽到。

可蔡翠聽得清清楚楚。

祁素梅意識到自己有些忘情了，微微一笑掩飾過去，與蔡翠、蔡瑩說笑著出了門，登上自己的馬車離開了。

蔡翠回到後院，吩咐廚娘。「晚上做些清淡滋補的飯菜給大公子的客人們送去。」

廚娘答應了，和蔡翠商議起晚上的菜單來。

用罷豐盛的晚飯，蔡羽、鍾佳霖和李真陪著虞世清在院子裡散步。

蔡家院子裡掛了幾盞紗燈，散發著瑩潤的光，照得院子裡影影綽綽的，頗有一種靜謐之美。

晚風輕拂，很是舒適。

虞世清負手踱著步，口中道：「周學正已經和知縣祁大人商議過了，這次南陽縣各村學堂選出最優秀的童生來縣學考試，為了公平公正，採取和縣試一樣的方式，權當提前縣試。」

蔡羽極有眼色，見先生停頓，忙奉上手裡端著的茶杯。「先生請喝茶。」

虞世清接過茶盞飲了一口，發現茶香宜人，初嚐微苦，後味卻甚是甘甜，正是上好的毛尖，心裡喜歡，便又飲了一口，接著道：「和縣試一樣，明日的考試共分四場，一天一場，不過考場不在縣衙的禮房，而是在縣學裡；主考官不只本縣的縣令，還有縣裡教諭胡大人。」

他含笑看向眼前這三個得意門生。「周大人和知縣祁大人商議的是，前二十名才有資格隨著祁大人和教諭胡大人去見周大人，我相信你們三個都能夠脫穎而出。」

蔡羽、鍾佳霖和李真忙齊齊拱手。「先生請放心，我等一定會好好考試回報先生的。」

虞世清笑了起來，道：「孟子曰：『君子有三樂，而王天下不與存焉。父母俱存，兄弟無故，一樂也；仰不愧於天，俯不怍於人，二樂也；得天下英才而教育之，三樂也。』有你們這些學生，對我來說也是一件樂事啊！」

三人也都笑了起來。

第二天早上，蔡家派了輛大馬車，載著虞世清、蔡羽、鍾佳霖和李真往縣學去了。

南陽縣的縣學就在縣衙隔壁，如今縣學和縣衙門前的大街上滿滿當當全是馬車和人，蔡家的馬車根本進不去，在街口便停了下來。

蔡羽三人先跳下馬車，接過自己的書篋揹上，然後扶了虞世清下車。

虞世清帶著三個學生步行往縣學走去。

縣學門口全是人，都是來送學生應考的。

虞世清拿出文書，讓在縣學外面守門的衙役看。

鍾佳霖立在他身旁，抬眼向縣學門內看去，只見門內翠竹茂盛，綠意盎然，不由有些歡喜，心道：青芷若是在這裡，必定很喜歡！

衙役檢查罷文書，拱手請虞世清四人進去。「虞先生，請。」

虞世清點點頭，帶著三個學生進了縣學。

他曾經在這裡讀過兩年書，自是熟門熟路，沿著翠竹夾道直接往第一進院子去。

縣學是三進的院落，第一進院子是在縣學讀書的秀才們的學堂，第二進院子是學生們住宿之處，第三進院子才是縣學中的教諭和三位訓導的住處。

這會兒，第一進院子裡站著不少穿著儒袍的應考童生，大部分看上去都不到二十歲，少部分的年紀略大些，其中有幾位都蓄鬚了，分明已經超過三十。

虞世清又交代了幾句，按照文書上的安排，吩咐道：「佳霖是天房子號，蔡羽是君房辰號，李真是師房酉號，都進去吧！」

院子裡總共五個學堂，分別以「天地君親師」為名。

走到天房門口，鍾佳霖忽然扭頭看了一眼，發現虞世清還站在那裡，看著他們，眼中滿是期待。

他心裡一陣感動，對著虞世清微微一笑，昂首大步進了天房。

鍾佳霖進了房，見裡面還算潔淨，稀稀疏疏放著六套桌椅。

他走到自己的座位，拿出抹布細細擦拭一番，這才坐下來，把書篋裡的筆墨紙硯一一拿出，整齊地擺在桌上，開始研墨。

陸續有學子進來，六套桌椅很快就坐滿，大家都很好奇，又不敢說話，只能用眼神打招呼。

鍾佳霖生得好、年紀小，很快就成了其餘五人的焦點。

他恍若未覺，專心致志地研墨，那五個學子見狀，忙拿出硯臺等物，也研起墨來。

約莫一刻鐘後，縣學裡的訓導抱著一個匣子走進來，站在前方當著眾人的面揭開匣子上的封條，打開匣子，取出考卷，一一發放下去。

每個人的試卷都是一摞方方正正的紙，約莫有十來張的樣子。

鍾佳霖沒有立即答題，先把試卷整理了一下，然後迅速把考卷從頭到尾流覽一遍，心中有數之後，才開始答題。

這次考試的確是照著縣試的樣子來的，和縣試第一場考的內容一樣，考的是帖經。帖經是考官摘錄經書的一句並遮去幾個字，考生需填充缺去的字詞，以及與之相連的上下文。

鍾佳霖記性強，對他來說，這樣的題目實在簡單得很。

他認真答完題，又細細檢查一遍，確定沒有問題，便把試卷擺好，端坐著等待收卷。

離場時，鍾佳霖一出天房，便看到站在外面的虞世清和蔡羽。

虞世清沒有多問，直接道：「我們去師房等著李真出來。」

李真出來後，緊張兮兮地看向虞世清。「先生，『為政不因先王之道，可謂智乎』，下面一句是什麼？」

虞世清還沒回答，蔡羽已經笑嘻嘻地道：「下句是『是以惟仁者宜在高位，不仁而在高位，是播其惡於眾也』。咱們一起背過的，你怎麼忘記了？」

李真頓時有些懊惱。「我剛才太緊張了，明明寫對了，可是檢查的時候又覺得自己默錯，就又抹掉，改成了『事君無義，進退無禮，言則非先王之道者，猶沓沓也』。」

鍾佳霖拍了拍李真的肩膀，鼓勵道：「李真，一場不打緊的，還有三場呢。」

虞世清聽了，微微一笑，道：「佳霖說得對，既然考完，就不要多想了，免得影響後面三場的發揮。」

李真雖然還有些懊惱，情緒卻也好了許多。

師生四人說笑著出了縣學。

第二天上午考的是墨義。所謂墨義者，就是考官出十道和四書五經有關的問答題，五道全寫疏，另五道全寫注，其實還是考察記性。

對鍾佳霖來說，這個並不算難。

這場考試，他和李真發揮較好，反倒是蔡羽有些沮喪——他記錯了一處注疏。

第三天考的是辭賦。出考場的時候，蔡羽和鍾佳霖都覺得自己的詩詞寫得平常，反倒是李真最為自信。

到了第四天，終於是最後一場，也是最重要的策論了。

鍾佳霖拿到試卷後，深吸了一口氣，平靜下來，這才去看題目。

宣紙上，是一行銀鉤鐵畫、極有風骨的字：刑賞忠厚之至論。

鍾佳霖單手支頤，閉上眼睛思索著。

約莫過了一盞茶工夫，他睜開眼睛，開始打草稿。

時間一點點流逝。

寫完草稿，他檢查了一番，修改了下，開始工工整整謄寫。

寫完最後一句「《春秋》之義，立法貴嚴，而責人貴寬。因其褒貶之義，以制賞罰，亦忠厚之至也」，他緩緩吐出一口氣，讓因這篇策論而激昂的心緒平靜下來。

他端坐著，心裡已經能夠確定，如果這次考試確實公正公平，自己應該能夠進入前二十名，為先生爭臉，令自己揚名。

想到青芷得到消息時的歡喜，鍾佳霖不由微笑。

縣教諭胡大人帶著三個隨從出來巡視，來到天字房時，他目光掃視了一圈，最終落在鍾佳霖的身上。

胡大人看向那個青竹般的少年，見他不知為何笑了，陽光從窗裡照入，落在他臉上，那笑容自信而從容，甚是陽光，不由也是喜歡，心道：這樣的學子，才有資格代表南陽縣學子去見學正周大人啊！

想到這裡，他低聲問在天字房主持考試的訓導。「那個學子叫什麼名字？」

訓導稟報道：「啟稟大人，那位便是蔡家莊學堂虞世清的學生，名叫鍾佳霖。」

胡大人聞言一愣。「鍾佳霖？」

訓導答了聲「是」。

胡大人點點頭，雙手負在後面，心事重重地踱了出去。

這日閒來無事，青芷陪著韓氏和葛氏出去逛街。

逛街的時候，每次遇到點心鋪子，青芷都會進去逛逛。

韓氏和葛氏剛開始還以為她想買點心吃，後來發現青芷每進一間點心鋪子，都先問有沒有桂花點心；若是有，她就買一斤分給大家吃。嚐了點心，她又和鋪子裡的夥計攀談，問這些桂花是從哪裡買的？

如此幾次之後，她們才明白青芷的目的不是要買點心，而是要尋找上好的桂花。

青芷逛了幾間鋪子，嚐了好幾種桂花點心，發現最好的桂花都是產自司徒鎮東北邊羊山南麓的桂園。

出了趙氏點心鋪，韓氏手提著好幾包桂花點心，笑著問青芷。「青芷，妳是不是想買桂花做桂花油？怎麼不去胭脂水粉鋪子問，涵香樓離這裡又不遠。」

青芷嫣然一笑，挽住韓氏的手臂。「娘，我製作的桂花香油和桂花香膏，和一般胭脂水粉鋪子用的桂花不一樣，我要的是製作桂花點心用的桂花。」

韓氏和葛氏都弄不明白，不都是桂花嗎，有什麼不一樣？

青芷笑咪咪陪著韓氏和葛氏逛街，沒有再繼續這個話題。

這可是她琢磨出來的獨家秘訣，若是細細解說，那可真是說來話長了，母親和舅母不一定有興趣聽她長篇大論說下去。

她預備找個時間去桂園看看，若是可以的話，就先在那裡訂些桂花。

下午，青芷閒來無事，正跟著舅舅學習如何辨別料子好壞，忽然聽到有人在她身後輕輕咳了一聲。

青芷嚇了一跳，扭頭一看，發現是溫子淩正搖著一把扇子笑咪咪地看著她。大熱的天，他卻打扮得周周正正，一身月白紗袍，腰圍錦繡腰帶，彷彿要去赴瓊林宴一般。

她不由笑了起來。「子淩表哥，你來做什麼？」

溫子淩先向韓成行禮，這才笑著問青芷。「妳這會兒方便嗎？方便的話我和妳說句話。」

青芷順手把手裡的軟尺放進袖袋裡，和舅舅打了個招呼，才跟著溫子淩出去。

這會兒的太陽還有些毒，兄妹倆走到對面的梅溪河邊，在河邊一株老柳樹下停下腳步。

河水流淌，微風習習，樹蔭下倒還算涼快些。

溫子淩心事重重地道：「青芷，我前幾日去了一趟宛州城……」

青芷抬眼看向他，眼神清澈而專注，溫子淩不知道該如何說出口，「嘩」地展開手裡的灑金川扇，用力搧著，好一會兒才道：「我和人在酒樓談生意，似乎看到了……」

他有些為難，仰首看著垂下來的柳條，不說話了。

青芷觀察著溫子淩，見他俊臉微紅，有些忸怩，又有些為難，便微微一笑，道：「子淩表哥，是不是那個酒樓中有粉頭供唱？」

她知道一般酒樓自有娼家女陪酒供唱，甚至接客陪睡。

溫子淩被青芷說破了，索性道：「不是我叫的，是招待我的秦大官人叫的！」

溫子淩這麼著急地來找她，應該不是為這事，便道：「子淩表哥，在酒樓供唱的粉頭中，是不是有咱們的熟人？」

溫子淩見青芷這麼聰明，忙道：「我看到另一桌有一個供唱的粉頭，瞧著有些眼熟，像是六姨母家的雨馨表姊……我尋了個藉口去看，誰知她竟被客人帶走了……」

青芷聞言，眉頭蹙了起來。

這件事溫子淩一直藏在心裡，不敢和別人說。

雖然雷雨馨和青芷一樣是自己的表姊妹，可是他和雷雨馨一直不親近，看到雷雨馨淪落風塵，他當時第一反應就是「惡有惡報」。雷雨馨想要害青芷，卻害了她自己，可不就是惡有惡報？

接下來，他想到的是雷雨馨淪落風塵之事萬萬不能傳到南陽縣，免得將來青芷說親時受影響。有一個親表姊淪落娼門，可不是什麼光彩的事。

青芷抬眼看向溫子淩。「子淩哥哥，你打算怎麼做？」

溫子淩道：「我正要和妳商議呢。」

青芷想了想。「你尋個機會悄悄和六姑母說一下吧……」

溫子淩也沒意識到作為表兄，自己的心已經偏得沒邊了，當即道：「我這幾日尋個機會和六姑母說吧！」

這件事只能悄悄說，還得尋找合適的時機。

青芷嘆了口氣，看著靜靜流淌的梅溪河，默然片刻，這才看向溫子淩，換了個輕鬆些的話題。「子淩表哥，你聽說過司徒鎮羊山南麓的桂園嗎？」

溫家就在司徒鎮，說不定聽過那個桂園。

溫子淩聞言笑了。「就在我家墳地的旁邊，我自然知道。」他好奇地問青芷。「妳問這個做什麼？」

青芷也不瞞著他，笑咪咪道：「我想買這個桂園出產的桂花做香油、香膏和香胰子。」

知道是為了生意，溫子淩忙道：「那是你們莊子上蔡大戶的產業，妳去問問蔡羽吧！」

又問道：「既然要做桂花香油、桂花香膏了，要不要重新燒些瓷盒子？」

青芷正有此意。「子淩表哥，我正打算問你呢！等我畫好樣子，再去找你，好不好？」

溫子淩答應了，從馬鞍上掛著的紗袋內取出一個桐木匣子。「給妳的禮物。」

青芷打開一看，見裡面是一套精緻的玉青瓷茶具，一個拳頭大的小茶壺，配著一對玲瓏剔透的玉青瓷茶盞，很是喜歡。「子淩表哥，多謝你！我給你做雙千層底布鞋吧！」

溫子淩睨了她一眼。「三個月前妳許給我的荷包呢？」

「我忘了……」自己一忙起來，居然把這件事給忘了，青芷的臉都有些發熱，怪不好意思的。「子淩表哥，這次你且等著，八月初一去你家吃酒席那日，我一定把新荷包和鞋子都帶過去。」

為了表示誠意，她珍而重之地請溫子淩在旁邊一塊平整的石頭上坐下，笑咪咪地道：「子淩表哥，手頭沒有你的鞋樣，我自己給你描一個。」

還可以這麼做……

青芷也不多說，請他脫下腳上的細結底陳橋鞋和清水布襪，蹲了下來，掏出方才裝進袖袋裡的軟尺，細細量了他的腳，用心記下尺寸，才道：「好了。」

溫子淩的腳被青芷握在手裡，有些癢癢的、麻麻的，還怪不自在，整個人都僵了，待聽到這句「好了」，忙拿了清水布襪套上，穿好鞋子，又督促了青芷幾句，喊了牽著馬的張允過來，趕緊騎上馬離開了。

回到韓成的店裡，青芷把溫子淩雙腳的尺寸用筆記下來，不由想起鍾佳霖。既然要給子淩表哥做鞋，也得給哥哥做一雙。

今日哥哥應該考完第四場，不知道何時能見到他？到時候也量量哥哥的尺寸，給哥哥描個鞋樣，做雙千層底布鞋。

第三十一章

回蔡宅的路上，蔡羽在馬車裡興致勃勃地道：「先生，明日才會張榜公布結果，咱們不如住在我家，待榜文公布了再說，可好？」

虞世清原本計劃著明日回學堂授課的內容，聞言也愣住了。「這……原本說好的今日下午回去，明日學堂就開始上課……」

「先生，這個簡單，我派蔡福回去一趟，挨家挨戶通知大家，後日再到學堂上課好了。」

見蔡羽如此執著，虞世清不禁有些躊躇，當下看向李真和鍾佳霖。「你們的意思是……」

鍾佳霖想起青芷好不容易擺脫了王氏，一定開心得很，怕是願意在城裡多待兩日，便道：「先生，蔡兄的安排頗為周全。」他看向虞世清，黑泠泠的雙目清澈至極。「再說了，您難道不等著張榜了再去看看學正大人？」

虞世清沈吟了下，道：「嗯，那就這樣吧！」

他原本想著避嫌，因此一直未曾去見恩師，倒是佳霖考慮得更周全些，待榜文公布再去見先生，倒也妥當。

蔡羽和李真見鍾佳霖成功說服了先生，也笑了起來。

好不容易進城一次，他們也想多玩兩日呢！

用罷午飯，虞世清就與昔日同窗約著一起到白河上泛舟去了。

鍾佳霖想要跟過去，卻被虞世清拒絕了。

虞世清含笑道：「佳霖，這幾日你也累了，下午就在蔡宅歇息一下吧！」

鍾佳霖見他堅持，只得目送虞世清出去。

因為榜文還沒公布，蔡羽他們心中都有些忐忑，也無心玩鬧，三個人下午都回各自房間睡覺去了。

虞世清到了白河邊，與同窗碰了面，一起買了幾樣酒菜，租了船，果真自自在在地泛舟去了。

他這個同窗名叫陳志恆，也有秀才功名在身，如今在村裡學堂教授學生，這次也是帶了幾個優秀學生來應試。

這次見虞世清，陳志恆便帶著兒子陳秀智一起過來了。

陳秀智人如其名，生得很是清秀，不愛說話，可是極有眼色，坐在一邊，把虞世清和陳志恆照顧得妥妥當當。

晚上，鍾佳霖正在房內抄書，忽然聽到外面傳來一聲喧譁，接著便是蔡羽的聲音。「佳霖，先生喝醉了，你出來一下幫幫忙！」

鍾佳霖忙起身出去。

虞世清喝得醉醺醺的，被陳家父子攙扶著回來。

蔡羽和鍾佳霖迎了上去，從陳家父子那裡接過虞世清。

李真湊不上手，便跟在一邊。

虞世清醉得舌頭都大了，偏偏喝醉了話多，陳志恆和陳秀智向他告辭，他卻指著陳秀智，大著舌頭道：「瞧……瞧瞧，這……這是陳……陳家的……秀……秀智，把青芷嫁……嫁給他，怎……怎麼樣？」

聽清楚了先生這句話，四周一下子靜了下來。

陳秀智沒見過虞青芷，也不知道該有什麼反應，詫異地看向父親。

他一向優秀，因此自視甚高，早就放出話來，只有那才貌雙全的佳人才配得上他，因此一定要娶一個識文斷字的美貌佳人為妻。

這位虞世叔喝醉了還不忘操心此事，可見這位虞大姑娘怕是不怎麼樣！

陳志恆可是見過虞世清的娘子韓氏，知道韓氏美貌，俊男美女生的閨女能醜到哪裡去？便給兒子使了個眼色，含笑道：「世清，茲事體大，咱們須得慢慢計較。」

虞世清這會兒跟迷症了一般，就是看中陳志恆這好兒子，掙扎著上前說話。「咱們現……現在就……就定下來……」

鍾佳霖見狀，忙含笑道：「陳世叔，家師醉了，若有冒犯之處，世叔千萬不要放在心上。」

他寥寥幾句就打發了兩父子，扶著虞世清回房歇息去了。

安頓虞世清喝了醒酒湯、睡下之後，蔡羽把李真和鍾佳霖拉到外面廊下，憤憤道：「先生今日怎麼了？怎麼隨便見了個人就要把青芷許配給人家？這也太兒戲了吧！」

鍾佳霖倒是冷靜。「這件事咱們誰都不要提，就當沒發生過。」

李真遲疑道：「萬一先生問起呢？」

鍾佳霖看了他一眼，淡淡道：「先生不會問的。」

先生性格綿軟，平時斷不會如此，今日怕是見昔日同窗兒子優秀，觸動內心隱痛，這才如此反常。

他垂下眼簾。至今沒有兒子，一直是先生心裡的一根刺，時不時就要疼一疼。

其實在他看來，有沒有兒子其實沒那麼重要，只要女兒、女婿孝順，也不比兒子差。

鍾佳霖和蔡羽說了一聲，讓他留下蔡福歇在明間，好讓虞世清夜裡叫人方便。

見先生已經熟睡，三人便各自回房了。

鍾佳霖下午睡了一會兒，這會兒有些走了睏，便洗了個澡，然後披散著濕漉漉的長髮，坐在窗前繼續抄書。

抄書既能賺錢，又能複習鞏固經書，他還是很喜歡的。

後院，小樓內已經熄了燈，整座小樓沈浸在寂靜之中。

在明間羅漢床上睡著的篆兒已經睡熟了，發出均勻的鼻息。

蔡翠在床上翻來覆去了好一陣子，眼看著還是睡不著，心裡亂糟糟的，便坐了起來，倚著靠枕想心事。

她覺得心裡亂糟糟的，難以平靜，便起身穿上外衣，也不點燈，走到窗前，推開窗子望出去。

東耳房的後窗裡還亮著燈，鍾佳霖披著長髮，一身白綾衣袍坐在那裡，正在燈下寫字。

她倚在窗前，靜靜看著窗子裡的鍾佳霖。

少女情懷總是詩。

她總是理智，還以為自己一生都會這麼理智下去，誰知那天竟然見到了這個容顏清俊、氣質高貴的少年……

第二天早上，虞世清醒了過來。

洗漱後，他接過鍾佳霖奉上的清茶飲了口，大腦漸漸清明起來，昨晚的事一件件都想了起來，頓時有些心驚肉跳。昨晚是瘋了嗎？這都說的什麼瘋話啊？他怎麼會拉著志恆兄要定兒女婚事？

他用力搓了一把臉。希望志恆兄喝醉了，把昨夜的話給忘記……可是轉念一想，自己都覺得不可能。陳志恆和陳秀智父子倆，根本不像是喝醉的樣子呀！萬一他們真來提親怎麼辦？

青芷早就說了要等他這當爹的考上舉人再提親事的！

想到這裡，虞世清抱住腦袋，恨不能跑到昨夜去，把那喝了酒瘋瘋癲癲的自己給打一頓！

鍾佳霖一直在旁邊觀察他，見虞世清開始發怔，便道：「先生，您先飲了這盞清茶，我有話要和您說。」

虞世清也猜到鍾佳霖要說什麼，訕訕地答應了，端著茶盞慢慢飲著。

鍾佳霖在一邊守著，待虞世清喝完茶，他接過空茶盞，才認真地看向虞世清。「先生，青芷妹妹自小聰明，極有主見，她早就說過了，要等您中舉後再提她的親事。」

虞世清羞愧地低下頭，吶吶無言。

鍾佳霖雙目清明，聲音清冷冷的。「先生，青芷心中清清楚楚，只有您考中舉人，她的親事才有可能水漲船高，才有可能嫁得更好。妹妹有這樣的見識，咱們做父兄的，只能盡力成全，可不能誤了妹妹的終身。」

他瞭解虞世清性格軟弱無主見，因此得把事情攤開來說，讓虞世清知道青芷的打算，免得他不負責任地亂點鴛鴦譜，反而誤了青芷的終身。

虞世清吶吶道：「可陳家那邊怎麼辦……」

鍾佳霖微微一笑。「先生，這有何難？」那雙黑冷冷的眼睛裡閃著狡黠的光。「陳家不追問也就罷了，他家若是追問，您就說當時醉了，什麼都不知道，說的話都是胡話。」

虞世清眼睛一亮，目光殷殷地看著鍾佳霖。「可是當時蔡羽和李真也在場……」

鍾佳霖笑容加深。「先生請放心，他們那邊自有我去說。」

虞世清這才放下心來。看來有兒子真是福氣呢，看看佳霖，不是兒子，勝似兒子，什麼麻煩事都能交給他。

他心情一輕鬆，就覺出了飢餓，不由得皺眉。

鍾佳霖微微一笑。「先生且稍等片刻。」

他出去不久，就帶著蔡福過來了。蔡福手裡端著托盤，托盤上是一籠松針包子、一碗香噴噴的清粥和幾樣小菜。

虞世清不由笑起來。佳霖這孩子真是有眼色啊！

這次考試的結果快出來了，祁素梅有些心神不寧、坐立不安。

最後，她終於忍不住了，吩咐貼身丫鬟溫書。「妳去爹爹的書房打聽一下，看這次考試的榜單出來沒有？」

她知道溫書跟爹爹書房內侍候的小廝詞章相互愛慕，因此讓溫書去打聽。

溫書出去了。

祁素梅坐了一會兒，有些無聊，見花瓶裡插著一大簇月季花，便隨意抽出一朵，一點點揪著花瓣。

直到祁素梅揪禿了四朵月季花，溫書這才進來，笑吟吟地從衣袖裡掏出一張字條遞給祁素梅。「姑娘，這是這次榜文的順序。」

祁素梅急急展開，看了起來。

她知道鍾佳霖年紀小，不敢從第一名開始看，而是從最下面的第二十名開始看起。

一直沒看到鍾佳霖的名字，心中既有些失望，又抱著一線希望，當真是複雜得很。

在看到「鍾佳霖」三個字的那一刻，祁素梅頓時歡喜起來，一下子閉上眼睛，眼前似有煙花綻放，仙樂飄飄——他考了第一名！他考了第一名！

想到自己欣賞的清俊少年考了第一，以後會漸漸脫穎而出，祁素梅也歡喜起來。

不過她素來穩重，饒是心中歡喜，面上還是一片平靜，淡淡問溫書。「爹爹預備如何獎勵這前二十名？」

溫書笑嘻嘻道：「我聽詞章說，下午前二十名會來府裡見老爺，老爺預備給他們每人發放一個錦匣，上面寫著他們的名字，裡面盛些筆墨紙硯。名次越靠前，錦匣裡的物品就越好。」

祁素梅「哦」了一聲，心裡有了一個主意。

有了鍾佳霖的寬慰，虞世清心裡一塊石頭落了地，身心輕鬆，便帶著三個學生往縣學看榜去了。

榜文就張貼在縣學外面的牆上，周圍圍了一圈人，全都是南陽縣各村學堂的先生及參加考試的學生，也有學生的家人，煞是熱鬧。

虞世清負手含笑而立，並沒有擠進去看一看的打算。

蔡羽和李真雖然躍躍欲試，卻也知道他們要保持讀書人的矜持，因此勉強忍耐著。

鍾佳霖見蔡福立在一邊，便給蔡羽使了個眼色。他們自恃讀書人的身分，不好擠進去看，小廝總可以吧？

蔡羽這才恍然大悟，忙叫了蔡福。蔡福會意，當即奮力擠進人群中。他身材瘦小，頗為靈活，很快就擠到最前面，踮著腳先去尋自家大公子的名字，尋到後當即大聲道：「大公子！大公子排第十！」

蔡羽聞言，先是有些失望，以為自己會考得更好……接著卻又微笑起來，能在南陽縣全縣的優秀學子中考進前二十，還是很不錯的！

李真有些嫉妒，又有些緊張，也顧不得矜持，上前大聲提醒蔡福。「蔡福，快看看我的名字！」

蔡福往蔡羽名字下面看，果真看到了李真的名字，當即扭頭大聲道：「李公子也考上了，排第十九！」

李真聞言，終於鬆了一口氣，雙手合十唸了聲「阿彌陀佛」，然後才想起了鍾佳霖，忙道：「蔡福，快看看佳霖的名字！」

蔡福從後往前看，越看頭仰得越厲害，終於在最上面看到了「鍾佳霖」三個字，當即往外擠，一邊擠一邊高聲道：「鍾公子考了第一！鍾公子考了第一！」

看榜文的先生和學子都看了過來，想看看榜首，見是一個生得極為清俊的少年，心中不免都有些酸溜溜的。

虞世清和蔡羽也都為鍾佳霖歡喜，滿臉喜色。

李真瞬間有些不自在，不過很快也笑了起來。「恭喜恭喜。」

他們三人可是師出同門，將來是要互相扶持的，何必小肚雞腸？

鍾佳霖微微一笑。「同喜同喜。」

虞世清正要說話，卻見到陳志恆帶了四個學生過來，忙上前應酬。

陳志恆的兒子陳秀智這次名列前茅，他是特地來尋虞世清炫耀的，得知正是虞世清的學生考了榜首，帶來的三個學生也都榜上有名，陳志恆心情有些複雜，不過表現還算得體。

「小兒這次還算正常發揮，考取了第六名。」

聞言，虞世清忙恭喜了兩句。

他怕陳志恆提起自己喝醉時說的話，聊了兩句就把話題扯到昨晚。「唉，陳兄，我這人酒量太淺，一飲幾杯酒就醉得昏天黑地，說了什麼全不記得了，陳兄可別把我的話放在心上。」

蔡羽猜到虞世清是擔心昨晚的醉話，在一邊暗笑，抬眼看向鍾佳霖。

鍾佳霖老神在在，毫不擔心。

陳志恆因為兒子昨晚回去也鬧過，便就坡下驢，笑道：「愚兄昨夜也喝醉了，哪裡記得那麼多？再說了，醉話豈能當真？」

虞世清聞言大喜，悄悄鬆了一口氣。

看著這位虞世叔如釋重負的模樣，陳秀智有些狐疑地看了爹爹一眼，心道：難道昨晚虞世叔真的喝醉，這才要攀親，清醒之後便後悔了？

不知道虞家妹妹到底長得怎麼樣？

眼看著快到八月十五，不如尋個機會，攛掇爹爹去虞家作客，乘機跟著去看看虞家妹妹出落得如何？是什麼模樣？

虞世清不知道這位自己欣賞的世姪心裡正在嘀咕，滿面春風地和陳志恆應酬了幾句，便拱手告辭。

蔡羽見狀，忙吩咐車夫把馬車趕過來，師生四人上了馬車，離開縣學。

待馬車駛離，蔡羽才問虞世清。「先生，咱們接著去哪兒？」

虞世清想了想，道：「回去等著吧，祁知縣應該會派人來找咱們的。」

到了蔡宅，虞世清才發現蔡大戶蔡振東也在，忙上前見禮。

蔡大戶得知蔡羽考了第十，歡喜至極，當即對著虞世清深深一揖。「多謝先生。」他是真的歡喜，不由又笑了起來，道：「小兒頑劣，真是辛苦先生了。」

虞世清客氣幾句，賓主進了正房坐下飲茶聊天，相談甚歡——主要是蔡振東說，虞世清聽。

中午，蔡振東安排了豐盛的酒宴，但虞世清下午還要去見祁知縣，不敢多飲，飲了一盞酒就放下了。

午飯後，蔡振東把蔡羽叫過來，手指在紅木雕卷草紋方桌上敲了敲，這才道：「阿羽，我想送虞先生禮物，你覺得送什麼合適？」

蔡羽聞言笑了，心思急轉，道：「爹爹，虞先生最疼愛他的獨生女，您就送一套上好頭面和幾疋精緻綢緞，虞先生一定喜歡。」

嗯，青芷似乎沒什麼首飾，衣服也就那兩套，洗得都發白了，得攛掇爹爹送些首飾、衣料，青芷一定會喜歡！

蔡振東能把生意從南陽縣做到宛州城，自然也是個聰明人，見兒子笑得燦爛，眼睛似有星光閃爍，心中狐疑，凝視著兒子的眼睛，緩緩道：「阿羽，你是我的嫡長子，你的親事，你娘和我另有安排，切莫給人家姑娘實現不了的念想。」

蔡羽的笑容凝固在那裡，臉色也變得蒼白起來。

蔡振東看著兒子的模樣，心裡明白了，端起茶盞道：「你回去歇著吧，下午還要隨著虞先生去拜會知縣大人呢。」

少年人喜歡可愛、美麗的女孩子，這是正常；可是婚姻之事，卻還是得父母之命、媒妁之言，須得門當戶對、有利可圖才行。

蔡羽垂下眼簾，答了聲「是」，退了下去。

一到外面，他挑了挑劍眉，大步回自己房間去了。

他不會明著反抗爹娘，卻不意味著什麼都要聽爹娘的安排。

虞世清帶著三個學生下了馬車，隨著負責接引的衙役從西側門進了縣衙。

負責接引的衙役約莫十五、六歲，生得頗為清秀，頭戴罩漆紗的無腳襆頭，身穿深紅圓領袍子，正是大周官府差役的制服。

他年紀不大卻甚是健談，一邊引著虞世清四人沿著林蔭道往前走，一邊道：「大人在縣衙大堂後面的東廳見各位，得走一段距離才能走到。」

鍾佳霖跟在蔡羽後面，一邊走，一邊不著痕跡地觀察南陽縣衙，發現縣衙內松柏青青，屋舍古樸。

又走了一段路，小衙役指著前面松柏掩映著的黛瓦白牆院子道：「那裡就是大人的書房和見客的西花廳了。」

李真眼珠子一轉，笑吟吟指著花廳後面蒼松翠柏間露出的一角紅樓道：「那座紅樓想必是知縣大人的住處了？」

小衙役笑了起來。「我們大人和夫人住在內院正房，那座紅樓是大姑娘的繡樓。」

鍾佳霖忽然開口問道：「不知今日知縣大人是單見我們，還是榜文的前二十名一起見了？」

小衙役聞言，笑嘻嘻道：「西花廳才多大，哪裡盛得下那麼多人？自然是分別接見了。」

鍾佳霖垂下眼簾，不再多說。

他背上寒毛豎起，有一種莫名其妙的感覺，總覺得這會兒好像有人在暗處窺伺他。

祁素梅此時正立在撫琴閣的三樓，借助紗簾的掩護，看著遠遠走來的鍾佳霖一行人。

看到他從容不迫地走著，越來越近，她的心怦怦直跳，幾乎要從胸腔裡跳出來了，臉也有些熱。

她伸手撫了撫臉，低下頭去，心道：他若是見了那些東西，不知會怎樣想我？會不會立時拒絕？

轉念又想，他是孤兒出身，又那樣寒素，正缺銀錢，那些阿堵物倒是可以資助他讀書科舉，支撐一段時間了……

祁知縣正在西花廳陪著一個人說話。

這人穿著深青色紗袍，腰間圍著白玉帶，越發顯得瘦弱秀氣，正是周靈。

祁知縣恭謹地看著周靈。

周靈甚是閒適地坐在那裡，手裡拿著一摞考卷，上面的字體雖然稍顯稚嫩，卻很是好看，正是鍾佳霖的試卷。

他正在看鍾佳霖那篇策論。

祁知縣道：「周大人，下官以為此子之策論，此次考試當排第一。」

周靈略一思索，道：「他的試卷我拿去了。」

對於這位來自京城的大人物，祁知縣哪裡敢得罪，忙笑著答應了。

恰在此時，小廝在外面稟報，說蔡家莊學堂的虞先生帶著三位學生到了。

祁知縣當即看向周靈，周靈擺了擺手，起身去了屏風後，祁知縣這才道：「請他們進來吧！」

行罷禮，鍾佳霖看向祁知縣，發現他約莫三、四十歲，相貌普通，一雙眼睛卻甚是清澈。

虞世清回話的時候，鍾佳霖抬眼看向東牆的榆木高几，發現上面擺著兩盞還未飲過的清茶，便知這裡剛才應該是有客人的，心裡不由有些疑惑，便不著痕跡地打量四周一番，忽然又有了那種被人窺伺的感覺。

聊了幾句之後，祁知縣命人送來三個錦匣，按照上面貼的姓名分發給鍾佳霖、蔡羽和李真。

鍾佳霖三人齊齊行禮。「多謝大人。」

祁知縣含笑說了幾句勉勵的話，打量了鍾佳霖一番，發現鍾佳霖衣袍雖然樸素，卻自有一種清貴之氣，不由有些納罕。

安排好明日去見兗州學正周大人之事，祁知縣便端茶送客了。

出了西花廳，依舊是來時那個小衙役引著四人離開。

李真忍耐不住，打開自己的錦匣看了看，發現裡面分別是筆墨紙硯四樣禮，另有兩個刻著「狀元及第」四個字的小銀錁子，不由一陣歡喜，忙看向蔡羽和鍾佳霖。「你們裡面是什麼？」

蔡羽打開自己的錦匣，發現裡面與李真一模一樣，便看向鍾佳霖。「佳霖，你的也是這些嗎？」

鍾佳霖正在看自己匣子裡的東西，聞言一下子合上了匣子，看向小衙役。「煩請小哥帶我再去見知縣大人一趟，我有很重要的事情要面見知縣大人。」

小衙役見他不是開玩笑的模樣，便答應了。

鍾佳霖看向虞世清。「先生，待我回來再向您解釋。」

祁知縣剛在後門送走了周靈，聽說鍾佳霖又來了，便道：「請他進來吧！」

行罷禮，鍾佳霖低聲道：「請大人屏退左右。」

待侍候的人退下，他才打開錦匣奉上去。「大人請看。」

錦匣裡除了筆墨紙硯四樣禮，和兩個刻著「狀元及第」的小銀錁子，還有一把用紅絲線繫著的青絲，一枚玉珮、一支白玉釵和一個繡著雨中海棠花的精緻荷包。

祁知縣拿起那支白玉釵細看，臉色很快地變了。

白玉釵上刻著一行極小的字：「一朵素梅春帶雪」。

「素梅」正是他女兒的名字，而這支白玉釵也是他託人在京城給女兒買的禮物，上面那句「一朵素梅春帶雪」，還是女兒特地要求鏨上的！

祁知縣又拿起那個荷包，覺得沈甸甸的，打開一看，發現裡面居然是一粒粒的小金豆，不由氣得雙手微顫。

鍾佳霖忙道：「啟稟大人，學生可以發誓，並沒有人看到學生錦匣中之物。」

第三十二章

祁知縣這才放鬆了些。若是被人知道，自己女兒的閨譽卻是要毀了！

他看向鍾佳霖的眼神滿是欣慰。「你這孩子……唉，多虧你了。」

鍾佳霖抬起眼，精緻的眼清澈至極，聲音清淩淩的，很是好聽。「大人，學生今日返回，是因為大人賜學生的錦匣中香墨誤裝了雙份。」

祁知縣明白他這是在向自己保證絕不洩漏此事，不由更是喜歡，眼神更是溫和。「佳霖，你且等一等。」

他把錦匣裡那把用紅絲線繫著的青絲、玉珮、白玉釵和繡著雨中海棠花的精緻荷包都拿了出來，又把錦匣剩下之物檢查一遍，確定沒有夾帶，才起身拿了兩本書，外加一個賞人用的青色荷包放進錦匣裡，笑容溫和。「佳霖，明年二月的縣試，你可以來試試了。」

這樣品行純正的好孩子，他自然願意提攜。

鍾佳霖道了謝，接過錦匣告辭退下。

虞世清擔心，正帶著蔡羽和李真在西花廳外面等著。

蔡羽和李真很好奇，可是當著小affordability的面也不好問什麼，一直到了馬車上，才逼問鍾佳霖。

鍾佳霖當即交代了。「大人賞賜我的錦匣中香墨誤裝了雙份，我趕緊還了回去。」

李真將信將疑，拿過他的錦匣，發現裡面比自己多了兩本書和一個大大的青色荷包，心中微酸，裝作無意問道：「你怎麼比我們多了這兩本書和這個青色荷包？」

鍾佳霖老老實實道：「這是祁大人方才賞我的。」

李真心裡酸溜溜的，生怕祁知縣給鍾佳霖什麼特殊好處，便拿起兩本書看了看，發現一本是《孟子》，一本是《大學》，都是普通的書，心裡不由有些納悶，暗自決定回去把這兩本書好好背一背。

到了傍晚，虞世清帶著三人去了縣學，與其餘十七名學子和先生會合，隨著祁大人和縣學教諭胡大人去驛站見周大人去了。

周大人自然又是一番勉勵和賞賜，命城中酒樓送來了豐盛席面，在驛站花園內舉辦了一場夜宴。

宴會結束後，周大人留下自己兩個學生虞世清和陳志恆，又聊了一陣子，敘了師生情誼，才送他們離開。

虞世清四人回到蔡宅時已是深夜。

第二天一大早，用罷早飯，虞世清就提出告辭。

蔡振東再三挽留，只是虞世清實在盼著去接妻女，只得命小廝捧出一個用紅綢裹了的氈包來，非要送給虞世清。

虞世清頓時有些慌張，忙推辭不受。

蔡羽見先生推辭，生怕自己爹真的不送了，忙道：「先生，裡面是女孩子用的東西。」

虞世清想起青芷都十二歲了，當爹的卻很少送女兒禮物，偶爾送了對珍珠耳墜，卻被青芷祖母要走了……

既然是女孩子用的，那……就收下吧！

昨日韓成派夥計去看了榜，夥計看罷榜文，興沖沖地跑回來稟報。

得知虞世清的三位學生都榜上有名，尤其鍾佳霖更是高居榜首，正在等待消息的韓成、葛氏、韓氏和青芷都笑了起來。

青芷更是開心，笑盈盈道：「哥哥考了榜首，真好！」過了一會兒，又忍不住道：「哥哥可真厲害啊！」

韓氏歡喜得合不攏嘴。「青芷，咱們要不要去蔡宅看望妳爹和妳哥哥？」

青芷想了想，道：「爹爹和哥哥這兩日怕是應酬很多，咱們在舅舅和舅母這裡等著吧！」

哥哥既然得了榜首，應該會去見縣學教諭、知縣大人和宛州學正，既然這麼忙碌，何必去打擾他呢？

韓氏聽了，心裡有些失望，不過她習慣聽女兒的話，很快又開心起來。「嗯，那咱們就等著妳爹爹和哥哥來接吧！」

青芷笑咪咪地道：「娘，咱們先把行李收拾一下，明日早上，爹爹和哥哥一定會來接咱們的。」

隔日早上，她正在擺弄韓成送的兩盆蘭草，韓成便急急進來，臉上滿是笑意。「青芷，妳爹爹來接妳和妳娘了。」

青芷聞言，心中一陣驚喜，當即拎起裙裾跑了出去。

鍾佳霖剛把虞世清扶下馬車，就看到一個身材婀娜的美麗少女笑盈盈地站在黑底金漆的招牌下，一雙大眼睛寶光璀璨，笑容燦爛，不是青芷還是誰？

看到青芷，鍾佳霖心裡有一種溫柔的牽動，溫聲道：「青芷，我和先生來接妳和師娘回家。」

其實不過幾日沒見青芷，卻覺得似乎離開她很久，心中頗為牽掛。

青芷「嗯」了一聲，拎著裙裾，敏捷地從高臺上跳下來，一下子站在鍾佳霖面前。「哥哥，恭喜你！」

見青芷穩穩地落在地上，鍾佳霖悄悄收回雙手，低聲斥責道：「這麼高的臺子，多危險啊。」又伸手拉住青芷，低聲道：「我得了一個硯臺，送給昭玉做禮物吧！」

舅舅和舅母待青芷這樣好，他總得還禮吧！

青芷得知是祁知縣賞的硯臺，便要求先看看，鍾佳霖便拿出來讓她看。

青芷認出是一塊蕉葉白端硯，知道這硯臺好，點點頭，道：「哥哥，以後我會送你更好的硯臺的。」

鍾佳霖笑了，抬手揉了揉青芷的腦袋，沒說什麼。

韓成得知鍾佳霖送的硯臺是知縣大人賞的，當即眉開眼笑。「這意頭真好！希望我家昭玉也像佳霖一樣學業有成！」

回到家裡，虞世清忽然想起蔡大官人送的那個氈包，吩咐鍾佳霖。「佳霖，把蔡大官人送的氈包拿過來吧！」

鍾佳霖很快就把氈包送進來。

虞世清打開氈包，才發現裡面是幾疋綾羅綢緞和一個大紅鳳尾紋錦匣。

韓氏湊過去數了數，發現一共是六疋衣料，一疋大紅宮緞，一疋鸚哥綠潞綢，一疋翠藍雲緞，一疋白綾，另有疋匹杭州毛青布，不禁歡喜道：「可以給青芷做件大紅緞裙，再給她做件白綾襖，你和佳霖一人一件毛青布夾袍。」

虞世清滿口答應。「好。」

看向這些衣料，他當即想起自己親娘，忙道：「這疋鸚哥綠潞綢給咱娘吧，咱娘喜歡這些鮮亮顏色。」

韓氏笑容消失了一瞬，輕輕答應了一聲。

青芷嘴角抽了抽。都是五十多歲的老太太，爹爹確定祖母穿鸚哥綠這樣鮮亮的顏色合適？

這時見虞世清又要去拿那個大紅鳳尾紋錦匣，青芷怕他又說要送給王氏，忙笑著拿到手裡，口中道：「我瞧瞧這裡面是什麼？」

她一摁，錦匣的蓋子彈開，原來裡面是一套赤金頭面，簪環釵梳俱全，瞧著十分惹眼。

虞世清一見，馬上想到了娘最喜歡赤金首飾，正要開口，卻被青芷打斷了。

青芷笑盈盈道：「爹爹，娘嫁來這麼多年，爹都沒給她買過首飾，娘出門都沒東西戴，這些正好給娘。」

她把首飾匣子塞給韓氏，笑道：「娘可要收好了，免得祖母知道，搶走了送給三姑母、四姑母或者六姑母，對了，還有露兒妹妹呢！」

虞世清無話可說，這的確是他娘會做的事。與其讓這些首飾落入那些多吃、多占的姊姊手裡，不如讓自己的妻子戴。

聽了青芷的話，韓氏鼻子有些酸澀，抬眼看向虞世清。

虞世清笑了。「娘子，妳收下吧！」

韓氏抱著錦匣，伸手握住青芷的手。「青芷，咱們進屋說話去。」

娘兒倆進了青芷住的北暗間。

在床上坐下之後，韓氏雙手摀臉哭了起來。

無論成親多少年，在虞世清心中，她和女兒都不是最重要的人。

青芷依偎著韓氏，一聲不吭。

她知道韓氏需要的只是宣洩。母親太壓抑了，讓她痛快地哭一場就好了。

哭夠之後，韓氏心裡輕鬆了許多，接過女兒遞過來的帕子拭淚，道：「青芷，這套首飾妳收起來吧，將來妳出嫁，就做妳的陪嫁。」她擤了擤鼻子，聲音有些啞。「反正咱娘兒倆也不敢戴出來，妳祖母一定會搶走的。」

青芷拿著匣子，思索片刻，道：「娘，我若是做生意需要本錢，把這些首飾都給變賣了呢？」

韓氏的眼眶還有些紅。「賣了就賣了吧，反正妳這孩子不會亂來。」

她的閨女的確比丈夫可靠。

青芷笑了起來，道：「娘，我去給您打水洗臉。」

韓氏低頭用帕子拭淚，鼻子有些塞，聲音也有些沙啞。「去吧！」

青芷很快就打了水過來，服侍韓氏洗臉，又倒了涼開水過來，遞給韓氏。「娘，喝口水吧！」

韓氏喝了幾口水，喉嚨舒服了些，才道：「後院地裡種的玉米怕是該收了，咱娘兒倆找時間把那兩壟玉米掰了吧！」

青芷答應了，想起前世跟著娘掰玉米時，臉上手上被玉米葉割出的細碎傷口，不由微笑。「娘，掰了玉米，剝去玉米包衣，把玉米棒子在地頭曬乾，再把棒子上的玉米粒搓下來，去磨坊磨成玉米麵，咱們就可以做玉米粥了。」

前世明明很累、一點都不願想起的記憶，如今重生再想起了，卻滿是歡喜——因為她重生了，而娘還在，哥哥也在，連爹爹也好好的。

韓氏笑著點頭。「到了那時候，咱們種的芽子紅薯葉該可以吃了，扒出幾個，我給妳做妳最喜歡吃的紅薯玉米粥。」

青芷笑了起來，輕輕道：「娘，我打算做些生意，說不定真的要賣了剛得的這套赤金頭面。」

韓氏笑咪咪地看著女兒。「青芷，妳想做什麼就去做吧，娘相信妳。」

青芷心裡如同春風鼓蕩，意氣風發又溫暖。有了母親的支持，她一定會努力讓家裡的日子更好，讓母親過得舒心，讓哥哥安心科舉，讓爹爹不被祖母和姑母們害死！

虞世清正在院子裡的白楊樹下喝茶，鍾佳霖坐在一邊給他斟茶。

青芷服侍韓氏洗了臉，又侍候韓氏睡下，這才出門。

韓氏最近容易疲憊，也有些嗜睡，都是青芷在照顧她。

見青芷出來，虞世清忽然道：「啊，我差點忘了，咱們既然回家了，得趕緊去接妳祖母。」

青芷眼珠子一轉，眼裡滿是狡黠。「爹爹，您這幾日一定勞累了，不如還讓蔡春和去接我祖母。」

虞世清一想，覺得也有道理，便起身去找蔡春和。

送走虞世清，鍾佳霖黑泠泠的眼睛裡滿是笑意。「青芷，我給妳看樣東西。」

青芷乖乖地跟著他坐下來。

鍾佳霖從書篋裡拿出祁知縣賞的匣子，打開後讓她看。

青芷湊近一看，發現裡面是筆墨紙硯四樣禮，只是鑲嵌硯臺的那裡已經空了，另有兩個刻著「狀元及第」的小銀錁子，和一個沈甸甸的青色荷包。

她先去看筆，發現是四枝上好的湖筆，又拿起墨看了看，發現是上好的徽墨。再看看紙，發現是澄心堂紙，不由笑了起來。「哥哥，咱倆平分吧！」

鍾佳霖點點頭，把那兩個小銀錁子裝進青色荷包內。「這些妳收起來。」

青芷好奇地打開荷包，發現裡面全是銀錁子，便數了數，最後美滋滋道：「哥哥，總共十二兩銀子啊！」

她把那兩個刻著字的小銀錁子遞給鍾佳霖，其餘十個小銀錁子收起來，美滋滋道：「哥哥，這兩個銀錁子你拿著零用，這十個我收起來。」

青芷心中歡喜。「我這次在涵香樓，總共得了十六兩銀子，你又給了我十兩，再加上先前攢的，夠我做本錢製作桂花香油、香膏和香胰子了。等賺了銀子，咱們再去白蘋洲看看有沒人賣地，再買些地。」

鍾佳霖眼中含笑看著她。他喜歡看到青芷開開心心的。

安頓好青芷，鍾佳霖就要回學堂了。

青芷忙叫住他。「哥哥，舅舅送了我兩盆蘭草，咱倆一人一盆吧！」

前世，哥哥書房裡、臥室裡就擺著好些她培植的蘭草，應該是喜歡的。

鍾佳霖的眼裡浮現一層笑意，果真搬了青芷送的那盆蘭草離開。

沒多久，虞世清就回來了。

他熱出了一身汗，一邊接過青芷遞過來的金銀花茶大口喝著，一邊用力搧著蒲扇。「我和蔡春和說了，蔡春和說他下午要去地裡摘綠豆，待傍晚天涼快了些再去接妳祖母。」

青芷嘴角噙著一絲笑意，聲音也似帶著笑。「那等祖母到家，豈不是已經很晚了？」

虞世清把茶碗裡剩下的茶一飲而盡，抹了一把嘴，茶碗遞給青芷。「青芷，再給爹爹斟碗涼茶。」

待青芷遞過來重新斟滿的茶碗，虞世清才道：「沒事，蔡春和家這些年都是咱家的佃戶，做事一向穩妥，我很放心他。」

青芷抿嘴一笑，去後院看玫瑰和新栽的桂花去了。

這些桂花都是溫子淩送她的，好幾日沒回家，不知道怎樣了？

到了後院，她看著玉米地裡比成年男子還高的青紗帳，不禁笑了起來。她想起了前世的村子裡，發生在青紗帳裡的風流韻事。

在文人墨客的詩詞文章裡，鄉村似乎淳樸到了成仙的地步，可是她長在鄉村，心裡清楚得很，鄉下其實從來不缺少風流韻事，尤其是到了莊稼深密時節和農閒時候。

她抬頭看了看天際，這會兒太陽很好，碧空萬里，到了暮色四合時分，蔡春和可是要出去接祖母了……

常在河邊走，哪能不濕腳？她得在後面推一下了！

採罷一竹筐玫瑰花，又薅了些小青菜和一把蒜苗，青芷先回前院。這會兒太陽太毒了，到了傍晚再來澆水剪枝吧！

她洗了手，到房內看了看，見韓氏還在熟睡，便出去做飯了。

韓氏起來後又洗了把臉，卻還有些蔫蔫的。

青芷忙道：「娘，我下午就去給您請大夫吧！」
韓氏笑了起來。「也沒什麼，就是覺得渾身沒力氣，有些睡不夠。」
青芷聞言，心裡一動，總覺得這話似乎在哪裡聽過……
用罷午飯，虞世清提著青芷給鍾佳霖蒸的菜蟒去學堂了；青芷則服侍韓氏睡下，自己也回房睡去。
七月的午後，睡在屋子裡還是有些熱的，青芷躺下沒多久就出了一層汗。
她想要起來洗澡，可實在是太累，不知不覺又睡著了。
傍晚時，韓氏和青芷娘兒倆起身，趁著家裡沒旁人，燒水洗了個澡，待天沒那麼熱，這才去後院幹活。
眼看著天快黑了，韓氏便薅了些嫩菠菜，又摘了個南瓜，道：「中午給妳哥哥蒸的菜蟒還挺好吃，咱們晚飯就吃蒸菜蟒和南瓜玉米粥吧！」
中午時她嚐了青芷蒸的菜蟒，覺得特別好吃，因此想晚飯再吃。
青芷笑嘻嘻道：「素菜蟒吃著有些寡淡，我去馬記滷肉鋪買些五花肉，剁成肉餡加進去，蒸出來的菜蟒一定更美味。」
韓氏忙道：「我覺得肉有些膩，咱們蒸幾個帶肉餡的菜蟒，再蒸幾個素菜蟒吧！」
青芷答應了，韓氏笑道：「去吧，娘房裡枕頭下面的荷包裡有銅錢。」
「娘，我手裡銀錢可比您多了。」
韓氏不和女兒爭這個，笑著拍了女兒一下，自去擇菜洗菜。

但出了門，青芷越想越不對勁。

她記得清清楚楚，不管是前生今世，大約很少能吃到葷腥的緣故，韓氏都是愛吃肉的，現在怎麼會突然覺得肉味膩了呢？

還沒走到馬記，青芷就看到鋪子外很熱鬧，馬三娘的兒子馬平、女兒馬冬雨正和荀紅玉踮著腳，在葡萄架下摘葡萄。

馬平摘了一串葡萄，用帕子擦了擦，遞給荀紅玉。

荀紅玉接過葡萄，拈了一顆吃了，酸得叫起來。「哎呀，怎麼這麼酸啊！」

馬平忙道：「我給妳摘個桃子吃吧，桃子甜。」

青芷見狀，不由微笑。馬三娘性子爽朗，馬平性格靦覥，馬家可比荀紅玉前世嫁的羅家好多了，若是紅玉能夠嫁給馬平，倒是性格互補，門當戶對。

想到前世，羅鑫和雷雨馨勾搭成奸後對荀紅玉做的事，青芷依舊有些生氣。她希望自己重生之後，荀紅玉能有個不一樣的幸福人生！

這時，荀紅玉見到青芷過來，忙笑嘻嘻跑過來。

青芷和馬平、馬冬雨打了招呼，交代荀紅玉。「紅玉，妳等我一會兒，我有話要和妳說。」

荀紅玉點點頭，青芷這才去買五花肉。

馬三娘笑咪咪地接待青芷，青芷乘機問：「三姑奶奶，一般女子懷孕初期會有什麼症狀？」

馬三娘原本便是蔡家莊的人，按照莊子上的輩分，青芷要叫她三姑奶奶。

聽了青芷的話，馬三娘眼睛一亮。「青芷，妳娘懷孕了？」

青芷笑了。「我隨便問問，三姑奶奶告訴我唄。」

馬三娘很熱心，探頭出來看了看，見荀紅玉和馬冬雨還在摘葡萄，便低聲道：「一般女人懷上之後會特別容易累、愛睡覺，有時還會愛吃酸，容易噁心……」

青芷記在心裡，向馬三娘道謝。

馬三娘最後又低聲說了一句。「其實只要月信該來卻沒有來，很有可能是懷孕了。」

青芷愣了一瞬，才想起自己是個小姑娘，聽到這些該害羞的，忙佯裝羞澀地低下頭，嬌滴滴道：「三姑奶奶說什麼呢……」

她在馬三娘爽朗的笑聲中做出羞答答的姿態，轉身離開，心裡卻道：這有什麼好羞愧的啊！

不過她都快十三歲了，怎麼月信還沒來呢？

荀紅玉正在等她，見她過來，便同馬平和馬冬雨道別，一起離開了。

走遠了，青芷才和荀紅玉說道：「紅玉，我舅舅給了些尺頭和散碎布頭，可以用來做鞋面和帕子，我給妳準備了一包，妳跟著我去拿吧！」

荀紅玉大喜，摟住青芷。「青芷，妳上回給我繡的荷包，她們都說好看，妳再給我繡個荷包，好不好？」

「妳去我家挑選花色吧！」

荀紅玉跟著去了虞家，青芷把韓成給的尺頭和邊角料都拿出來，讓荀紅玉挑選。荀紅玉都有些花了眼，猶豫來猶豫去，最後選了一塊淺粉色緞子，交代青芷繡上玫紅色月季花，繫帶用大紅絲帶，待青芷都答應了，她又選了一包尺頭和散碎衣料，開開心心地離開了。

青芷目送荀紅玉離開，這才關上大門。

韓氏正要進灶屋做飯，卻被青芷攔住。

她覺得韓氏有可能懷孕了，便不肯母親做飯，笑嘻嘻道：「娘，您坐在那裡燒鍋就行。」

韓氏正有些頭暈，笑著答應了。

菜蟒是宛州鄉下的一種麵食，有麵有菜，可葷可素，還挺受歡迎。

待晚飯做好，天也黑透了，虞世清帶著鍾佳霖走進來，問道：「娘還沒回來嗎？」

韓氏迎了出去。「還沒呢！」

虞世清有些納悶，卻沒說話。

飯菜很快就在院子裡的石桌上擺好了。

七月的晚上，晚風輕拂，涼爽異常，菜蟒口感綿軟，味道鮮美，南瓜玉米粥香甜滋潤，一家四口舒舒服服地吃了一頓家常飯。

用罷晚飯，虞世清和韓氏坐在院子裡乘涼，青芷想起自己還沒有鍾佳霖的鞋樣，便叫了他進堂屋，拿了紙筆出來。

「哥哥，你脫了鞋襪，我量量你的腳的尺寸，給你做個鞋樣。」

青芷很快地量了尺寸，剪好了鞋樣。

兄妹兩個剛走出去，便聽到韓氏勸阻虞世清。「相公，天這麼黑，你這時候去接婆婆，萬一路走岔了呢？」

虞世清擔心老娘，也不理韓氏，提著燈籠就要出去。

鍾佳霖忙道：「先生，我陪您去吧！」

他追了出去。

青芷看著哥哥的背影，沈默了片刻，含笑道：「娘，我摘了幾顆番茄，洗了咱倆吃吧！」

她這個爹爹前世因為愚孝，命都沒了，這輩子依舊如此，真是不撞南牆不回頭啊！

但哥哥陪著爹爹去接祖母的話，不知道路上會不會看到或聽到一些事情⋯⋯

第三十三章

青芷洗了兩顆大番茄出來，遞給韓氏一個，自己一邊吃番茄，一邊問：「娘，您這個月的月信來了沒有？」

韓氏聞言一愣，蹙眉思索了一會兒，道：「我的月信一直很亂的……」她忽然想起了什麼，忙問青芷。「青芷，妳還沒來月信嗎？紅玉的月信來了沒有？」

青芷才不急呢，她前世也是十四快十五時才來的月信。

她拿著番茄咬了一口，只覺酸得欲仙欲死。「紅玉已經來了，我估計還早著呢。」又道：「娘，明日我去請村裡的穩婆來給您看看吧！」

韓氏也有些擔心，便答應了。

她自然盼著這次是真的懷孕，只是失望得太多，她早就放棄了希望。

一直到了夕陽西下，蔡春和才牽了騾子出門，去雷家村接王氏。

等接了王氏出來，天已經黑透了。

起初在路上，蔡春和和王氏還會遇到一、兩個晚歸的農人，後來是一個人都沒有了，只有蔡春和牽著騾子慢悠悠地走著。

從雷家村到蔡家莊的大路兩側都種著白楊樹，白楊樹後面便是無邊無際的玉米地，那玉米桿都有一人多高，一塊塊茂密的玉米田組成了無邊無際的青紗帳。

蔡春和嘴裡叼著一根狗尾巴草，牽著騾子慢悠悠地走著，眼見前方道路變得更窄，白楊樹也稀少起來，只有黑漆漆的玉米地，他吐掉口中的狗尾巴草，調笑道：「老淫婦，給妳哥哥唱個情歌聽聽。」

王氏在虞冬梅家住著，素了好幾日，這會兒正思索著如何說服蔡春和去玉米地裡弄一弄，聞言便想了想，清了清喉嚨，輕輕唱起來。「俏冤家扯奴到窗外，一口咬住奴粉香腮，雙手就解香羅帶。哥哥等一等，只怕有人來。再一會兒無人也，褲帶兒隨你解……」

她雖然年老，歌聲卻甚是柔媚勾人，蔡春和原本就有些蠢蠢欲動，此時聽了歌，頓時有些按捺不住，把騾子拴在路邊的白楊樹上，掰了幾個嫩玉米棒剝開讓騾子啃著，自己抱了王氏就進了黑漆漆的青紗帳裡……

他擔心有人偷走騾子，因此並沒有走得很深，不過走了三、五步就停下，把王氏往地上一扔便撲了上去。

春風一度之後，王氏猶自不足，磨著蔡春和再來一次。

蔡春和只是不動，口中道：「老淫婦，妳若想讓我長長久久睡妳，須得讓我睡一睡妳那水嫩嫩的兒媳婦。」

王氏聲音顫巍巍，喘著氣道：「我都……都依你，快些吧，冤家……」

蔡春和依舊不動。「我要明日下午就睡。」

王氏猛地揚起身子，抱緊了蔡春和，附在他耳畔低低說了幾句。

蔡春和歡暢地笑起來，這才動作起來。

王氏原本是騷極了的，一得趣便咿咿呀呀叫個不停，蔡春和正努力耕耘，突然聽到一陣腳步聲由遠而近，忙俯身堵住王氏的嘴，低聲道：「有人來了。」

果真過了不久，耳邊有一陣千層底布鞋踩在草地上的特有聲音，聽腳步似乎是兩個人。

鍾佳霖在玉米地前走過，聽到方才玉米地裡的奇怪聲音，想起王氏和蔡春和的姦情，便不動聲色道：「先生，方才玉米地裡是不是有賊？我聽到了很奇怪的聲音。」

虞世清急急走著，心裡想著剛才聽到的聲音，哼哼唧唧，黏黏膩膩，像是有人在路邊玉米地裡偷情。

他不愛管閒事，因此只道：「佳霖，你聽錯了，快走吧！」

鍾佳霖也不吭聲了，陪著虞世清摸黑到了雷家村的虞冬梅家。

虞冬梅心裡恨虞世清，根本不開大門，在門後冷冷道：「咱娘天沒黑就走了。」

虞世清待要再問，她已經遠遠走開了。

虞世清無奈，只得帶著鍾佳霖又原路返回。

師徒倆回去的時候走很快，路過發出怪聲之處，鍾佳霖拉住虞世清，低聲道：「先生，您看那棵樹是不是拴了頭騾子？」

虞世清心繫親娘，不耐煩地道：「管人家閒事做什麼？快走吧！」

此時，玉米地裡的王氏和蔡春和都出了一身冷汗，直到確定虞世清和鍾佳霖走遠，這才鬆了一口氣。

蔡春和也沒了心思，和王氏各自整理衣物，從玉米地裡鑽出來。

虞世清走到家門口，想著明日一早要開始上課，便讓鍾佳霖先回學堂去了。自己回到家，發現家裡只有青芷和韓氏，蔡春和還沒接回老太太。

他這下子真的急了，連口水都不喝，轉身就要去蔡春和家問問。

誰知剛出大門，迎面便遇到了牽著騾子的蔡春和與騾子上的王氏。

虞世清大喜，忙上前去扶王氏。「娘，您回來了！」又問道：「娘，您走哪條路，我怎麼沒遇到您呀？」

王氏累得東倒西歪，懶懶答應了一聲，就著虞世清的手從騾子上滑下來。

虞世清忙伸手攙扶著母親，總覺得母親身上有股怪味，像是青草揉碎後的青氣和一股腥臊味混合在一起。

他一邊扶著王氏進院子，一邊道：「娘，晚飯您想吃什麼？我讓青芷她娘和青芷去灶屋給您做，家裡有做好的菜蟒，給您熱熱行不行？」

王氏此時身心滿足，累得眼睛都快睜不開了，喃喃道：「我累了，要睡了，有事明日再說吧……」

院子裡的石桌上放著一盞紗罩燈，照得那一片明晃晃的。

王氏經過時，青芷一眼就看到了王氏的白裙子上沾染的青草汁和青草葉。

她眼珠子一轉，笑盈盈上前拽住王氏的裙裾。「祖母，您的裙子後面怎麼被青草汁給染成綠的了？喲，這裡還有一片青草葉呢！」

王氏聞言，整個人一下子僵住了。

青芷沒有打算饒過她，把王氏的裙裾撩起，在燈光中展示一下之後，又拈起裙上的那片青草葉，一臉天真。「啊，這青草葉子怎麼都揉碎了？」

王氏惱羞成怒，當即哼了聲，道：「路上我不小心從騾子上滑下來，一屁股坐在地上，許是那時候蹭的吧！」

說罷，她甩開虞世清，大步回了正房堂屋，「砰」一聲關上門。

虞世清臉色陰沈，一言不發，一直到睡下也沒和韓氏和青芷說一句話。

這件事太丟人了！其實以前他娘和蔡春和之間影影綽綽的也有些痕跡，只是他不願意往那邊猜想，沒想到居然是真的！

第二天，虞世清起來後還有些氣，沒給王氏請安，洗漱罷就去學堂了。

王氏早早就起來了，坐在窗前，對著靶鏡蘸了桂花油，把頭髮梳得油光水滑，臉上薄敷了一層粉，唇上塗了香膏，穿了件棗紅色對襟褙子，繫了條玄色繡花裙子，腳上則穿著高底玄緞繡花鞋，瞧著很是精神。

青芷去正房堂屋給王氏送早飯，見王氏如此妝扮，不由有些警惕，原本打算過一會兒出去請村裡穩婆來家裡看看韓氏的，此時有些不敢出去了。

她怕自己出去，母親在家裡出什麼事。

上午陽光有些毒，韓氏和青芷便沒有去後院忙，而是在西廂房裡待著。韓氏拿出蔡振東送的那疋大紅宮緞，給青芷裁了一條大紅緞裙。

青芷拿出裁剪好的鞋樣，開始預備做鞋的材料。

她一邊忙自己的，一邊看著韓氏裁剪，口中道：「娘，眼看著快要八月十五了，那疋翠藍雲緞您就做件對襟衫子，再做條白綾裙子，配起來還不錯。」

韓氏想了想，道：「那疋翠藍雲緞應該夠給我做件對襟衫子，再給妳做件褙子。」

青芷想像了一下，笑嘻嘻道：「正好上次娘給我做的白綾裙子，我還沒怎麼穿呢，到時候八月十五咱們都穿新衣。」

韓氏也笑了起來。

青芷和母親聊了一會兒，正要去北暗間臥室抄書，忽然聽到外面傳來敲門聲，便起身出去，站在房門口問了一句。「誰呀？」

大門外傳來三姑母虞秀萍的聲音。「青芷，是我，妳三姑母。」

青芷開了門，發現虞秀萍和石露兒站在外面，母女倆都打扮得鮮亮，石露兒還戴了全套的赤金頭面，明晃晃的照人眼。

虞秀萍一見青芷，當即眉開眼笑，伸手拉住青芷的手。「喲，幾日未見，我的姪女兒長這麼高了，真真是我嫡親的姪女兒，長得真好看。」

石露兒還是老樣子，牽牽嘴角笑了笑，並不熱情。

這會兒是「嫡親的姪女兒」了？上次見面還是叫「青芷小蹄子」和「青芷小賤人」呢！

不過青芷早就習慣了，虞秀萍如此熱情定是有所求，便微微一笑，請了虞秀萍和石露兒進了堂屋，便要去灶屋燒茶。

王氏不冷不熱問了一句。「青芷，妳娘呢？」

青芷不卑不亢地道：「祖母，我娘身子不舒服，頭暈噁心，渾身沒力氣，在房裡躺著呢。」

王氏才捨不得讓韓氏請大夫呢，便「哼」了聲，沒說話。

虞秀萍倒是笑道：「青芷，妳娘病了？那趕緊去請大夫吧，可不能耽擱了。」

反正不要錢的好話，她是從來不吝嗇的。

青芷答了聲「是」，去灶屋燒水煮荷包蛋去了。

見她離開，虞秀萍才笑著低聲道：「娘，我聽說世清教出的學生在縣學的考試中得了榜首，知縣大人還賞賜了好多值錢東西，您知道嗎？」

王氏還真不知道呢，忙道：「我不知道啊！賞賜了什麼值錢東西？」

「我也不知道，等世清回來，您問世清吧！」她又笑道：「娘，露兒訂親了，是南陽城東李相公莊李耀祖的大兒子，他家在城裡開了個木匠鋪子，也雇了三、五個木匠，家境殷實。娘，您看露兒這套赤金頭面，好看吧？就是他家送的。」

王氏很疼愛石露兒，忙細細問了李家情況，得知石露兒的夫婿李大郎如今在縣衙刑房做差役，負責跟著典史查案，李大郎的二弟李二郎如今還在讀書。

虞秀萍說到這裡，這才講明來意。「娘，這次世清的名氣可傳揚了出去，有好幾家人託我來傳話，想把自家孩子送到世清的學堂呢！不過李家不同，那是親家，為了露兒，咱們不也得讓世清收下李家的二郎嘛！」

王氏滿口答應下來。「別的且不論，李二郎這件事交給我吧！」

虞秀萍眼珠子一轉，道：「娘，到時候李家的束脩能不能免了？」

她知道李家有錢，因此打算告訴李家，一年的束脩是十二兩銀子，再讓自己的娘命令弟弟不收束脩，然後她兩頭欺瞞，貪了這筆束脩。

王氏到底有些捨不得，道：「每年過年的乾肉和酒總得送吧？」

虞秀萍滿口答應下來，又叮囑王氏。「娘，這件事您和世清好好說說。」

王氏點點頭，她今日心事重重，也沒挽留女兒，待虞秀萍和石露兒吃完荷包蛋就送她們離開。

虞秀萍知道弟弟最聽老娘的話，這件事十有八九沒問題了，便喜孜孜地帶著石露兒乘著馬車報喜去了。

王氏獨自坐在屋子裡，苦思冥想如何讓情郎潛入弄了韓氏？

白日不行，一則村子裡人來人往，蔡春和不好潛入，青芷也一直守著韓氏；夜裡的話，倒是可以把韓氏叫到她房裡侍候，然後讓蔡春和從後院那邊翻牆進來……

只要蔡春和弄了韓氏，嘗了新鮮的，以後他想要弄韓氏，就得在床上奉承自己……

王氏越想越美，整個人都鬆快起來，叫來青芷吩咐道：「中午我想喝老母雞湯，去買隻雞回來燉上吧！」

青芷笑咪咪地伸出手。「祖母，銀子呢？」

王氏抬了抬下巴。「找妳爹要去。」

青芷似笑非笑地打量王氏一番，見王氏的臉紫脹起來，才在王氏氣得發瘋之前答應了，轉身出去。

她不敢留下娘親單獨面對王氏，便叫上韓氏，鎖了西廂房的門，母女倆一起出門去學堂了。

見兒媳婦跟著孫女出去，王氏坐在正房堂屋裡冷笑。虞青芷，饒妳奸似鬼，也喝老娘的洗腳水，給老娘等著吧！

學堂裡的學生在家歇了好幾日，都有些內心忐忑，今日開始讀書，個個充滿力量，讀得很是認真。

看到學生如此用心，虞世清的心情也舒服了些。

給學生佈置了背誦任務，虞世清正在學堂內踱步，抬眼見到妻女來了，便讓鍾佳霖和蔡羽監督學生讀書，自己走出去。

青芷開門見山。「爹爹，祖母中午想喝老母雞湯，讓我問你要銀子去買老母雞。」

虞世清馬上想到自己娘和蔡春和之間那些不清不白的事，眉頭蹙了起來。「知道了。」

他從荷包裡掏出一粒碎銀子給青芷，見韓氏氣色不太好，忙問道：「妳好些沒有？」

韓氏見丈夫關心自己，有些羞澀。「相公，我沒事，已經好多了。」

青芷忙道：「爹爹，我娘像是懷孕了，得請個大夫給娘看看脈息。」

韓氏來不及阻攔青芷，忙道：「相公，沒事，也許是弄錯了呢！」

虞世清眼睛一亮。「我下午就和蔡羽說一下，讓蔡家的小廝去幫著請大夫過來。」

以前他都是讓鍾佳霖跑腿的，如今鍾佳霖考了榜首，可得好好培養，努力明年縣試一舉考中，因此也不願意再讓鍾佳霖跑腿了。

講完這事，青芷想了想，一副不在意地道：「爹爹，上午三姑母帶著露兒表妹來了，說要讓露兒表妹的婆家兄弟李二郎來學堂讀書，祖母已經答應三姑母不要束脩了。」

虞世清聞言，滿心的歡喜也消散了，過了一會兒才道：「見了李家孩子再說吧！」學堂的房子是蔡家出的，就這麼大，學生多了，學堂裝不下不說，他也顧不過來。

青芷瞄了虞世清一眼，垂下了眼。

她心裡清楚，虞世清在別的地方能將就，可是在學堂和教書科舉這件事上，絲毫不願意將就，希望這次爹爹能反抗王氏一次。

想到這裡，她狀似無意地道：「爹爹，如今您這學堂名聲出去了，想把孩子送進來的人就會多了起來，您可不能什麼學生都收，免得壞了名聲啊！」

虞世清點點頭，道：「學生麼，自然是貴精不貴多。」

他低頭思索，心道：明年二月的縣試，佳霖、蔡羽和李真希望都很大，須得好好培養。若是三個學生考中，說出去可是很有面子，也能報答蔡大官人的扶持……

虞世清很快就回學堂忙碌去了，韓氏和青芷則去了後院。青芷戴了草帽去摘玫瑰，韓氏則拿了些小米去餵後院養的小雞。

忙完學堂後院的活計，眼看著快到中午，韓氏才和青芷一起離開。

她們去西鄰胡老娘家買了一隻老母雞，在外面殺了拾掇好，回家就燉上了。

雞湯燉好之後，王氏走到灶屋門口，理直氣壯地吩咐韓氏和青芷。「我老人家需要補身子，兩隻雞腿和兩個雞翅膀都給我盛到碗裡吧！雞胸脯肉給世清送過去，剩下的雞肉跟雞湯都先收起來，晚上給我下碗麵吃。」

青芷正從碗櫥裡端了碗出來，聞言當即大怒，卻似笑非笑道：「祖母，不只您老人家需要補身子，我娘也得補身子呢！您吃一隻雞腿，剩下的也讓別人嚐嚐吧！」

王氏大怒，插著腰道：「妳這賤蹄子敢不孝順祖母，我這就告訴妳爹去，讓妳爹回來收拾妳！」

韓氏坐在灶前燒鍋，見狀忙站了起來，顫抖的手拿著燒火棍，隨時預備保護女兒，跟惡毒婆婆拚命。

青芷拿起杓子，舀了一勺滾燙的雞湯，笑嘻嘻道：「祖母，去吧，最好再提醒我爹一下，昨晚上您裙子上的草汁和草葉子是從哪兒沾染的。」她笑容狡黠。「咦？是誰家的玉米地呀，說不定主人家這會兒已經發現自家的玉米被壓倒了幾棵，正在地頭跳腳罵街呢！」

王氏的臉頓時脹得通紅，當即就要撲上去撕打青芷。「虞青芷妳這小賤人！我撕了妳的嘴！」

青芷當下收起笑，舀了一勺湯作勢欲潑。「我的親祖母，要不要來試試？」

王氏看著還咕嘟冒著泡的老母雞湯，頓時被嚇住了，當即朝地上「呸」了一聲，恨恨道：「那就給我盛一隻雞腿吧！」

青芷不理會她。

王氏又氣又餓，自己上前用筷子撈了一隻雞腿，又把雞心雞胗子都撈到碗裡，這才端著碗出去。

韓氏擔心地看著青芷。「青芷，咱們這樣撕破臉皮，妳爹會不會……會不會生氣？」

青芷心情愉快，盛了雞腿和雞翅膀，又舀了兩勾雞湯，把碗遞給韓氏。「娘，她不敢的，我有她的把柄。不管怎麼說，我氣著了祖母，卻讓我娘吃上了雞腿、喝上了雞湯，這就夠了。」

重生之後，她才明白過來，無論多溫良恭儉讓，碰上王氏這樣厚顏無恥之人，只有奮起反抗，才不會人為刀俎、我為魚肉！

韓氏想到方才厲害了一輩子的婆婆被女兒給壓制住，不由也笑起來，真心暢快啊！

第三十四章

直到夜深了，虞世清才從學堂回來。

聽到動靜，王氏忙在正房東暗間臥室裡大聲「哎喲」起來。

虞世清心裡雖然還有氣，可畢竟擔心母親，忙過去問道：「娘，怎麼了？」

王氏哼哼唧唧道：「不知道是不是晚上吃壞了肚子，肚子疼得鑽心……」

虞世清忙道：「我這去請大夫。」

王氏抬了抬手，有氣無力道：「算了，太晚了，明天再說吧，說不定明日就好了。這樣吧，讓韓氏來我房裡陪我，夜裡扶我起來用淨桶也方便些。」

虞世清一聽，不禁有些躊躇。

今日青芷已經和他說了，韓氏身子不舒服，可能是有了身孕，怎能讓韓氏夜裡來照顧母親？

見虞世清猶豫，王氏冷冷道：「怎麼，捨不得？我就知道，你有了媳婦忘了娘。」

虞世清忙道：「娘，不是我捨不得韓氏，只是因為韓氏今日身子也不太舒服……娘看這樣行不行，讓青芷夜裡睡您房裡照顧您？」

他畢竟是兒子，侍候老娘用淨桶有些不方便。

王氏一想到青芷，渾身的寒毛就豎了起來。不知道怎麼回事，世清那麼孝順，韓氏也是個軟蛋，怎麼生出來的女兒偏偏如此陰險狡猾？她忙道：「算了算了，等你媳婦好些再說吧！」

虞世清總覺得王氏今晚有些奇怪，正在思索，卻聽王氏道：「對了，你三姊來了，提了件事，我替你答應了。」

見兒子抬眼看著自己，王氏便把石露兒婆家弟弟李二郎要來學堂讀書的事情說了。

虞世清忙道：「這個得先看看李二郎怎麼樣，若是不合適，那也不能收。」

王氏當即大怒，顧不得自己裝病，扶著床就一下子坐起來，瞪著眼睛看向虞世清。「你別以為我不知道，你小舅子的兒子韓昭玉到了九月就來學堂就學，憑什麼你小舅子的兒子就可以來，你親姊姊的親家兒子就不行?!」她實在太憤怒了，一邊說，一邊用力捶著床。「你若是再這樣不孝，我這就一根褲腰帶吊死在門框上去！」

虞世清都懵了，呆呆站在那裡，看著老娘撒潑。

王氏又哭又鬧了半日，見兒子呆呆立在那裡，立時更加怒了，隨手拿起枕頭朝虞世清扔了過去。

枕頭是木製的，沈甸甸的，砸過來時帶著一陣風，虞世清下意識地往一邊閃了，枕頭便砸在木窗上，發出「砰」一聲巨響。

虞世清想了一下自己方才若是沒躲開，木枕頭一定會在砸在自己腦袋上。自己的腦袋被砸破還是小事，命還在不在得另說……

想到這裡，他頓時有些心灰意冷，嘆了口氣，道：「娘，您歇著吧，就學這件事還是得我見了李二郎再說。」

說罷，他轉身出去了。

王氏呆坐在那裡，有些想不明白，這麼多年，兒子對她一直唯唯諾諾，千依百順，怎麼就突然變得不聽話了呢？

都是韓氏和虞青芷這對母女搞的鬼！她恨恨地捏緊身下的蓆子，恨不能立時掐死那對母女。

自從虞世清進了王氏房裡，青芷便裝作洗衣服，搬了張凳子在院子裡待著。

虞世清和王氏的對話，她大致聽得清楚了。

她覺得奇怪，為何王氏今晚堅持要韓氏去房裡侍候呢？

因為心裡有事，她今晚失眠了，索性起來坐在窗前抄書。

抄了半個時辰的書，青芷熄了燈，坐在窗前想心事。

她如今手裡約莫還有四十兩銀子，再加上爹娘給的那套赤金頭面，湊在一起也有一百五十兩銀子了，得想法子再去白蘋洲看看，再買些地；還得趕緊畫了新的瓷盒瓷瓶圖案去尋溫子淩，看看能不能早些做出來？另外得和哥哥說一聲，讓他問問蔡羽那座桂園的事，趕在桂花盛開前把桂花先訂下來，預備做桂花油、香膏和香胰子。

青芷一直有一種想法，銀錢這東西與其一直放在那裡，不如想辦法讓銀錢流通起來，賺取更多財富。

心裡主意已定，她便打算去外面洗漱。

她擔心驚動睡在南暗間的爹娘，便沒點燈，輕手輕腳出了門，去灶屋舀水。

到了灶屋，她忽然聽到正房東暗間臥室有奇怪的聲音，似乎是男女交媾的聲音。

她悄悄走到窗前，靠在一邊偷聽。

臥室內，女子刻意壓抑的「咿咿呀呀」聲，男子「吭哧吭哧」的用力聲，外加床鋪不勝負荷發出的「吱呀吱呀」一聲，各種聲音交織在一起，在靜夜裡簡直是熱鬧非凡。

青芷有些厭惡，正要離開，卻聽到蔡春和一邊動作一邊說話。「老……老淫婦，妳……妳不是說……說今晚留下韓氏在屋裡讓……讓我、我睡，怎麼沒……沒見韓氏啊？」

王氏聲音也是斷斷續續的。「我的哥哥，你……你別急，你今夜別……別走，就留我房裡，我明……明晚有法子讓你得……得手。」

青芷聽了半晌，直到王氏和蔡春和偃旗息鼓，不再商議做壞事，才悄悄洗漱罷回去睡了。

第二天早上，王氏果真飯量大增，要了兩個饅頭、三碗稀飯，外加兩盤菜，而且也不讓人陪著，自己在臥室裡吃早飯。

用罷早飯，青芷就尋了個藉口說要帶韓氏去看大夫，中午就回來。

王氏屋裡藏著一個大男人，不敢多囉嗦，便不耐煩地道：「去吧去吧！早些回來給我做午飯。」

青芷把韓氏送到王家營韓家，讓韓氏陪著高氏說話，自己去了不遠的潦河鎮。

她在潦河鎮逛了一陣子，在雜貨鋪買了幾味香料，又在瓜子鋪子買了些乾果，最後又在藥鋪買了幾樣藥物，用帕子包了藏在袖袋裡，就去韓家接母親回家。

回到家裡，青芷躲在屋裡鼓搗了好一陣子，把買回的茴香、丁香、肉桂、淫羊藿、仙茅和韭菜子等用戥子秤了，按比例配了後，又用石臼搗碎，裝進紗袋裡。

前世跟著楊嬤嬤學的這點本事沒用上，沒想到重生後居然用上了。

忙完這些，她抱膝坐在那裡想心事。

想到前世自己明明懂這些，卻不肯用，最後落得被李雨岫毒死……

即使重生了，她還是堅持不主動害人，除非是為了保護自己重要的人！

把材料工具都收拾妥當後，青芷出了臥室，再次叮囑韓氏。「娘，祖母若是叫您過去，您千萬不要過去。」她猶豫了片刻，道：「祖母似乎要做什麼壞事。」

韓氏見女兒如此鄭重，雖然不知道原因，卻認真地點點頭。「妳放心，青芷，娘都聽妳的。」

她這幾日昏昏沈沈，容易渴睡，懶得動彈，也不想理會王氏。

到了晚上，青芷去村子西頭賣羊肉的王家割了塊羊肉，熬了一砂鍋羊肉湯，又熱了一壺桂花甜酒送到王氏房裡。「祖母辛苦了，我爹爹交代讓我們多孝順您，祖母，您嚐嚐這酒怎麼樣？」

王氏人坐在堂屋裡，心卻在躲在臥室裡的情郎身上，擺了擺手，道：「好了，出去吧，今晚妳去給妳爹送飯，讓妳娘留在家裡，我有事也可以叫她。」

青芷笑咪咪地答應了。

王氏心裡有鬼，急著打發青芷出去。「好了，妳出去吧，沒叫妳不要過來。」

青芷應聲，轉身出去了。

今日白天燥熱，晚上卻起了風，涼爽得很。

青芷從正房出來，悄悄拿了一塊薄荷香胰子去了西鄰，把胡春梅叫出來，以薄荷香胰子為代價，讓她替自己跑一趟腿去學堂，叫爹爹回家。

胡春梅一見這花朵形狀的薄荷香胰子，自然喜歡，便答應下來。

見胡春梅跑遠了，青芷這才回家，讓韓氏在房裡吃她做的煎餃和大米稀飯，不要輕易出來。

那些羊肉湯裡可是加了料，而且是頗為烈性的助興之藥，自然不能讓自己的親娘吃。

青芷自己吃了幾個煎餃，把燉羊肉時盛香料的紗袋扔進灶膛裡燒了，用燒火棍搗成了灰，又把燉羊肉的鍋用鍋灰擦了好幾遍、洗了好幾遍，然後坐在院子裡聽著正房東暗間臥室的動靜，等著爹爹回來。

正房東暗間裡，窗簾垂了下來，遮得嚴嚴實實，隱隱透出昏黃的光。聽著沒什麼動靜，不過只要這羊肉吃下去，再喝幾杯酒，等一會兒王氏和藏在屋子裡的蔡春和就會瘋狂起來……

這會兒天已經黑透，路上偶爾有人經過，也是步履匆匆，大約是急著回家吃晚飯。

青芷坐在院中的白楊樹下，身側就是一大叢薄荷，晚風吹拂著樹葉「啪啪」一直響，薄荷的特殊芬芳沁人心脾，令她有些躁動的心漸漸穩了下來，隱約聽到了些正房東暗間的動靜。

正房東暗間內點著一盞油燈，燈捻撥得小小的，很是幽暗。

床帳都放了下來，帳子內放著一張小炕桌，上面放著一個大碗公，裡面是燉得稀爛的羊肉，旁邊是一壺酒和兩個酒杯。

王氏挾了一塊肥美的羊肉餵給蔡春和，脂濃粉豔的臉上因為酒而紅豔豔的，聲音輕而柔媚。「我的哥哥，這羊肉好吃嗎？」

蔡春和大嚼一陣，把羊肉嚥了下去，低聲調笑。「鮮羊肉自然好吃，不過妳何時叫我吃妳那兒媳婦……」

他剛得了王氏給的一對金釵，回去也能向娘子白氏交差了，今夜就享享福，睡了韓氏那小少婦！

王氏笑了。「再飲兩杯酒，我就叫她進來。」

蔡春和便自己挾了一塊羊肉大嚼起來。

喝了兩杯酒後，蔡春和忽然覺得有些不對勁，簡直慾望難耐，忙催促道：「快叫韓氏進來。」

王氏也覺得慾心如熾，當下掙扎著下了床，踉踉蹌蹌地跑到窗前。「韓氏，過來，我和妳說話。」

外面沒動靜。

王氏又喊了幾遍，還是沒動靜。

韓氏得了青芷的交代，就是不肯出來，也不答應。
恨恨地吵罵了幾句之後，王氏只得自己跑回床上。
她先把小炕桌搬到床裡，然後一把推倒了蔡春和。「我的哥哥，你先讓我解解饞……」
青芷聽到了王氏臥室裡的雲雨之聲，心裡正有些著急，卻聽到外面傳來一陣腳步聲，她忙迎了上去，果然是虞世清。
虞世清是和胡春梅一起回來的。
青芷目送胡春梅回家，才拉著虞世清低聲道：「爹，祖母屋裡有奇怪的聲音，我害怕，才讓胡春梅叫您回來。」
虞世清一愣。「妳沒進去看看嗎？」
青芷聲音裡滿是委屈。「爹又不是不知道祖母……她不讓我進去。」
虞世清心裡有了不好的預感。「妳娘呢？」
「娘身子不舒服，早早睡下了。剛才祖母叫了娘好幾次，叫娘去她房裡，我都沒敢讓娘答應……」
虞世清意識到不對，當即進了家門，順手拔出大門後面的門閂，放輕腳步向正房走去。
青芷拎了個擣衣棒也跟過去。
到了堂屋，虞世清也聽到裡面的動靜，猛地抬腿踹開堂屋門，一下子衝了進去。
進了臥室，他直奔床前，掀起床帳，青芷也舉著擣衣棒跟進去。
床帳小炕桌上點著燈，照得床帳內一覽無遺——王氏渾身光溜溜的，蔡春和也光著身子，這會兒都驚在那裡，嚇得一動不敢動。

虞世清氣得發抖，掄起門閂就砸了過去。

王氏趕緊躲開門閂，光溜溜的身子一下子歪倒在一邊。

蔡春和一時不防，發出殺豬般的慘叫。「啊——啊——瘸折了！瘸折了！啊——」

他一把將王氏推到床下，自己光著身子奪路而逃。

青芷眼疾手快，往旁邊一閃，放蔡春和逃了出去。

虞世清整個人傻在那裡。

王氏在地上掙扎了下，忽然抽動起來，鼻子也流出了鼻血。

虞世清這會兒已經快要暈倒了，閉上眼睛站在那裡，不知道自己該如何面對眼前這一切？

王氏光溜溜地躺在地上，右手、右腿抽搐著，她想說話，可是舌頭發硬、發麻，不聽指揮，口水直流，只能發出含糊不清的「嗚哇」聲。

青芷一直觀察王氏，見她鼻血、口水一起流，整張臉都變得扭曲，便知道王氏要完了。她忙道：「爹，祖母身上沒穿衣服，咱們先出去吧，等祖母穿上了衣服再進來。」

虞世清大腦一片空白，隨著青芷出去了。

韓氏很聽青芷的話，一直在臥室裡待著不敢出來，這會兒聽到外面動靜很大，她才敢出來。

青芷給韓氏使了個眼色，道：「娘，您把爹爹和哥哥的飯盛了吧，讓爹爹在家裡吃飯，咱倆把晚飯給哥哥送去。」

她得多耽擱一會兒，讓王氏的狀況拖久一些。

走在路上，青芷小聲把今晚正房東暗間發生的事情說了一遍。

韓氏聽了，簡直目瞪口呆，半日都沒說話，過了好一陣子才輕輕道：「人怎麼能這麼壞啊……」

婆婆怎麼能這麼惡毒……

青芷知道自己的娘受到的震撼過於強烈，一時半會兒接受不來，便也不再多說了。

她們趕到學堂的時候，鍾佳霖正在燈下抄書，見她們來了，忙起來迎接。

他用罷晚飯，請韓氏歇著，自己和青芷一起去後院井邊洗瓦罐、碗、盤和筷子。

青芷有事並不瞞著鍾佳霖，把這幾日的事大致和他說了。

鍾佳霖聞言，雖然心中吃驚，卻很鎮定。他自己經歷了那麼多，深知有的人能壞到什麼地步。

思索片刻，鍾佳霖看著青芷的眼睛。「青芷，等一會兒我陪妳和師母回去。」

青芷一直孤軍奮戰，到了此時，才似有了同伴，輕輕「嗯」了一聲，心裡越發篤定起來。

鍾佳霖起身摘了三個熟透的番茄，細細洗了之後，三人一邊吃著番茄，一邊往西走去。

番茄是太陽下長熟的，酸裡透著甜，味道不錯。

青芷和韓氏吃著番茄，由鍾佳霖陪著在涼爽的晚風中慢慢走著，竟然有一種特別愜意的滋味。

回到家，虞世清正在院子裡站著，見韓氏帶著鍾佳霖和青芷進來，一臉驚慌地上前，抓住韓氏的手。「娘……娘似乎有些不對，妳……妳和青芷進去看看吧！」

臥室裡太過不堪，他真沒法進去看，只是聽聲音覺得不對。

鍾佳霖留下來陪著虞世清，韓氏和青芷去了王氏的臥室。

一進臥室，她們才發現王氏還在地上躺著，身子不會動了，也不會說話了，光溜溜地在地上扭動著，流著口水，發出「嗚哇嗚哇」聲。

看著這樣的王氏，青芷終於笑了——原來，只要努力，惡人終會有惡報的！

韓氏有些手忙腳亂，求救似地看向青芷。「青芷，這可怎麼辦啊？」

青芷早已成竹在胸，知道治療王氏的最佳機會怕是已經錯過，便道：「娘，咱們先把祖母抬到床上，蓋上被子再說吧！」

把王氏弄到床上之後，韓氏在青芷的幫助下給王氏穿上中衣，蓋上被子，母女倆這才一起出去。

虞世清正和鍾佳霖在院子裡等著。

見韓氏和青芷出來，虞世清忙迎了上來。「母親怎麼樣了？」

韓氏嘆了口氣，看向青芷。

青芷一臉愁容，看向垂頭喪氣的虞世清。「爹爹，我和娘已經給祖母穿上衣服，您進去看看吧！」

虞世清聽說可以進去看了，急匆匆地進了正房。

青芷勞心勞力忙了一天，早已疲憊不堪，伸了個懶腰道：「娘、哥哥，咱們先坐下等著吧！」

韓氏和鍾佳霖還沒來得及說話，虞世清就急匆匆出來了。「青芷，妳祖母似乎是中風了，咱們請城裡的醫官來看看祖母吧！」

鍾佳霖和青芷四目相對，忙上前一步，道：「先生，我這就去請。」

可是走到門口了，鍾佳霖又停住腳步。「先生，如今城門已經關了，沒法進城去請醫官啊！」

虞世清這會兒心裡亂糟糟的，沒了主張，把鍾佳霖和青芷當成了主心骨。「佳霖、青芷，你們看這可怎麼辦？」

鍾佳霖想了想，道：「先生，這樣吧，師母如今身子也不舒服，您和青芷在家守著，我去請上次給您瞧病的北關漢冶村金大夫。」

虞世清有些迷茫。「漢冶村在城東北，太遠了，不如在附近的潦河鎮或司徒鎮請位大夫……」

鍾佳霖垂下眼簾，低聲道：「先生，這種事不能找附近的大夫來瞧，不然外面會傳得沸沸揚揚的。」

虞世清怔了一會兒，最後嘆了口氣，擺擺手道：「佳霖，我這會兒沒了主張，都聽你安排吧！」

有這樣一位好色如命的親娘，作為兒子，他能說什麼？唉！

鍾佳霖做事一向妥當，他當即尋了個藉口去村裡雇了頭驢子，連夜騎著就往東去了。他自小在外面流浪，什麼都見識過了，倒是不怕走夜路。

送走鍾佳霖，青芷閂上大門，和虞世清說道：「爹守著祖母吧，娘身子不舒服，我先陪娘回去歇著。」

虞世清悶悶地答應了一聲。

到了天亮時分，鍾佳霖終於把金大夫給請了過來。

金先生雖然最擅長的病是風寒，不過什麼都可以看。

這時候，韓氏已經把王氏的內外衣物都穿得整整齊齊了，可是金先生還是看出了端倪。看罷脈息，他又望聞問切一番，最後只是道：「老人家年紀大了，應動靜得宜，善加保養，不該如此放縱，我開些藥試試吧！」

虞世清的臉脹得通紅，一句話都說不出來了。

虞世清和韓氏陪著金先生在正房給王氏瞧病，鍾佳霖覷了個機會，拽了青芷的衣袖一下。

青芷會意，跟著他走出去。

鍾佳霖一直走到青芷臥室前，才低聲道：「青芷，妳把詳細的情形和我說說。」

昨晚青芷說得太籠統了，有些地方沒說清楚，他想瞭解內情，以應對接下來虞家姊妹的哭鬧。

青芷低低叫了聲「哥哥」，湊近鍾佳霖，把昨夜之事從頭到尾說了一遍，自然沒有提自己推波助瀾在羊肉裡加春藥的事。

她希望在哥哥眼裡，自己永遠是天真善良的妹妹，不想哥哥對自己失望。

鍾佳霖聽青芷說完，嘆了口氣，道：「青芷，妳辛苦了，以後……」他看向正房方向。「以後我斷不讓妳如此辛苦。」

不知為何，青芷聽了鍾佳霖的話，鼻子一陣酸澀，險些落下淚來。

她怕鍾佳霖看出來，忙垂下眼簾，低聲道：「哥哥，等你將來混得好了，我可是要抱你的大腿、仗你的勢的。」

前世在王府，哥哥可不就是她的指望？

鍾佳霖笑了起來，伸手揉了揉她的腦袋，道：「好，我一定努力混得好一些，將來讓妳依靠。」

第三十五章

金大夫給王氏看罷脈息，虞世清引著金大夫出來，陪笑道：「金大夫，也請看看內子的脈息吧！」

金大夫點點頭，隨著虞世清進了西廂房。

青芷心裡莫名有些緊張，閉上眼睛默默祈禱著。

虞世清基本不抱希望了，倒是平靜一些。

看罷脈息，金大夫沈吟了一下，道：「如今時日尚早，金某不敢妄言，不如再等一個月後再看。」

見虞家四口人都看著自己，金大夫撚鬚而笑，道：「受孕之後，血聚養胎，胎氣鼓動，若切脈，尺部脈搏動滑利有力，明顯有別於寸部時，便知是懷孕了。大娘子如今尺部脈不夠滑利，如今老夫還判斷不出來。」

虞世清四人沒聽懂那些術語，卻也明白韓氏有可能懷孕，但是時日尚早，需要再等等才能確定。

送走金先生，韓氏匆忙弄了些早飯讓大家吃了。

用罷早飯，鍾佳霖才提醒虞世清。「先生，學堂裡我和蔡羽招呼著，您安排人去給姑母們報信吧！」

虞世清知道學堂不能再停課了，就讓鍾佳霖回學堂招呼，又叮囑了一句。「你去和蔡羽說一下，讓他把蔡福借給我跑跑腿。」

鍾佳霖答應了，自去安排。

虞世清看著鍾佳霖青竹般挺拔的背影，心裡總算欣慰了些。佳霖這孩子，真是很可靠啊！

韓氏知道青芷那些姑母回來後一定會大鬧，便悄悄叮囑青芷。「妳差不多一夜沒睡，回屋裡歇會兒吧！」

青芷心裡也清楚，此時累極了，眼皮似乎不受控制，非要黏在一起，便聽話地回房睡下。

剛拉上薄被蓋住自己，青芷便瞬間墜入了夢鄉，可心裡有事，大約睡了一個時辰就醒了。

她在床上躺了片刻，便起來換衣洗漱，重新梳了頭。

韓氏剛把藥熬好，正用紗布濾藥，見青芷打扮得清清爽爽出來了，忙道：「妳起來做什麼？怎麼不多睡一會兒？」

青芷走過去幫韓氏濾藥。「娘，待會兒姑母們過來，妳能別上前就別上前。」她看向韓氏，雙目清澈。「娘，萬一您這次真的有了身孕呢？我可盼著娘給我生一個弟弟或者妹妹呢！」

韓氏心情原本沈重得很，被青芷這麼一說，頓時鬆快了些，低聲道：「我知道，妳放心吧！」

濾完藥湯，青芷讓韓氏回房睡下，自己端著藥碗送去了正房。

虞世清正在東暗間臥室床前坐著，雙目通紅地看著一動不動地躺在床上的王氏。

王氏這會兒已經醒了過來，只是身子不能動，也不能說話。

見青芷進來，虞世清接過藥碗，非要自己餵王氏。

青芷才不和他爭呢，把藥碗遞給虞世清，看了看王氏的屋子，見屋裡甚是潔淨整齊。原本王氏的屋子就整齊，她娘又拾掇過了，在這方面姑母們倒是挑不出毛病來。

一碗藥還沒餵幾口，外面就有人敲門。

青芷出去開門，發現是雷雨時牽著騾子送虞冬梅過來了。

虞冬梅從騾子上滑下來，看都不看青芷，直接昂首進了院子。

青芷一進院子，就看到虞世清從正房堂屋出來。

等虞世清過來，她低聲問道：「爹爹，您怎麼出來了？六姑母呢？」

虞世清整個人都頹喪得很。「妳六姑母讓我回房歇歇，她陪妳祖母。」

青芷簡直要笑了。「我六姑母會這麼好心？怕是正在偷祖母的首飾和積蓄吧！」

虞世清一聽，當即想到了自己這六姊的為人，立刻明白自己上當了，轉身就往堂屋跑去。

青芷也跟了過去。

王氏躺在床上，身不能動，口不能說，只有眼睛可以動。

她如今失禁了，身下的褥子都是濕的，兒子在這裡的時候不好意思說，看到最疼愛的六閨女虞冬梅進了，當即拚命示意，扭動著身子，擠著眼睛，發出「嗚嗚」的聲音，試圖吸引虞冬梅的心思，讓虞冬梅拾掇拾掇。

虞冬梅有備而來，一把弟弟支出去，她就撲了上去，一把抓住王氏的手腕，先把王氏腕上的金鐲子給捋下來，裝進自己的袖袋裡。

王氏發現了六閨女的意圖，當即掙扎起來，可是半邊身子沒知覺，又怎能掙得過虞冬梅？

虞冬梅又抓住王氏的左手，想要捋下她無名指上的福字銀戒指。

她原想著要費些力氣的，誰知王氏病了一日，瘦了些，居然輕易就捋了下來。

虞冬梅一邊捋，一邊喃喃道：「娘，這些金銀，我若是不拿走，遲早要落在韓氏這賤人和青芷小賤貨的手裡，與其便宜她們娘兒倆，還不如都給我。」

她捋下了銀戒指，神經質地看著王氏。「娘，您最疼我，一定樂意給我，對不對？」

把銀戒指收好之後，她一把將王氏掀了過去，掀開王氏身下鋪的褥子，從裡面翻出了王氏藏著的櫃子鑰匙，急急去開櫃子。

她記得王氏的私房錢都在櫃子裡放著。

虞世清衝進去的時候，正好看到虞冬梅從衣櫃裡拿出一個小匣子，他認出了這是自己交給母親的錢匣子，忙道：「六姊，妳拿咱娘的錢匣子做什麼？」

王氏見兒子進來，眼睛都紅了，拚命發出「嗚嗚」聲，想讓兒子搶下錢匣子。六女兒雖重要，可私房錢卻是她的命啊！

虞冬梅愣了一瞬，可是很快又恢復平靜，道：「我替咱娘看看裡面有多少銀子？」

虞世清上前要拿錢匣子，虞冬梅便老老實實地伸手把匣子遞過去。虞世清正要接，誰知虞冬梅飛快地縮手，抱著錢匣子，整個人如閃電般從虞世清左邊衝了出去。

青芷在後面，見虞冬梅撞了過來，嚇了一跳，忙閃到一邊。

這時候，虞世清也追了出來。

父女倆站在那裡，眼睜睜看著虞冬梅如草上飛一般衝出了大門。

在大門「砰」地響了一聲之後，青芷開口問虞世清。「爹，發生了什麼事？」

虞世清半晌方道：「妳六姑母把妳祖母的錢匣子給搶走了……」

「這也……太不要臉了吧！」

虞世清嘆了口氣，抹了把臉道：「唉，還不都是窮鬧的……」

青芷「哼」了一聲，道：「爹，我六姑父可是娶過妾的，他家很窮嗎？」

虞世清無言。

青芷抬頭看了看天色。今日天氣晴朗，微風輕拂，倒是七月難得的好天氣，等一會兒恐怕別的姑姑估計也快殺到了。

她伸了個懶腰，道：「我覺得六姑母既然來這麼一趟，不會只偷了錢匣子。爹，您去看看祖母腕上的金鐲子和手指上的銀戒指吧，還有祖母耳朵上的銀耳環。」

虞世清一聽，忙去王氏的臥室裡看去了。

片刻之後，他垂頭喪氣地走出來。「銀耳環還在，別的都不見了。」

青芷看著虞世清，原本要說的話嚥了下去，沒有說出來，只道：「爹爹，先睡會兒去吧，我做好午飯再叫您和娘起來。」

其實她原本想提醒爹爹，其餘姑母來了後，估計還以為金鐲子什麼的都是她、她娘和她爹偷的，應該還會有一場大鬧。

她倒不怕事，卻知道爹爹最煩處理這些家務事。

韓氏略歇了歇就起來了。

她怕女兒累著，一起身就忙碌起來。先去了王氏臥室，和青芷一起把王氏被尿浸透的褥子給換了，又把蓆子擦拭一遍，在外面陽光下曬乾才重新給王氏鋪上。

王氏如今大半身子都動彈不得，只能覥著臉讓韓氏和青芷侍候。

見王氏變成這個樣子，沒辦法害人，青芷心裡輕鬆得很，根本不把這些活當作負擔，只把王氏當成一堆肉或者一根木頭，和韓氏一起把王氏身上擦了一遍，然後給她換了套潔淨的中衣。待身上變得乾爽了，王氏馬上就閉上眼睛，不搭理韓氏和青芷了。

青芷擔心韓氏已經懷孕，不願意讓她做重活、累活，便笑道：「娘，您去馬娘子家買些肉，我和了麵醒上，中午咱們吃肉臊子麵！」

韓氏答應了一聲，和青芷一起出去了，母女倆細細用香胰子洗了好幾遍手。

「娘，咱們得和爹說一說，祖母這個樣子，怕是得雇人來照顧她了。」

韓氏點點頭，想了想，又道：「吃罷午飯，我和妳爹說吧！」

說完，她就拎了竹筐出去買肉了。

青芷和好麵，用乾淨的濕布搭了麵團醒著，自己去後院菜地裡摘了把長豆角，又摘了一個大茄子和一個西葫蘆，最後薅了一把小青菜，這才回前面洗菜切菜。

她把長豆角、大茄子和西葫蘆都切成小碎丁，又挖出些黃豆醬，然後又擀了麵條。忙完這些，已經是滿頭滿臉滿身的汗。

她出了灶屋，正拿帕子擦拭汗水，忽然聽到外面傳來馬蹄聲和說話聲，抬頭一看，正好看到溫子淩推開大門進來。

大熱的天，溫子淩俊秀的臉也被曬紅了，一眼看見青芷拿著帕子在擦眼睛，他當即道：「青芷，妳怎麼了？哭什麼？別哭了，有哥哥呢！」

青芷笑著解釋道：「子淩哥哥，我擦汗呢。」又問道：「七姑母呢？」

溫子淩從錦繡腰帶上抽出一把灑金川扇展開，用力搧動著走過來，口中道：「這天真奇怪，都七月底了，還這麼熱，真是快要熱死老子了。」又道：「我娘去請司徒鎮上會針灸的大夫了，估計過一會兒才來。」

他走到青芷身邊用力搧了起來，讓自己和青芷都涼快些。

青芷剛覺得涼快了些，便聽到溫子淩刻意壓低的聲音。「青芷，昨夜到底出了什麼事？」

青芷聽了，有些遲疑，抬眼看向溫子淩。

溫子淩雖然已經代替溫東出面做生意，可畢竟還是少年。此事說來話長，而且甚是污穢，她也拿不準他願不願意聽。
溫子淩見青芷的眼裡有猶豫，不由輕輕笑了。「我家的事還不夠糟心嗎？我什麼沒見識過？說吧！」
青芷平鋪直敘地把王氏和蔡春和那些事說了，包括王氏瞞著家人把田地過到了蔡春和名下，以及前夜和蔡春和在玉米地裡苟合的事。
得知外祖母是因為縱慾過度而中風，溫子淩臉上的表情也是難描難畫。
青芷見他如此，便補充了一句。「子淩哥哥，你若不信，可以去問問五姑母家的中玉表哥，他就是用這件事威脅祖母，把秀珍給要走的。」
溫子淩「啪」的一聲合上扇子。「怪不得祖母白白把秀珍給了他，原來還有這內情。」
外祖母一向小氣，又不喜五姨母三口，得知外祖母把丫鬟秀珍給了五姨母家的表哥，他原本心裡還覺得奇怪，現在終於明白過來。
青芷又道：「如今村人已經在傳著說……」她低下頭。「說蔡春和的那個地方瘸折了……」
溫子淩牙疼似地看著青芷，結結巴巴道：「瘸……瘸折了？」
一想到那裡被瘸折，溫子淩就覺得渾身寒毛都豎了起來。
青芷白了他一眼。「你以為呢？子淩表哥，我告訴你，將來可別學你爹和有夫之婦偷情，不然……哼，說不定下一個如此倒楣的人就是你！」
溫子淩單是想像了一下，就覺得那種疼不是活人可以忍受的，齜著牙道：「放心吧，妳哥我才不做那等丟人的事！」
青芷索性也把今日虞冬梅來偷王氏首飾和搶銀子的事情說了。
溫子淩簡直嘆為觀止。「咱們的這些親戚，可真是……真是夠……夠……」他可想不出形容詞了。
想了半日，才道：「可真是夠不要臉了。」
青芷只是看著前方的一大簇薄荷想著心事。
過了半日，溫子淩低聲道：「青芷，外祖母那樣……將來咱們兄妹會不會也比別人更……」
他畢竟才十四歲，「淫蕩」這兩個字根本說不出口，可一想到自己和青芷也許遺傳了外祖母，又覺得毛骨悚然。
青芷正盤算著雇人照顧王氏的事，聞言看向溫子淩，見他俊臉微紅，眼睛水汪汪的，似是害羞得很，不由暗笑。原來子淩表哥擔心這個啊！
她低下頭去，輕輕道：「人又不是畜生，自然能夠控制自己，和自己喜歡的人在一起就好。若是像動物一樣四處發情，早晚會死在這上面。」
溫子淩細細咀嚼著青芷的話，居然覺得大有道理，便道：「青芷，我也是這麼想的，和自己喜歡的人在一起，怎麼著就行，千萬不要學我爹和……外祖母……」
這時，韓氏拎著竹筐回來了，見溫子淩也在，不由笑了。「子淩來了。」
溫子淩笑著上前和韓氏見禮，伸手要去接過竹筐，韓氏忙道：「這裡面有鄰居胡老娘給的兩個甜瓜，我去洗了給你和青芷吃。」

甜瓜甚是脆甜，青芷和溫子淩一人拿了半片甜瓜，一起去正房看王氏。

韓氏洗了手，進灶屋做臊子麵去了。

王氏看到溫子淩進來，渾濁的眼睛頓時亮了起來，活魚一般地掙扎著。

溫子淩沒想到一向要強的外祖母會變成這個樣子，心情很複雜，在床邊坐下來，嘆了口氣，道：「外祖母啊，以後可得消停些了。」

王氏一聽，就知道自己那些丟人事連外孫都知道了，當下也不掙扎了，閉上眼睛僵在那裡。

青芷端了涼開水過來，扶起王氏，小心翼翼餵王氏喝下，這才和溫子淩一起出去。

兄妹兩個閒來無事，便坐在院子裡的梧桐樹下吃瓜說話。

青芷一邊吃瓜，一邊問溫子淩。「子淩表哥，我以前讓你給我做的瓷盒上面都有一個『芷』字，我若是要開一間胭脂水粉鋪子，鋪子名能不能就叫『芷』？」

溫子淩笑了起來。「這個名字太怪了，叫『芷記脂粉』怎麼樣？」

青芷思索著，連甜瓜都忘記吃。「『芷記脂粉』怪怪的……我再好好想想吧！」

溫子淩啃了一大口瓜。「反正不急，慢慢想吧！」又道：「妳快把盛桂花香油和香膏的模子畫出來，我早些交給燒窯師傅去做。」

青芷笑咪咪地答應下來。

虞世清從屋裡出來，見外甥來了，便打起精神和溫子淩說話。

鍾佳霖還沒回來，青芷便想著出去看看。

待她一出灶屋門，就看到鍾佳霖進了大門，忙笑盈盈招手道：「哥哥快過來。」

鍾佳霖當下加快腳步。「先生呢？」

青芷一見他就安心了，笑眉笑眼地指著明間道：「爹爹陪著子淩表哥在堂屋呢。」

鍾佳霖去正房堂屋見虞世清，把今日學堂的情形說了一遍。

虞世清聽了，很是欣慰，道：「佳霖，家裡如今事情太多，學堂那邊多虧你了……你辛苦了。」

鍾佳霖微微一笑。「先生，您儘管忙家裡的事，學堂那邊有我呢。」

這時候，青芷用托盤端了一碗澆了肉臊子的麵和一碗麵湯走進來，笑咪咪地道：「哥哥，先吃麵吧！」

鍾佳霖應了聲，在方桌邊坐下來。

溫子淩忍不住探頭一看，只見鍾佳霖的碗裡，濃油赤醬的肉臊子多得把雪白的麵都遮住了，心中不由酸溜溜的。「青芷，妳太偏心了。」

青芷對溫子淩做了個鬼臉，笑嘻嘻地出去了。

虞世清和韓氏正在餵王氏吃飯，虞蘭帶著溫歡和丫鬟榆錢，乘著家裡的馬車過來了，跟著她一起過來的是司徒鎮有名的針灸大夫司徒銘。

見了母親的狀況，虞蘭心中狐疑，逼問虞世清道：「八弟，到底怎麼回事？」

虞世清含含糊糊道：「母親一時受到驚嚇……」

虞蘭還要再問，卻被溫子淩打斷。「娘，先讓司徒大夫看看外祖母吧！」

聽自己最倚賴的大兒子這麼說了，虞蘭便瞪了虞世清和韓氏一眼，看向司徒銘。「麻煩您了，司徒大夫。」

司徒銘倒是樂觀一些，看了脈息之後道：「每日針灸，再輔以藥物，也許還有恢復的可能。」

虞蘭一聽，心裡很歡喜，忙道：「既然如此，那就麻煩司徒大夫了。」

到了付診金的時候，虞蘭故意一動不動，看著虞世清付了診金。

送走司徒銘之後，虞蘭又開始質問虞世清。「八弟，咱娘到底怎麼回事？你若是不和我說實話，我這次還真和你沒完了。南陽縣城我也是常去的，縣學在哪裡我也知道，大不了我去縣學找教諭大人，請他來評評理！」

虞世清眼圈紅了，坐在那裡一聲不吭。

韓氏也默不作聲地站在虞世清身邊。這件事情實在太匪夷所思了，一則沒法說、沒臉說，二則說出來虞蘭也不會相信的。

見弟弟和弟妹都這樣，虞蘭大怒，當即指著虞世清的鼻子。「是你們兩口子氣著咱娘了？還是青芷氣的？不說是不是？我這就去縣學找教諭大人去！」

第三十六章

青芷、溫子淩和溫歡都在外面待著，裡面的動靜自然聽得清清楚楚。

青芷求救般地看向溫子淩。「哥哥——」

溫子淩點點頭。「青芷，妳帶溫歡去後院玩吧！」

她猜到了溫子淩的用意，答應了，微微一笑看向溫歡。「歡姊姊，咱們去後院摘玫瑰花玩吧！」

溫子淩直接撩開門簾進了東暗間，先給虞世清和韓氏行禮，客氣地請他們兩口子先出去。

虞世清眼神複雜地看了躺在床上的王氏一眼，帶著韓氏出去了。

王氏雖然半邊身子不會動，也說不出話來，聽力卻是無礙，見狀忙掙扎起來，竭力調動著舌頭，發出「嗚嗚」的聲音。

但虞蘭此時心思都在兒子身上。「子淩，到底是怎麼回事？」

溫子淩拖了個椅子過來坐下，先端起茶盞飲了一口，才把事情的前前後後都說了。

虞蘭目瞪口呆，一句話都說不出來了，半晌方道：「開……開什麼玩笑！你外祖母雖然吝嗇了些、偏心了些，也自私了些，卻不是那等淫蕩婦人……」

溫子淩嘆了口氣，道：「娘，您若是不信，可以去打聽打聽。舅舅先前中秀才時買的那幾畝地，如今在蔡春和名下；蔡春和那夜跑得急，如今下面被瘸折了，還躺在床上養病，蔡家莊人人都知道。至於您給外祖母的金簪子，如今在蔡春和娘子白氏頭上插戴著。」

虞蘭臉色發白，一動不動。

外面起了風，颳得院子裡的樹葉「啪啪啪」響成一片。

屋子裡，王氏也不掙扎了，閉上眼睛裝睡。

溫子淩見狀，吸了一口氣，道：「娘，外祖母與蔡春和的那些事，五姨母家的中玉表哥都知道，他就是因為撞破了外祖母和蔡春和的姦情，外祖母才把秀珍給了他，堵他的嘴。」

虞蘭這會兒哪裡還有什麼疑問，心裡全都明白了，呆坐半晌方道：「畢竟是你外祖母……」她似乎在自言自語。「畢竟是我和你舅舅的生身母親，沒有她，哪裡有我們……還是得好好侍候她，給她治病……」

溫子淩道：「六姨母先來了一趟，把外祖母的金鐲子、銀戒指，還有錢匣子都搶走了，給司徒大夫的診金，也別讓舅舅一個人出了，他的銀子都被外祖母給蔡春和跟六姨母了。」

虞蘭聽得呆愣，溫子淩也不說了。奇葩親戚太多，他也覺得丟人。

虞蘭皺著眉頭看向閉著眼睛裝睡的王氏。「你外祖母這樣子……我去和你舅舅、舅母說一聲，雖然老人家確實做得不對，可是畢竟是生養我們的母親，是家裡的長輩，你舅舅、舅母可不能因此就虐待她老人家，須得好好伺候她。」

溫子淩聽了，便道：「舅母好像有了身孕，哪有精力伺候外祖母？」他睨了娘親一眼。「娘，還是得雇人照顧外祖母。雇人的錢不能讓舅舅、舅母一家出，待姨母們過來，大家一起商量商量吧！」
虞蘭心情沈重，悶悶地答應了。
下午時，王氏的大女兒虞筠拎了一包砂糖，帶著兩個孫子來了。
虞蘭坐在院子裡的樹蔭下，剛和大姊虞筠說了兩句話，正要談起大家湊銀子雇人照顧母親的事，虞筠的兩個孫子便鬧了起來，非要往外跑，虞筠急慌慌地出去追孫子，虞蘭根本沒法子和她商量。
過沒多久，虞筠拉著兩個孫子回來了，和她一起進來的是老二虞秀雲。
虞秀雲一見虞蘭，忙大聲道：「七妹，我正要去找妳！我家大郎的娘子跟人私奔了，我打算再給他娶一個，妳借給我十兩銀子吧，我有了閒錢就還給妳──」
她聲音很大，語速又快，借起錢來又理直氣壯得很。
虞蘭氣得笑起來。「二姊，我是上輩子欠妳還是這輩子欠妳了？妳先前給老二、老三娶親借的銀子還沒還我呢！」
虞筠又高又胖，一座山般地走過去，青芷忙搬了張椅子放在虞蘭身旁。
虞筠一屁股坐下去，只聽「嚓」一聲，椅子被她坐瘸了一條腿。
不過虞筠雖然胖壯，反應卻快，一下子躥了起來，大喝一聲。「青芷，給我搬來一張結實些的椅子來！」
青芷索性和溫歡一起抬了個石墩子過去。
虞筠坐下之後，很不滿地看向虞世清。「世清，你也忒小氣了些，找木匠再去做幾張結實椅子吧！」

虞世清還沒來得及答話，老三虞秀萍的大嗓門就傳了過來。「露兒的婆家就是開木匠鋪的，買椅子去他家買吧！大家是親戚，總會便宜些的。」

青芷笑咪咪地看著自家院子裡這場群英會，麻利地搬了張椅子請虞秀萍坐下。

虞秀萍一坐下便看向虞世清。「八弟，我已經和親家說好了，過幾日就讓李家二郎去你學堂裡讀書。」

虞世清眉頭皺了起來，還沒來得及開口，虞秀萍又看向虞蘭。「七妹，我家露兒快要出嫁了，添箱時，妳這有錢的姨母可得送一份大禮！七妹這麼有錢，低於二十兩可拿不出手。」

這時，老四虞裙和老五虞櫻梨一起走進來，虞櫻梨的兒子賈中玉帶著新媳婦姜秀珍跟在後面。

虞裙不滿道：「我家茹娘出嫁，七妹添箱才給了十二兩銀子，憑啥妳家露兒出嫁就不能低於二十兩？」

虞秀萍一聽，跳了起來，指著虞裙道：「妳女兒出嫁可是前年的事，我女兒可是今年才要出嫁！」

見三姑母和四姑母要打起來了，青芷忙扶著韓氏進了西廂房臥室。

把韓氏安頓在床上躺下之後，她笑咪咪地道：「娘，等一下我姑母們要打起來了，您在場的話有些危險，還是在屋裡躺著吧！」

韓氏也有些疲憊。「妳也小心些……」又有些無奈地道：「妳姑母們難得湊齊，每年大年初二回娘家都要鬧嚷一場的。」

青芷急著出去看群英會，安頓好母親便出去了。

前世她們一家三口被五個姑母及祖母王氏給害死了，如今重活一次，能看到她們彼此鬧騰，倒也愜意！

到了院子裡，青芷見虞世清要去拉架，便站在虞世清後面，低聲提醒道：「爹爹，您一直不去學堂，萬一那裡也鬧起來可怎麼辦？」

虞世清一聽，顧不得去勸架，急急出去了。

這會兒，虞秀萍和虞裙的爭鬧已經升級，虞秀萍撲上去抓住虞裙的髮髻，用力撕扯著，大聲罵著「淫婦」、「賤人」。

虞裙不甘示弱，指甲撓在虞秀萍的臉上，當場撓出了三道血印子。

虞筠只顧拉著兩個孫子，只有虞櫻梨和虞蘭徒勞地試圖分開虞秀萍和虞裙。

溫子淩站在那裡看了一會兒，只覺得噁心，便拉了青芷出去了。

到了大門外，他掏出四個銀錁子給青芷。「這是四兩銀子，妳再添一些，買個丫鬟回來使喚吧！」

院子裡，吵罵聲、勸架聲、耳光聲、哭泣聲似乎都遠去了，成了微不足道的背景音。

青芷低頭看著手中的銀錁子，心裡百感交集。不管親戚間多醜陋，有子淩表哥真好！

她眼圈紅了，抬眼看向溫子淩，清澈的大眼睛蒙上一層水霧。「子淩表哥，我有銀子，不要你的銀子。」

青芷把銀錁子塞回溫子凌手裡，笑盈盈地道：「我自己出錢買丫鬟，自己拿著身契，何必用你的銀子？」

溫子凌卻非要把銀子給她，柔聲道：「這是哥哥給妳的，妳買個丫鬟，妳和舅母就有了幫手，就不用那麼累了，也能幫著照顧外祖母。」

青芷如何肯收他的銀子。「子凌表哥，人不能依靠別人一輩子，還是得自己努力，這銀子我不能要。」

溫子凌見她是真的不想要，只好把銀錁子收起來，道：「妳今晚抽個時間把圖樣畫好，明日給我。我明日上午再來一趟，陪妳進城去牙婆家看看。」

青芷答應了下來。

村人是最愛看熱鬧的，聽到虞秀才家熱鬧非凡，都聚攏過來觀看。誰知一過來，就看到虞秀才的女兒正同一個俊秀少年站在大門外，好奇地遠遠圍觀著。

青芷嫣然一笑，介紹道：「這是我七姑母的大兒子，我的表哥。」

胡老娘這時候也帶著孫女胡春梅出來了，見溫子凌在這兒，忙過來打招呼。

溫子凌微笑著與村人寒暄一番，心裡卻有些不耐煩。

恰在這時，大門「吱呀」響了。

溫子凌和青芷往後看了一眼，發現是虞蘭走了出來。

隨著虞蘭出來，院子裡的打罵聲也傳了出來——

「妳婆婆去世，問七妹借她的全套銀頭面戴，戴完妳還給她了嗎？還有臉說我！」

「我還在給我婆婆守孝，銀頭面還得戴，待除了孝我自然就不戴了。別說我，妳說妳小叔子娶親需要銀子，問八弟借了五兩銀子，問七妹借了十五兩銀子，如今妳小叔子孩子都生了倆，那五兩銀子還八弟沒有？那十五兩銀子妳還七妹沒有——啊，妳敢打我！」

虞蘭一臉煩躁，關上大門，把廝打嚷罵聲關在了門內，看向青芷。「青芷，給妳祖母請大夫針灸的診金，以後我來出，不過得麻煩妳和妳娘多照顧妳祖母了。」

青芷看在溫子淩的分上，微笑道：「七姑母，您放心，祖母只要安安生生在家養病，我們自然會好好照顧她老人家。」

虞蘭沒想到青芷這麼好說話，可心裡實在是煩，便叫上溫子淩、溫歡和榆錢，坐上馬車離開了。

村人難得看到如此熱鬧的場面，還不肯散去，站在池塘邊的樹蔭下，嗑著瓜子聊著天，煞是熱鬧有趣。

青芷推開大門進去，院子裡，虞秀萍和虞裙仍打得熱鬧。青芷懶得理她們，徑直進了西廂房陪韓氏去了。

虞筠見虞蘭不知何時離開了，忙一手拉著一個孫子，大聲道：「三妹、四妹，快別打了，七妹和八弟早就走了！」

聽說正主走了，虞秀萍和虞裙也不打了，互相啐了一口，整理自己亂糟糟的頭髮和衣裙，眾姊妹擠到正房去慰問癱在床上的老娘。

韓氏睡不著，正坐在窗前竹榻上給青芷做大紅宮緞裙子，見她進來，笑盈盈道：「青芷，別出去了，陪娘待著吧！」

青芷笑著應了，拿出葛氏送的各種綢緞尺頭布頭，選了藏青布面和玄色布面兩種，預備給溫子淩做一雙藏青布面千層底布鞋，給哥哥做一雙玄色布面千層底布鞋。

她剛裁剪好兩雙鞋的鞋幫子，就聽到幾個姑母從正房出來，各自拿了些東西，也不打招呼，揚長而去。

最後離開的是虞櫻梨和姜秀珍婆媳倆。她倆幫王氏洗了個澡，這才去了西廂房。

虞櫻梨和韓氏坐在窗前竹榻上說話，見韓氏在納鞋底，便要過來看了看，稱讚了韓氏的針線針腳細密，然後談起了往事。「咱爹爹去得早，娘一個人把我們姊弟八個拉拔大，可真不容易。那時候她——」

青芷在一邊笑了。「五姑母，我怎麼聽說祖父去世的時候，我爹都十幾歲了？不算是我祖母一個人把八個孩子拉拔大吧？」

虞櫻梨似乎沒聽到青芷的話，自顧自訴說苦情，渴望得到韓氏的共鳴。「當年要不是娘供八弟讀書，八弟能考上秀才、能在學堂教書？家裡能有如今的好日子，可都是因為咱娘啊！」

青芷正要說話，韓氏伸手在青芷手上輕輕摁了一下。「五姊，中玉和秀珍的親事什麼時候辦？到時候我們去妳家吃酒席。」

虞櫻梨一聽，當即忘記了回憶當年，笑道：「請人看了個日子，就是八月初十。」

姜秀珍見婆婆和韓氏聊起了婚事，有些不好意思，忙拉著青芷出去了。

到了院子裡，姜秀珍從衣袖裡掏出一個梅花形鐵簪子，笑盈盈地遞給青芷。「大姑娘，這是我和中玉送妳的。」

青芷好奇地接過鐵簪子，捏著那朵鐵梅花輕輕一拉，卻拽出了一把鋒利玲瓏的小匕首。她眼睛一亮。「太好了！」

姜秀珍也笑了，道：「我想著妳常出門，用這個綰頭髮，還可以防身。」

青芷很喜歡這個白鐵梅花簪，仔細地收起來，看向姜秀珍，嫣然一笑。「秀珍，多謝妳和中玉表哥。」

姜秀珍也笑了起來，道：「我婆婆已經說了，以後每月逢五、逢十，她都帶我過來，幫老太太拆洗被褥、洗澡擦身，免得妳們娘兒倆太累。」

青芷默然片刻，還是謝了她。

送走虞櫻梨和姜秀珍後，韓氏嘆了口氣道：「青芷，去看看妳祖母吧。」

青芷答應一聲，起身看去了。

正房內空蕩蕩的，她掀開臥室的門簾向內看去，正好看到王氏滿臉的淚。

青芷內心無動於衷。早幹麼去了？偏心女兒的時候、把兒子掙的家產送人的時候、要把兒媳送給情夫的時候，怎麼不想想自己會不會有這一天？

她立在那裡片刻，轉身出去了。

明日先去買個丫鬟吧，她可不想伺候王氏，怕自己會忍不住掐死這個前世今生都出手害她們母女的女人。

太陽落山了，天色漸漸暗了下來。

虞世清拿了一本《中庸》給鍾佳霖、蔡羽和李真三人講解，見光線昏暗，索性放下書，一邊踱步，一邊繼續講課。

待講完，虞世清端起茶盞飲了一口，道：「佳霖、蔡羽、李真，你們三個先去歇息吧！接下來是董翰、賈存孝、蔡翎、蔡正華，蕭令真，你們拿了《大學》過來吧，從董瀚開始給我背誦。」

鍾佳霖三人笑著起身，給董瀚等五人騰了位置。

蔡羽和李真出去了，鍾佳霖去了屏風後的小書房，點著燭臺捧過來，放在講桌上，又拿起茶壺給先生斟茶。

忙完這些，他又去照看那四個剛開蒙的小學生。

看著四個小學生都拿出燭臺點著了，他便道：「今日先生要檢查你們背誦《千字文》，先一個個給我背吧！」

這四個小學生之中最大的十歲，最小的才七歲，這段時間先生忙碌，都是鍾佳霖在照管他們。他們也特別喜歡鍾佳霖，聽鍾佳霖這麼說，都爭先恐後要背書，被點到名字的就搖頭晃腦地背誦起來。「……金生麗水，玉出昆岡。劍號巨闕，珠稱夜光……」

鍾佳霖檢查完四個小學生，恰好虞世清也檢查完董瀚五人，便過去回稟。

虞世清細細聽了，指示幾句，慈愛地看向鍾佳霖。「佳霖，你做得很好，多虧你了。」

鍾佳霖正要謙遜兩句，蔡羽就探頭進來道：「先生，還有我和李真呢，這幾日我負責董翰、賈存孝和我弟弟蔡翎，李真負責管蔡正華和蕭令真，我們倆也很辛苦呢！」

虞世清原本心事重重，聞言也笑了起來。「好了，你們也很辛苦。」

鍾佳霖正有事要問蔡羽，便帶著蔡羽出去，走到梧桐樹下，才開口問道：「蔡羽，司徒鎮東北邊羊山南麓的桂園是不是你家的？」

蔡羽點點頭。「是我家的，不過……」

鍾佳霖抬頭看他。「不過什麼？」

蔡羽笑了起來。「那片桂園我爹娘準備給我姊姊做陪嫁，為了讓我姊姊早些上手，去年就把桂園給我姊姊管了。」他攬住鍾佳霖的肩膀。「你問這個做什麼？」

鍾佳霖笑著拿開蔡羽的胳膊。「青芷想收買些上好的桂花做香膏、香油，讓我問問。」

蔡羽笑了起來。「晚上我回去和我姊姊說一聲。」

鍾佳霖很重視這事，認認真真地拱了拱手。「蔡兄，拜託了。」

蔡羽得意一笑。「青芷是你的師妹，也是我的師妹，幫師妹一點小忙，又算什麼呢？」

聞言，鍾佳霖瞅了他一眼。青芷是蔡羽的師妹，卻是自己的妹妹，師妹和妹妹能一樣嗎？不一樣！

散學之後，鍾佳霖便隨著虞世清一起回家去了。

先前都是青芷給他們送飯，好讓他們繼續上晚學，如今王氏癱了，韓氏和青芷還得照顧王氏，自然不能再給他們送飯，虞世清便停了晚學，上完課就讓大家各自回家。

今晚是青芷做飯，她蒸了兩籠韭菜雞蛋素蒸餃，熬了一鍋綠豆大米粥，正和韓氏在灶屋盛粥，聽到外面傳來虞世清和鍾佳霖的聲音，忙道：「你們先用香胰子洗手吧，這就擺飯。」

虞世清洗了手在石桌前坐下，忽然想起王氏，便問青芷。「青芷，妳祖母吃晚飯沒有？」

青芷正和鍾佳霖一起擺飯，聞言一笑。「爹爹，您要先去餵祖母吃晚飯嗎？」

虞世清一愣。

他原意是讓韓氏和青芷母女倆孝順王氏一些，先餵了王氏再回來吃晚飯，沒想到反被女兒將了一軍，只得端起一碗粥去正房餵王氏。

鍾佳霖瞅了青芷一眼。

她眨了眨眼睛。「怎麼了？哥哥難道也看不慣我？」

鍾佳霖微微一笑，低聲道：「我覺得妳做得很對，就應該這樣做。」

青芷得到了支持，心裡美滋滋的，把一雙竹筷子放在鍾佳霖面前，低聲道：「粥剛熬好，那麼燙，祖母又沒法吃，等一會兒放涼了再餵多好啊，爹爹就是多事。」

鍾佳霖見韓氏過來，忙起身等韓氏先坐下，才道：「我手裡還有些散碎銀子，明日是休沐日，我和先生說一聲，陪妳去買個丫鬟回來吧，不然妳和師母太累了。」

青芷笑咪咪地答應了。

第三十七章

用罷晚飯，韓氏收拾灶屋，青芷便讓鍾佳霖進屋去看自己畫的瓷器花樣。

臥室窗前的書案上放著一盞油燈，青芷拿出一個桐木箱子，打開讓鍾佳霖看。

箱子一打開，一股桐木特有的木香便飄了出來。

鍾佳霖就著光一看，發現裡面整齊擺著兩排玉青瓷小瓶子和兩排玉青瓷小圓盒子。

他拿起一個小瓶子細看，發現胎質細膩，釉面色澤瑩潤，手感柔膩順滑，瓶身上繪著一枝含苞待放的深紅玫瑰花，左下角是一個簪花小楷的「芷」字。

青芷拿起一個瓷盒子讓他看。「哥哥，這些是我盛玫瑰香油的瓶子和香膏用的盒子，我預備做桂花香油和桂花香膏，子淩表哥讓我畫出新的圖樣，你看看我畫的這一張怎麼樣？」

她拿開玉青瓷鎮紙，取了一疊宣紙遞給鍾佳霖。

鍾佳霖一一翻看宣紙，發現青芷畫了好幾張，有的是一株茂盛的桂樹，有的是桂花林，還有的是一個簪花美人立在桂樹之下；另外也有簡單些的，就畫了一枝桂花。

他又去看青芷遞過來的瓶子盒子，心裡已經有了一個主意。

他小心翼翼把東西放回桐木匣子內，對著燈光看起了青芷畫的圖，看罷選出只畫了一枝桂花的那張，道：「青芷，我的想法是，新的瓶子、盒子還和以前形狀一樣，只是上面不用畫玫瑰花，就畫一枝桂花好了。那個簪花小楷「芷」字還照原樣，妳覺得怎麼樣？」

見她圓溜溜的黑眼睛專注地看著自己，鍾佳霖不由微笑，道：「將來冬天有了梅花，妳若是做起梅花香油和香膏，就改畫一枝梅花好了。」

青芷越聽越覺得有道理。「哥哥，既然如此，將來我若是開胭脂水粉店，招牌上就可以寫上這個簪花小楷的『芷』字，鋪子名就叫『芷記香膏』，怎麼樣？」

鍾佳霖認真地想了想，道：「很別致，容易被人記住。」又道：「妳善於製作香油、香膏和香胰子，就只做這三樣，做精做好，讓人一想到香油、香膏和香胰子，腦子裡就想到芷記。」

青芷用力點點頭，大眼睛亮晶晶地凝視著鍾佳霖。「哥哥，你真聰明。」

鍾佳霖抬手摸了摸她的腦袋，柔聲道：「青芷也很聰明啊。」

兄妹兩個在昏黃的燈光中相視而笑。

他們都是一天到晚地忙，此時偷得浮生半日閒，青芷便去院子裡採了些薄荷葉洗了，用涼開水做了個薄荷蜂蜜茶端過來。

兄妹倆一人一盞薄荷蜂蜜茶，坐在窗前書案邊，一邊喝甜蜜沁涼的茶，一邊商議著明日進城之事。

青芷把上次鍾佳霖給她的銀錁子全擺在書案上，道：「哥哥，咱們帶多少銀子去？」

鍾佳霖想了想，道：「買個粗使丫鬟，五、六兩銀子也就夠了。」

青芷點點頭，小聲道：「不敢買太美的，免得我爹鬧著要納妾生兒子。」

鍾佳霖聞言，想像了一下那個畫面，不由莞爾，低頭笑了起來。

窗外晚風輕拂，送來陣陣薄荷清香，青芷看著斯情斯景，只覺得溫馨無限，也笑了起來。

第二天一早，趁太陽還沒出來，天氣沒那麼熱，鍾佳霖揹了書箧，帶了青芷在村東頭坐馬車進城去了。

到了城南巷，兄妹倆先去了梅溪書肆。

董先生恰好在書肆裡，一見鍾佳霖就笑著起身迎接。「鍾小哥，你如今可是南陽縣城的名人了！」

鍾佳霖靦覥一笑，寒暄了幾句，便拿出自己和青芷這段時間抄寫的詩詞文章給董先生。

董先生檢查一遍，見沒有謬誤，便按照千字二十文錢的價格結帳。

待青芷收起了銀子，董先生含笑道：「下次再來交稿子，就按照千字二十五文來結吧！」

青芷又驚又喜。雖然抄寫千字只多了五文錢，可是五文錢也是錢啊，積少成多，也是好的！

見她歡喜得如此直白，鍾佳霖不禁笑了。

董先生請他們在窗前的椅子上坐下，又奉上清茶，才道：「鍾小哥，上次縣學的考試，你名列榜首的消息已經在南陽城內傳開，如今南陽城內的讀書人，都知道蔡家莊學堂的虞秀才教出一個考了榜首的學生。」

鍾佳霖自然謙遜了一番。

董先生也不是愛饒舌的人，直奔主題道：「鍾小哥，我想看看你寫的策論，不知你同不同意？」

青芷聞言，心裡一動，專注地看著董先生。

鍾佳霖掃了青芷一眼，才看向董先生。「董先生的意思是——」

董先生笑起來。「你們兄妹都知道的，我一直在出各種科舉用的集子，如今正打算出一本策論集，收集二十篇好的策論，集結成冊。我想看看你的文章，若是可以的話就收錄其中。」

青芷笑咪咪地道：「董先生，酬勞怎麼算？」

哥哥總是讀書人，不好直接談錢，她出面倒是適宜。

董先生很欣賞這個小姑娘，微微一笑。「策論如果採用的話，一篇一兩銀子。」

青芷看向鍾佳霖，見鍾佳霖微微頷首，便道：「既然如此，先請先生看看我哥哥寫的策論吧！」

董先生起身吩咐夥計準備了筆墨紙硯，請鍾佳霖先寫一篇舊文看看。

鍾佳霖略一沈思，走到書案邊，提筆寫了策論的題目，然後筆走龍蛇地寫了起來。這是他昨天才寫的策論，自然記得清楚，因此寫得很快。

青芷一直立在旁邊看著，大眼睛裡滿是崇拜。不管是前生，還是今世，哥哥都好厲害啊！

鍾佳霖寫完這篇策論，含笑請董先生來看。

董先生一張張看罷，不禁讚嘆道：「筆力老到，說理透澈，言語洗鍊，比一些宿儒做的策論還要好，可以採用。」

鍾佳霖微微笑了。

他知道董先生經常會出一些與科舉有關的文集書冊，就有長期和董先生打交道做生意的念頭，方才默寫出的策論是自己這段時間寫得最好的一篇。

青芷笑咪咪地道：「董先生，您只需要一篇嗎？要不要我哥哥再寫一篇您再看看？」

她知道為了迎接明年二月的縣試，哥哥這段時間一直在練習策論，寫了不少篇了。

董先生聞言，眼睛一亮。「鍾小哥，不知能否再來一篇？」

鍾佳霖點點頭，略一思忖，又提筆寫了起來，很快又寫好一篇。

第二篇策論也被看中了，董先生總共付了二兩銀子給鍾佳霖。

鍾佳霖隨手把銀子遞給青芷，與董先生聊了幾句，便帶她離開了。

兄妹兩個出了梅溪書肆，在晨陽中停下腳步。

鍾佳霖含笑看向青芷。「青芷，餓不餓？哥哥請妳吃好吃的。」

青芷想了想，微笑道：「哥哥，咱倆去隔壁的蔣家老餛飩吃餛飩吧！」

兄妹兩個吃罷餛飩，又要了六個糖燒餅，用油紙包了，接著一起去不遠處的溫氏瓷器店。

張允正在看店，見是青芷和佳霖，便笑道：「大郎正在談生意，表姑娘、鍾小哥先去那邊等著吧！」

青芷一進瓷器店，就看到了和一個中年人坐在窗前說話的溫子淩。

他也看到了青芷，挑了挑眉，示意青芷和佳霖去櫃檯後坐著等。

青芷和佳霖在櫃檯後坐下，一邊鑑賞貨架上的各種玉青瓷，一邊聽著那邊談話。

她聽了一會兒，明白了來龍去脈。

原來這個中年人姓常，是市面上有名的常二官人。常二官人是專門做南北絲綢生意的，常在運河上行走，溫子淩打算和他合夥做生意，運一船玉青瓷去杭州發賣，然後用貨款買了絲綢回來在南陽縣發賣。

說好一共出一千兩本錢，溫子淩一船瓷器抵五百兩，常二官人出五百兩，溫子淩派張允跟著常二官人過去，賺的銀子由常二官人和溫子淩兩人五五分成。

談罷生意，常二官人嘆了口氣。「溫大郎，這一千兩的本錢還是有些少啊，須得再問一問，看能不能再找些人入股？」

溫子淩點頭稱是。經運河去一趟杭州，一條船隻有一千兩銀子的本錢，著實有些浪費了。

青芷聽了半日，心裡一動——她也有心加入！

送走常二官人，溫子淩剛走回店內，便被她叫住了。

青芷趴在櫃檯上，笑盈盈看向溫子淩。「子淩表哥，你們做這個南北販絲的生意，本錢小些可以入股嗎？」

溫子淩以為她是開玩笑，並不在意，接過張允遞來的茶盞飲了一口。「妳有多少本錢？」

青芷拆開油紙包，拿了兩個芝麻糖燒餅給溫子淩，其餘四個遞給張允，讓他拿去和夥計分吃。

「一百兩銀子可以嗎？」青芷得意洋洋，大眼睛裡似有星光閃爍。「子淩表哥，我能拿出一百兩銀子。」

她估算過了，那套赤金頭面差不多能當一百兩銀子。

溫子淩沒想到她還真有銀子，不由有些吃驚。一百兩銀子可不是小數目了！

「青芷，一百兩銀子自是可以入股，只是但凡做生意就有風險，萬一賠了呢？妳這一百兩銀子有可能就回不來了。」

青芷看向鍾佳霖。「哥哥，你怎麼看？」

她和哥哥一直是銀子、財產綁在一起的，這件事自然得和哥哥商議。

鍾佳霖凝視著青芷，黑泠泠的眼裡滿是信任。「賠了就賠了，咱們重新再來就好了。」

溫子淩在一邊看了，心裡酸溜溜，還怪不是滋味的。青芷每次叫他都是叫「子淩表哥」，叫鍾佳霖卻是「哥哥」，分明是區別對待嘛！

聽了鍾佳霖的話，青芷當即作出決定，態度堅定。「子淩表哥，那我加入吧！你和那位常二官人說一聲，若是他也同意，我就來兌銀子。」

見青芷堅持，溫子淩便答應下來。「我和常二官人商量一下，待有了結果，我就去告訴妳。」

青芷眼睛一亮。「子淩表哥，這可是咱們之間的秘密，千萬不要讓咱們那些親戚知道喲！」

溫子淩想起昨日姨母們撕打之事，不禁打了個寒顫。「我曉得，我又沒瘋。」那些姨母們吸慣了娘家的血，若是知道青芷手裡有銀子，必定會蚊子吸血般撲上去的；舅舅性子懦弱，舅母柔弱，青芷年紀又小，到時候就不好了！

聊完這些，青芷又提起要買一個丫鬟的事。「子淩表哥，你何時有空，帶我去相熟的牙婆家看看吧！」

「我家常打交道的牙婆是關嫂，我帶你們先去關嫂家看看，若是沒有合適的，咱們再去別家看看。」

青芷點點頭。南陽城牙婆不少，可是有的專門往煙花寨送人，比如前世坑了她的一枝花；有人做的是正常人家買賣丫鬟的生意，同時兼做媒婆，比如關嫂。她不太瞭解行情，因此這件事還得溫子淩帶著。

溫子淩吩咐張允去套車，叮囑夥計看著瓷器店，便帶著青芷和鍾佳霖出門。

馬車穿行在小城南陽的青石板路上，青芷掀開車簾往外看著，只見街道兩邊大都是石頭房子，上面爬滿了爬牆虎，青苔點點，頗有些年頭，便道：「子淩表哥，這是哪裡？」

「這是書院街，過了書院街，就到關嫂家了。」

不久，馬車在一個臨街的兩層門面前停下來。

停穩之後，溫子淩帶著鍾佳霖和青芷下車，徑直走向掛著半舊竹簾的大門。

關嫂的媳婦錢娘子正在天井裡澆花，見三個生得極好的年輕男女進來，便道：「您是？」

溫子淩只道：「錢娘子，我是賣瓷器的溫大郎，妳婆婆呢？」

錢娘子想了起來，忙道：「三位先坐下等一等，我婆婆去鄰家串門子去了，我這就去叫。」又往屋裡叫了一聲。「秀林、春燕，拿出果碟來讓客人吃。」

堂屋的簾子掀了起來，兩個女孩子一人捧了一個果碟出來。

錢娘子這才出去了。

青芷打量著這兩個女孩子，發現她倆都是十四、五歲的樣子，一個身材健壯，生得很普通，可是一雙眼睛清澈得很。另一個身材小巧玲瓏，容貌秀麗，一雙杏眼水汪汪的，很是靈活。

那兩個女孩子擺放了果碟，便站在一邊。

生得普通些的那個看了青芷三人一眼，便低下頭去；那個生得秀麗的把青芷三人齊齊看了一遍，最後視線落在溫子淩身上，認出他身上的白袍是貴重的帶花紋白綾，腰間繫著的那塊玉珮也不便宜，便只顧著看溫子淩。

青芷一直細細觀察著，見狀便笑盈盈道：「妳們兩個叫什麼名字？」

生得普通些的女孩子行了個禮，道：「我叫春燕。」

生得秀麗的那個靈巧地行禮，笑盈盈道：「我叫秀林。」

溫子淩瞧了瞧生得身材健壯的春燕，再看看靈秀玲瓏的秀林，不由莞爾。

青芷卻在打量春燕。

她發現春燕初看很普通，臉有些大，骨架也有些大，卻很耐看。最重要的是，春燕的眼睛清澈沈靜，而秀林的眼神滴溜溜的，盯著溫子淩打轉。

這時，外面響起了關嫂的聲音。「我的天，是溫大郎來了嗎？大郎您可是好久沒貴足踏賤地了。」

說著話，關嫂撩開門簾如一陣風般地進來，笑著打量青芷三人一眼，然後見禮，又忙著吩咐兒媳婦去沏三盞茶來讓客人吃。

溫子淩知道青芷和鍾佳霖還要忙，便直接道：「關嫂子，茶就不必吃了。我這次來是我表妹想買個丫鬟回去，幫著照料舅母，伺候我外祖母。」他又補充一句。「我外祖母如今癱在床上，需要人幫著擦身子、翻身什麼的。」

旁邊的春燕和秀林聽了，春燕還好，秀林悄悄往後退了半步，半邊身子隱在春燕身後。

關嫂見溫子淩如此說，也不說廢話。「要照顧癱在床上的病人，那可得力氣大些的才行。」她指著一邊立著的春燕和秀林。「這兩個是人家放我這裡寄賣的。春燕是爹死娘嫁，沒人管了，被她二叔送過來發賣，要價六兩銀子。秀林是縣裡張都頭家的丫鬟，主母不喜，送出來發賣，要價十五兩銀子。」

溫子淩看向青芷。「青芷，妳看中哪個儘管買，不夠的話哥哥給妳補足。」說完，他懶洋洋地往椅背上一靠。「要是都看不上，咱們再去別家看看。」

青芷遇事都要和鍾佳霖商量，便看向鍾佳霖，眼神帶著詢問。

鍾佳霖抿嘴笑了。「青芷，咱們是買人回去伺候病人。」

青芷明白了，便道：「我看上的是春燕，只是六兩銀子有些貴，若是四兩銀子，我現在就兌銀子。」

關嫂笑起來，和青芷討價還價了一番，最終以五兩銀子把春燕賣給了青芷。

青芷和鍾佳霖還打算去韓成那裡一趟，於是她收好春燕的身契，拜託溫子淩先帶春燕去瓷器店，她和鍾佳霖晚上再去接人。

溫子淩滿口答應下來，先帶他們簡單吃了碗米線，然後用馬車送他們去韓成的綢緞莊。

到了馬車前，他低聲和青芷說：「我先送你們去舅舅那裡。今天晚上你們和我一起走，我先送你們回蔡家莊，然後再去六姨母家一趟，說一下雨馨表妹的事。」

青芷聽了，沒有作聲。對於虞冬梅和雷雨馨母女倆，她的感情實在複雜得很，這母女兩個前世要賣掉她，重生之後依舊試圖把她賣入煙花巷，說不恨自是假的。

既然如此，何必多說？

到了綢緞莊，韓成這會兒倒是閒著，一見青芷和佳霖過來，忙道：「青芷，昨日白蘋洲的張經紀來了一趟，說一位京城來的李管家去了白蘋洲，要把村子裡的地都買下來，只剩下咱們買的那些地了。李管家已經發話，說要找咱們來談買地的事。」

青芷聞言一愣。「什麼李管家？」

韓成撓了撓頭。「據說這位李管家，是當朝太傅李泰府上的管家……」

青芷僵在那裡。當朝太傅李泰，權傾朝野，在清平帝面前頗有幾分臉面，正是前世英親王妃李雨岫的父親！

李雨岫和趙瑜是她早就打算今生今世一定要避開的人，沒想到還是牽扯上了……

青芷神情平靜，內心卻如波濤洶湧，低頭整理思緒。

她記得前世是在工部一位大員的主持下，宛州修建了一條白蘋渠，打通了白河與運河，白蘋渠成了連接南北的水路要道。從此以後，無數載滿糧食、鹽和絲織品的大船在白蘋渠上來來往往，而南陽城外的白蘋洲因為處在白蘋渠和白河的交會處，交通便利，商業繁華，盛極一時。

她記得，白蘋渠修好是在她進入英親王府的第四年，那年她十八歲……

如今她十二歲，也就是說按照前世的時間估算，六年後的白蘋洲才會成為連接大宋南北的商業重鎮，那為何李泰府上的管家如今就開始收購土地呢？難道朝廷這時候已經開始在規劃建立白蘋渠了？

鍾佳霖聽到韓成說那位李管家是當朝太傅李泰府上的，心裡就有些明白了。看來朝廷真的是要開鑿打通白河與運河的管道，正因如此，才會有消息靈通的高官家人前來購買白蘋洲的土地。

韓成在一邊看著青芷面帶沈思，忍不住問道：「青芷，若那位李管家真的找來了，妳有什麼打算？」

青芷想了想，看向鍾佳霖，雙目清澈。「哥哥，你覺得應該怎麼辦？」

若是她的意思，就是儘量不賣，若李府強買的話再賣給李府，因為前世的她見識過李泰的勢力——李泰官聲好，門生滿朝，可因為李泰的女兒李雨岫，青芷才知道這位被稱為清流領袖的李泰有多可怕。

李泰及其黨羽代表的是大宋朝商人地主的利益，這些人推出李泰為代表，在朝中經營多年，控制朝政，連皇帝也未必能一朝撼動；而前世的英親王之所以能夠以皇弟身分被立為皇位繼承人，也是因為李泰及其黨羽的推動。

重生之後，青芷才把自己死亡的原因看得透澈——從趙瑜決定娶李雨岫為王妃的那天起，她就必須死。

也是重活一世，她想起自己死後哥哥的處境，心裡滿是心疼與憐惜……

鍾佳霖思索片刻，道：「李府若是找上門，咱們先不肯賣；若是李府非要買，那就提高價格再賣，賣得的銀子妳拿去做別的生意。」

說完，他看向青芷，發現青芷眼睛忽然浮起一層水霧，不禁憐惜，低聲道：「青芷，怎麼了？」

鍾佳霖以為她捨不得賣那些土地，柔聲解釋道：「青芷，這位李管家背後有可能是朝中的高官李太傅，咱們升斗小民，何必和高官爭利？」

青芷嫣然一笑。「哥哥，我都聽你的。」

韓成聽了鍾佳霖的話，也豁然開朗，道：「我也和你們一樣，待那位李管家來找咱們時再說吧！」

青芷和鍾佳霖原本要去白蘋洲看看薄荷出苗的情況，如今有了李管家買地這件事，他們就不打算去了，陪韓成說了一會兒話便離開了。

因綢緞莊這邊距離瓷器店所在的城南巷不遠，鍾佳霖和青芷決定步行回去。

兄妹倆一邊走，一邊商量要入股溫子淩生意的事。

青芷道：「哥哥，蔡大戶家送來的那副赤金頭面，爹爹和娘如今給了我，你看我是賣掉好，還是當掉好？」

第三十八章

鍾佳霖思索片刻。「賣的話大約能賣一百二十兩銀子，當的話差不多能當一百兩……妳若是喜歡的話，不如先當一百兩，等去江南的貨船回來，賣了貨分了銀子，再去贖了也行。」

青芷點點頭，笑道：「那就聽哥哥的，當了吧！」

鍾佳霖「嗯」了一聲，忍不住伸手摸了摸她的腦袋。

青芷被哥哥摸得很舒服，仰著頭。

見青芷跟小狗被順毛似的，可愛極了，鍾佳霖不由也笑了。

到了城南巷的瓷器店，不過是下午時分，溫子淩命張允套了馬車，要送青芷、佳霖和春燕回蔡家莊。

馬車在虞家門口停下來，溫子淩陪著他們進去。

一進虞家，他就吃了一驚——一向整潔的虞家小院內，綁了好幾條繩子，繩子上搭著被子、褥子、床單、枕套和各種衣物。

虞世清正艱難地打橫抱著王氏從屋子裡出來。

見舅舅兩腿打顫，顯見是支撐不住了，溫子淩忙走上前幫忙，把王氏放在正房廊前的竹床上曬太陽。

竹床上鋪著潔淨的褥子，看著又厚實又柔軟。

青芷從虞世清那裡得知韓氏在後院掰玉米，忙帶著春燕過去。

王氏東倒西歪地坐在竹床上，見外孫來了，當即抬手拍著竹床開始哭訴，只可惜舌頭不聽使喚，只能發出「嚕嚕嚕」的聲音，臉上是淚水、鼻涕和口水橫流，滿臉狼藉，瞧著狼狽極了。

虞世清本是文弱書生，為了搬王氏弄得滿頭大汗，站在那裡喘著氣，見狀便道：「子淩，你祖母午後尿床了，你舅母給她換了衣服、擦了身子，她不樂意，嫌你舅母伺候得不周到，想去你六姑母家。」

溫子淩這才明白原來外祖母說的「嚕」是這個意思，想了想，在竹床前蹲下來，溫聲道：「外祖母，這樣吧，我來說，您若是同意就點點頭，不同意就搖搖頭，好不好？」

王氏竭力點點頭。

她現在不能走動，不能說話，再也不能像以前那樣打罵兒媳婦和孫女，不能再見情郎，實在痛苦極了。如今外孫來了，正好讓外孫給自己作主。

溫子淩問道：「祖母，您想去六姑母家，讓六姑母照顧嗎？」

王氏小雞啄米般地點點頭。

八個兒女中，她最疼六女兒虞冬梅，她的私房銀子大半都給了虞冬梅，而且以前還打算著賣了虞青芷，弄死韓氏，讓虞世清過繼虞冬梅的庶子，好把家產都給虞冬梅。

她把韓氏和虞青芷得罪狠了，這對母女一定會找機會虐待她的，她如今成了半癱子，哪敢在家裡住？自然要去最疼愛的女兒家住了！

溫子淩簡直不能理解外祖母的想法，便問道：「外祖母，您病倒的時候，是不是六姑母來把您的金鐲子、銀戒指和錢匣子給偷走了？」

王氏閉上眼睛，撇著嘴不吭聲了，不過還拗著臉，下巴翹得高高的，顯示她不喜歡聽人提這個。

溫子淩見狀，心裡有些厭煩，當即道：「祖母，我正要去六姑母家，要不要我帶您過去？」

王氏當即睜開眼睛，連連點頭。

虞世清聞言，雖然有些擔心，卻又有一種如釋重負的感覺。母親這幾日可算是把他折騰得夠嗆！

韓氏和青芷都在後院忙碌，虞世清只得親自出馬，把王氏的行李細軟收拾了，搬到溫子淩的馬車裡。

到後院向韓氏交代了一番，虞世清也上了馬車，護送王氏往雷家村去了。

青芷正和春燕介紹家裡情況，蔡家小廝蔡福和蔡翠的丫鬟篆兒兄妹倆卻過來了。

青芷端來在井水中沁過的蜂蜜薄荷茶，給蔡福和篆兒一人倒了一盞。

篆兒一路走來，正熱得慌，嚐了口茶，覺得甜蜜清涼，很是好喝，便一口氣喝完，笑道：「虞大姑娘，羊山那個桂園如今是我們大姑娘在管著。我們大姑娘說了，桂園的桂花大概會在八月初五左右開放，您若是有興趣，可以到時候看看，若是看上了，再說買賣也不遲。」

青芷微微一笑，端起茶壺又給篆兒倒了一盞，道：「我要的桂花量比較大，而且品質要好，你們大姑娘能保證嗎？」

篆兒掩口而笑。「虞姑娘，您就放心吧。」

送了蔡福和篆兒兄妹離開之後，青芷和春燕燒水洗澡，便開始給春燕安頓住處。

東廂房原本是三間房，最南邊那間是灶屋，中間的是儲藏室，最北邊的那間一向空著，先前是青芷出嫁晚些的姑母們住的，如今床還在裡面，放的是韓氏常用的鋤頭、鐵鍬和老虎杈等農具以及竹筐、背籠等家什。

青芷和春燕正在拾掇屋子，韓氏拎著買回來的五花肉和滷豬蹄回來了，見女兒把春燕安排在東廂房北屋，她點點頭，輕聲細語道：「這屋挺合適，妳們倆收拾屋子，我先去做飯，需要被褥、枕頭，青芷妳去咱們屋子裡拿就行。」

青芷和春燕合力把屋子灑掃拾掇了一番，又擦洗了半日，這才收拾整潔。

春燕立在空蕩蕩卻潔淨通透的房間裡，臉上現出恍惚的微笑，似乎不相信自己有這樣的好運氣。

青芷想著春燕到了新地方，怕是得適應一下，便含笑道：「我去給妳拿褥子、被子和床單，妳先歸整一下行李吧！」

春燕沙啞地答應了，瞅著青芷出去，才解開自己那個又小又舊的包袱。

青芷把一套青布衾枕拿過來，讓春燕鋪到床上。「這是我家常用的，剛剛拆洗過，妳別嫌棄。」

春燕撫摸著柔軟的床單，輕輕道：「姑娘，我怎麼會嫌棄……」

青芷笑咪咪道：「天快黑了，妳躺床上歇息一會兒，我去看看我娘做好晚飯沒有？」

春燕知道作為丫鬟，自己該幹活，免得挨打，卻又不知道怎麼做，便喃喃答應了一聲，看著青芷關上門出去。

韓氏已經下好了肉絲熗鍋麵，還備了兩個小菜，一個是滷豬蹄，一個是涼拌青椒絲。

青芷見了，忙道：「我去叫哥哥回家吃飯。」

韓氏笑了，道：「妳拉著妳哥哥出去逛了大半日，他這會兒估計在努力讀書，妳不如把晚飯送過去，也好節省妳哥哥的時間。妳也順便在學堂陪妳哥哥用了飯，然後找紅玉玩去。」

青芷一聽，覺得大有道理。「這樣好！我給紅玉做的荷包也好了，正好給她送過去。」

鍾佳霖在學堂裡把雞餵了，把學堂內外灑掃了一遍，又把青芷種的玫瑰花和桂花澆了一遍，才在窗前坐下，開始讀書習字。

今日休沐，學堂裡安安靜靜的，風吹樹葉的聲音，小雞咕咕叫的聲音，遠處路人說話的聲音，都清晰可聞。

在這樣清靜的環境裡，鍾佳霖默默誦讀著《中庸》。「……中也者，天下之大本也；和也者，天下之達道也……」

祁知縣送他的《孟子》和《大學》就擺在一邊，他預備背完《中庸》再細細研讀這兩本書。

不知不覺，夕陽西下，暮色蒼茫。

鍾佳霖背熟《中庸》之後，又默寫了一遍，檢查了發現沒有錯誤，這才合上書本，起身伸了個懶腰。

他這才發現天快黑透，得回家吃飯了。

鍾佳霖關上學堂大門，正要落鎖，便聽到外面傳來一個清淩淩的聲音。「哥哥，晚飯來了。」

他不由自主地微笑，轉過身。

兄妹兩個用罷晚飯，鍾佳霖把青芷送到荀家門口，和她約好來接的時辰，看著荀紅玉來開了門。

青芷和荀紅玉說著話，正要進荀家的大門，荀紅玉卻道：「青芷，妳哥哥還在看著咱們呢。」

聞言，青芷甜蜜一笑。「咱們先進去吧，我哥哥還得回去讀書。」

荀紅玉的爹娘荀大郎夫妻在院子裡納涼，青芷見禮罷，這才隨著她去了房裡。

到了房裡，紅玉低聲道：「青芷，今日有媒婆來我家了……」

青芷頓時屏住呼吸。「媒婆來了？是替誰家說媒？」

荀紅玉難得有些害羞，抬手摀住臉，喃喃道：「媒婆是替雷家村的秀才羅鑫來說媒的……」

青芷聞言，如披冰雪，伸手握住荀紅玉的手，怔怔看著她。「紅玉，那妳喜歡羅鑫嗎？」

荀紅玉想了想，道：「我不認識羅鑫，聽說是羅鑫的娘看上我，這才請了媒婆上門來說媒。」

她忽然發現青芷的手心全是冷汗，便拿帕子細細擦拭青芷的手。「青芷，妳手心怎麼出汗了？」

青芷怔怔看著正細心給自己擦手的荀紅玉，不由想起了前世。

前世，羅鑫娶了紅玉，卻暗中跟同村的雷雨馨相好，活活氣死了荀紅玉……

這一世，她絕對不能讓荀紅玉再踏入羅家那個火坑！

想到這裡，她垂下眼簾，低聲道：「羅鑫和我六姑母家一個村子，我聽說過他的一些閒話，方才妳一說，我一下子想到了，這才手心出冷汗的。」

荀紅玉聞言，忙問道：「什麼閒話？」

青芷抬眼看向她，眼睛清澈誠懇。「也許是我記錯了，也許是傳話的人傳錯了，說羅鑫和我六姑母家的雨馨表姊相好過。」

荀紅玉聞言，想了想，道：「沒事，我明日和我娘說一聲，讓我娘託人打聽打聽去。」

又想了想，噘嘴道：「反正我也不喜歡什麼羅秀才。」

青芷心跳頓時有些加快，試探著問道：「那妳喜歡誰？」

荀紅玉有些害羞，臉紅紅的，昏黃的油燈光中，細長的眼睛亮晶晶。「我……我喜……喜歡……馬平……」

聽說是馬平，青芷心花怒放。「馬平很好啊！生得清秀，性格又好，馬三娘和妳娘又是好朋友，他家日子也過得好。」

荀紅玉聲如蚊蚋。「可是馬家一直沒來提親……」

青芷頓時笑了起來，豪邁地伸手在她肩上拍了下。「紅玉，這件事交給我吧！」

荀紅玉又是歡喜，又是害羞，一下子撲了過來，靠在青芷肩上，半晌沒有說話。

青芷心情激盪，豪氣滿懷。「放心吧，我也許別的不行，去幫妳試探一下倒是可以的。」

荀紅玉「嗯」了一聲，紅著臉，偎著青芷坐在窗前竹榻上。兩人繼續做針線，說小姑娘間的悄悄話，直到鍾佳霖來接她，青芷才告辭離開。

今晚的天有些陰，沒有月亮。

鍾佳霖打著燈籠，送青芷回家。這會兒晚風輕拂，異常涼爽，兄妹兩個一邊走，一邊說著閒話，不知不覺就到了家。

春燕已經睡了，韓氏在燈下一邊做針線，一邊等青芷。

聽到敲門聲，她起身出來給青芷和鍾佳霖開門。

青芷見是母親開門，忙問道：「娘，爹還沒回來嗎？」

韓氏搖搖頭，道：「好奇怪，到現在還沒回來，都去了半日了。」

聽說虞世清還沒回來，鍾佳霖便沒有立即回去，也跟著進了院子。「師母，您先休息去吧，我和青芷一邊抄書一邊等先生。」

韓氏睡下之後，青芷和鍾佳霖磨了墨，準備紙筆，並排坐在書案前，果真抄起書來。

夜漸漸深了，外面風聲颯颯，不久又淅淅瀝瀝下起了雨。

青芷起身看了看窗外，便道：「下雨了，爹爹和子淩表哥到底是怎麼回事啊？」

鍾佳霖用筆蘸了些墨汁，在硯臺上抿了抿，繼續抄寫著，待一句抄完，才溫聲道：「子淩表哥做事可靠，咱們不用擔心，估計一會兒就回來了。」

青芷最信任鍾佳霖，便不再多想，伸了個懶腰，回來繼續抄書。

虞世清和溫子淩送王氏去了雷家村。

馬車停穩之後，溫子淩先跳下馬車，然後扶了虞世清下車。

虞世清下了車，又探頭進去，交代裹了被子躺在倒座上的王氏。「娘且等著，已經到六姊家了，我這就去敲門。」

王氏竭力調動舌頭，「嗷嗷」了兩聲。

溫子淩交代張允看著馬車裡的老太太，自己和舅舅上前去敲門。

他們敲了半日，才聽到裡面傳來一陣腳步聲，接著便是虞冬梅的聲音。「誰呀？」

虞世清忙道：「六姊，是我。」

大門內靜默了片刻。

過了一會兒，虞冬梅的聲音才又傳出來。「八弟，你來做什麼？還嫌坑我家坑得不夠狠、嫌我家不夠慘？」

虞世清正要解釋，溫子淩見六姨母跟舅舅隔著一道大門夾纏不清，便把舅舅拉到一邊，自己上前道：「六姨母，是我，我有和表姊有關的消息。」

溫子淩話音未落，門裡就響起了拔門的聲音，「哐噹」一聲，大門開了，虞冬梅正站在門內。

她的雙手扶在門上，左手手腕上一個金鐲子亮閃閃的，虞世清定睛一看，認出是自己的娘王氏家常戴的鐲子，頓時胸臆有些發悶，難受得很。

但虞冬梅看都不看虞世清，只看向溫子淩。「子淩，進來說吧！」

說著，她閃身讓溫子淩進去。

溫子淩推了虞世清一把，先把虞世清推進去。「舅舅，你先進去吧！」

虞冬梅皺著眉頭，臉色鐵青，卻忍著沒吭聲。

溫子淩扭頭招呼張允。「張允，把我外祖母揹出來吧！」

虞冬梅的臉色馬上變了。「子淩，你怎麼把你外祖母帶過來了？」

溫子淩笑道：「六姨母，外祖母最疼您，她哪裡都不想去，非要來您這裡，我和舅舅不得已，只得把外祖母送來了。」

虞冬梅冷冷道：「閨女既已出嫁，就是外人，你外祖母自有兒子，讓她靠自己兒子去吧！」

虞世清站在門裡，氣得渾身發抖。「六姊，妳明知道咱娘最疼妳，還說這樣的話傷她的心！」

虞冬梅見張允已經揹了王氏過來，只得道：「先進去再說吧！」

張允進了前院堂屋，站在那裡等著虞冬梅安排。

虞冬梅指揮著張允把王氏安頓在堂屋的竹床上，急慌慌地問溫子淩。「子淩，你快說說吧，你雨馨表姊她……」想到女兒，她的眼淚奪眶而出。「她到底在哪兒？」

溫子淩便挑揀著把自己在宛州酒樓談生意，遇到雷雨馨陪人吃酒的事情說了。

虞冬梅聽著聽著，哭了起來。「我苦命的雨馨啊！我苦命的女兒呀！我的老天爺啊！」

可她也知道這件事不能讓別人聽去，因此一邊哭，一邊用帕子摀著嘴，壓抑極了。

溫子淩見狀，不欲多留，便起身要走，虞世清只得跟著離開，又有些不放心，便走到竹床邊，蹲下來問王氏。「娘，您不如還是跟著我回家吧！」

王氏閉上眼睛不理他。

有六女兒照顧她，她才不在兒媳婦、孫女手底下討生活。

虞世清見王氏主意已決，只得快快地起身。

虞冬梅擦乾眼淚，拉著溫子淩又細細問了半日，這才放他們離開。

舅甥倆離開的時候，已是暮色蒼茫。

時近中秋，從雷家村到蔡家莊，中間要經過大片的玉米田。如今玉米已經快要掰了，路上的草長得很高，馬車也跑不快。

虞世清坐在車上，心裡總覺得毛毛的，渾身上下不舒服。

溫子淩見他坐臥不安，便道：「舅舅，您是擔心外祖母嗎？」

虞世清點點頭。「我……我是真的有些不放心，你六姨母從小就特別自私自利……」

溫子淩想了想，敲了敲板壁。「張允，到前面開闊處停下來，咱們轉過頭，再回雷家村一趟。」

這時，不知不覺地下了雨，雨勢越來越大，打在玉米葉上，「啪啪」直響。

馬車在雨中再次駛進了雷家村。

這時的雷家村已經籠罩在黑暗的雨中，家家戶戶的燈火也不過是點綴而已。

馬車前方掛著氣死風燈，透過雨簾照出了前面一點路途。

車子停下，溫子淩先跳下車，虞世清不待外甥攙扶，也跟著跳下馬車。

張允先取了把傘遞給溫子淩，又取下氣死風燈。

虞世清急急走到雷家大門口，卻發現大門旁邊有一團黑黑的東西，覺得像是躺著一個人，便試探著走上前，輕輕叫了聲「娘」。

那黑影子在雨中蠕動著，發出「嗚哇嗚哇」的聲音——正是王氏！

虞世清蹲下去，伸手捏了捏地上的棉絮，發現棉絮早就濕透，眼淚立時流了下來，忙叫溫子淩。「子淩，快過來！」

溫子淩打著傘，提著氣死風燈過來照了照，發現雷家大門口堆著一堆破棉絮，而外祖母王氏正趴在濕漉漉的破棉絮堆裡，臉上亂七八糟的，不知道是雨水、眼淚還是口水。

他心情很是複雜，既覺得王氏罪有應得，又覺得虞冬梅心太狠，便把風燈遞給虞世清，抬腿去踹雷家大門。

踹了幾下，溫子淩發現雷家大門閂著鐵閂、掛著大鎖，原來根本不在家。

正在這時，西邊來了一個小孩。

小孩子打著傘過來，探頭探腦道：「雷嬸嬸全家都出門去了，交代讓我家每天替她家餵雞放羊，每天雞下的蛋歸我家。」

溫子淩這下子全明白了，虞冬梅全家恐怕是去宛州尋雷雨馨去了，嫌老太太煩人，就把老太太扔在大門口，被人看見，也可以全推到虞世清這做兒子的身上。

他深深覺出了人心的險惡，不由嘆了口氣，看向虞世清。「舅舅，怎麼辦？」

虞世清用衣袖抹了把淚，聲音沙啞。「還能怎麼辦？把你外祖母接回家，別人不管她，我管！」

夜漸漸深了，雨也越來越大。

青芷抄得有些累，起身走到窗邊，口中道：「爹爹怎麼還不回來……」

爹爹雖然懦弱，可畢竟是爹爹啊，這麼晚不回來，她還是擔心。

鍾佳霖把筆放在玉青瓷筆擱上，道：「明早先生若是還沒有回來，我就去雷家村看看。」

青芷「嗯」了一聲，覺得有些餓，扭頭問鍾佳霖。「哥哥，你餓不餓？灶屋有炒過的肉絲，還有洗過的小青菜跟切好晾著的麵條，咱們去灶屋下麵，你燒鍋，我掌灶，好不好？」
鍾佳霖正在長身體，也容易餓，見青芷興致這麼高，便笑著答應了。
兄妹兩個做好一鍋肉絲青菜湯麵，一人剛吃了一碗，外面便傳來敲門聲。
鍾佳霖起身，伸手在青芷肩膀上輕輕摁了一下。「我去開門。」
青芷忙跟了過去，順手拿了傘，罩在自己和鍾佳霖身上。
院子裡又濕又冷，鍾佳霖見她非要跟過來，心裡卻暖暖的，伸手接過傘，輕輕推了青芷一下，讓她回屋避雨，自己打著傘走向大門。「誰呀？」
外面傳來溫子淩疲憊的聲音。「佳霖，是我和舅舅。」

第三十九章

堂屋裡點了兩盞油燈，一盞放在貼北山牆放著的條案上，一盞在靠東牆擺著的方桌上。

虞世清單手支頤，坐在桌邊生悶氣。

溫子淩風捲殘雲地吃完了一碗熗鍋麵，又叫青芷。「青芷，再給妳哥盛一碗。」

青芷心中暗笑，又給他盛了一碗。

鍾佳霖在灶屋燒水，聽青芷說先生不肯吃麵，便沏了壺熱茶送過來。

他倒了一盞奉給虞世清。「先生，喝盞熱茶吧！」

虞世清飲了一口，仍在生氣。明明是一母同胞的姊姊，六姊為何會壞到這個地步！

韓氏和春燕在東暗間臥室忙碌了半日，終於把王氏清洗乾淨，換上潔淨衣物，安置在乾燥乾淨的床鋪上。

青芷探頭進來。「娘，給祖母做的肉湯薄麵片下好了。」

春燕原本在床尾立著，聽了青芷的話，怯生生道：「要不，我來餵吧。」

青芷正不願意餵王氏吃飯呢，聞言瞇著眼睛笑了。「好啊。」

王氏這會兒也不作妖了，乖乖地吃下一碗肉湯薄麵片。

肉湯鹹鮮，小白菜的嫩葉煮得入口即化，薄薄的麵片幾乎透明，很適合她這病人吃。雖然說話不方便，王氏心裡還是明白的——自己一向不待見的這個孫女，廚藝著實高妙。

安頓王氏睡下，溫子淩也累得夠嗆，因外面下著雨便不再回家，帶著張允跟著鍾佳霖去學堂住下。

第二天清晨，雨就停了。

青芷起來時，韓氏和春燕已經做好了早飯——韓氏掌灶，春燕燒鍋，做好的早飯擺在明間的方桌上。

匆匆吃罷早飯，青芷就預備去給溫子淩和鍾佳霖送飯。

臨出門時，她悄悄把自己那套赤金頭面拿出來，用帕子裹好，放進食盒裡。

雨後的初秋清晨，天氣涼爽，空氣濕潤，滿目翠綠，青芷拎著食盒，踩著木屐慢慢走著，只覺得身心愉快。

路上碰到早起的村人，她都笑盈盈地打招呼。

村人都是看著青芷長大的，笑著和青芷說幾句家長裡短，問問王氏的病情。

鍾佳霖習慣了早起，溫子淩便也跟著起來了。

見溫子淩和張允起床，鍾佳霖準備了水、香胰子、擦牙的青鹽，招呼他們洗漱。

溫子淩拿起香胰子，發現是青芷做的薄荷香胰子，心裡不禁酸溜溜的。「我說，佳霖，青芷對你可真不錯啊！」

鍾佳霖狀似無意地道：「嗯，青芷一直待我很好。」

溫子淩只覺一顆心似浸到了醋汁裡，氣哼哼地打了好多香胰子洗臉，又去擦牙。同樣都是哥哥，青芷可真有些厚此薄彼了！

他剛收拾妥當，青芷就提著食盒來了。

擺飯的時候，她從食盒裡拿出頭面匣子遞給溫子淩。「子淩表哥，你得空去幫我當了吧！當得的銀子，我入股你和常二官人的生意。」

溫子淩接過匣子，打開看了看，點點頭，交給張允收起來。「青芷，放心吧！」

送走溫子淩和張允，青芷見學生都過來上課，便和鍾佳霖說了聲，起身離開了。

回去的路上經過馬家，馬三娘正把滷好的肉端到鋪子裡，就聽到窗外傳來青芷的聲音。

「三姑奶奶，忙著呢？」

放下鍋子，馬三娘笑著打招呼。「青芷來了。」她端詳了青芷一番。「妳這麼早出來做什麼？」

青芷笑咪咪地道：「我剛去給我哥送早飯，等一會兒還得去紅玉家呢。」

她要把話題引到紅玉身上去。

這時，馬平端了一砂鍋滷豬蹄過來了，聽到青芷提到紅玉，他放下砂鍋，拿了抹布東抹西擦，不肯離開鋪子。

青芷看在眼裡，心裡歡喜，趴在窗臺上和馬三娘閒聊。

馬三娘一聽，問道：「妳去紅玉家做什麼？」

青芷一本正經地道：「我聽說雷家村的羅家請了媒婆為羅鑫求娶紅玉，我怕媒人上門時紅玉不好意思，這才約了她一起去她姑母家玩。」

馬三娘一聽，立時看向兒子馬平。

馬平頓時有些失魂落魄，也顧不得擦櫃檯了，捏著抹布立在那裡悶聲不響。

青芷又說了兩句閒話，問明上次馬三娘給的甜瓜是在哪裡買的，告辭離開了。

她走了一段距離，扭頭一看，恰好看到馬三娘大步往東去了，不由笑了起來。馬三娘應該是找荀紅玉的娘去了！

轉眼便到了八月初一。

八月初一，溫家在家裡擺酒，請了人來唱曲，慶賀露姨娘和蓮姨娘被收房。

虞蘭特地派了馬車過來，要接韓氏和青芷過去吃酒看戲，感謝她們照顧王氏。

駕著馬車來接的正是張允。

張允給韓氏行罷禮，說了請客的事，又和青芷說道：「表姑娘，我們大郎讓我給您傳話，說請您務必過去，他有事要和您說。」

青芷忙問：「是不是和常二官人那件事有關？」

張允點點頭，怕正房裡躺著的王氏聽見，橫生枝節，便沒有多說。

青芷一聽，知道做生意的事情有眉目了，自是歡喜，便笑著安排春燕在家照看王氏，她取了幾張小額銀票，和韓氏登上馬車，往司徒鎮去了。

溫家今日高朋滿座，熱鬧非凡。

男客都在前院吃酒，請了南陽縣勾欄中有名的粉頭黃桂姊和王喜月來遞酒，還請了黃欣和王回兩個小優兒彈唱。

女客則在後院，只請了唱宛梆的胡二姊來唱曲。

胡二姊拿了琴，且彈且唱，唱的是宛州民間傳說中龐振坤的故事。

眾女眷聽得如癡如醉，不時為龐振坤戲弄土豪劣紳的機智行為拍手大笑。

青芷陪著韓氏坐著聽了一會兒，這時溫子淩走了過來，站在門外咳了一聲。

青芷便拉了韓氏一下，和韓氏一起出去了。

溫子淩笑嘻嘻地給韓氏拱手行禮。「給舅母請安。」

韓氏很喜歡這個外甥，笑道：「子淩，今日恭喜了。」

溫子淩不由笑了，低聲道：「舅母，今日是我爹納姨娘的日子，我平白多了兩個庶母，有何可喜？」

青芷見溫子淩淘氣，堵自己的娘，忙伸手在他肩膀上拍了一下，輕輕道：「兩個庶母的身契都在你手裡捏著，這還不可喜？」

溫子淩挑了挑眉，得意一笑。「舅母、青芷，咱們去我書房說吧！」

到了書房，溫子淩取出一摞銀票和一張當票遞給青芷。「青芷，妳給我的那套赤金頭面，我替妳當了一百二十兩銀子，就在城南巷的永福當鋪，妳點一點吧！」

青芷點罷，確定是一百二十兩銀子，便全給了溫子淩，又從隨身帶的銀票中取出三十兩添了進去。「哥哥，去江南販絲的生意，我出一百五十兩本錢吧！」

溫子淩當著韓氏和張允的面收了銀子，規規矩矩給青芷開收據，蘸了紅印泥摁了手印，這才把收據給她。

他本是個愛開玩笑的，忍不住又和青芷開起玩笑。「青芷，妳把嫁妝銀子都給了我，以後嫁不出去怎麼辦？」

青芷一本正經地道：「到時候有我哥哥養我啊！」

溫子淩一聽，心裡有些酸，道：「那鍾佳霖不管妳怎麼辦？」

青芷還真不怕，笑道：「哥哥不管我的話，我可以養活我自己；再不濟，我可以去你家，做你家的女清客，替你夫妻教養你家女孩子謀生活，也是可以的。」

溫子淩悻悻地道：「原來我在妳心裡才排到第三啊？」

青芷大眼睛眯成了彎月亮，笑容甜美。「對啊。」

溫子淩「哼」了一聲，不理她了。

見溫子淩都獨當一面做生意了，私下還這麼幼稚，韓氏不由笑了起來，柔聲道：「好了好了，你們兄妹別吵了。青芷，咱們還去聽胡二姊唱龐振坤去。」

八月初十那日，學堂休沐，虞世清和鍾佳霖也都回到家裡。

全家正在院子裡剝玉米，韓成派了馬車來接韓氏，說家有喜事，請虞世清夫婦過去。

韓氏和虞世清剛離開，蔡翠就派了蔡福過來，說羊山南麓的桂花開了，請青芷一起乘車去看。

鍾佳霖不放心，便交代春燕看家、照顧王氏，他陪著青芷去了蔡家。

今日休沐，蔡羽和蔡翎兄弟兩個在正房陪母親荀氏說話。

荀氏原本在和蔡瑩的生母金姨娘說起中秋節請客的事，見兩個兒子過來，穿著青緞袍子，腰間似模似樣地束著黑緞腰帶，越發顯得劍眉星目，比別人家孩子俊秀好看，心中歡喜，便道：「你們平時讀書辛苦，今日也好生歇歇。」說著，她不知不覺又開始訓導。「今日雖然是休沐日，可是我聽說考了榜首的鍾佳霖常常休沐日都在學堂裡讀書，你們兩個可要向他學習。」

蔡羽還好，低眉順眼，老老實實聽母親嘮叨。

蔡翎坐不住，聽母親絮叨就煩，立在窗內往外探看，恰好看到蔡福引了鍾佳霖和青芷要往東院去，忙叫了起來。「咦？佳霖和師妹怎麼來了？」

鍾佳霖喜歡讀書，蔡翎喜歡玩耍，他和鍾佳霖關係普通，因此也只是說說，並不在意。

蔡羽聽了，當下就站了起來。「青芷來了？」

「對啊。」蔡翎扭頭看他。「蔡福引著鍾佳霖和青芷去了東院。」

蔡羽心裡一急，忙給荀氏作了個揖。「娘，佳霖來了，我去看看他。」

荀氏也喜歡兒子和鍾佳霖多親近，學些好的，便道：「去吧！」

蔡羽答應一聲，匆匆去了。

蔡翎依舊站在窗前，因閒得無聊，見窗前花架上擺著一盆桂花盆景，綠葉間掩映著米粒大的金黃桂花，便伸手摘著玩，一會兒就摘掉了不少。

荀氏正在和金姨娘說家務，一轉眼看見自己心愛的盆景被二兒子給禍害了，不由好氣又好笑。「不是說虞家的青芷也來了嗎？你怎麼不去看看？」

蔡翎丈二金剛摸不著頭腦。「青芷是個女孩子，我和她談不來，玩不到一塊兒去，我看她做什麼？」

金姨娘噗哧笑了，道：「二公子，大姑娘要帶著青芷去羊山南麓的桂園看桂花呢，大公子他們估計都要去，你不去玩嗎？」

一聽說「玩」，蔡翎頓時感興趣了。「既然是玩，那我也瞧瞧去，免得他們自己玩，把我給丟下了。」

說罷，他對母親揖了揖，跑了出去。

「……唉，不該去的偏偏急著去了，該去的偏偏不急著去。」

她見過青芷，又從娘家姪女那邊聽說過她，覺得讓二兒子蔡翎娶青芷倒是不錯，因此想撮合他們，誰知二兒子什麼都不懂，偏偏大兒子一聽見「青芷」，眼睛就會發光。

金姨娘忙笑著寬慰荀氏。「大奶奶，二公子還小呢，不懂。」

荀氏嘆了口氣。「都十三歲了還不懂，這孩子也太晚熟了。」

金姨娘勸慰道：「我的大奶奶，虞家的青芷生得那麼好看，二公子今年有眼不識金鑲玉，到了明年十四歲，還能不開竅？到時候怕是哭著、喊著求您尋媒人去說親呢！」

這句話說到了荀氏心坎裡，她不禁笑起來，道：「阿瑩今年十一歲，也算是大姑娘了，該說親事了。不過依我的意思，等三、四年再說親事，到時候咱們老爺的生意更紅火，阿羽說不定也考上秀才舉人了，阿瑩的親事也能水漲船高，妳看呢？」

金姨娘沒想到荀氏待自己這麼掏心掏肺，句句都為自己娘兒倆考慮，眼圈不禁紅了，忙起身屈膝行禮。「多謝大奶奶。」

荀氏親自扶了她起來，讓她坐下，緩緩道：「老爺一向是風流的人，在南陽縣的行院裡常包了幾個粉頭不說，還在宛州的杏花樓包了唱曲的劉盈盈，總不著家，家裡也不過妳我作伴罷了，以後咱們齊心協力，把家和兒女們管好，別生那些么蛾子，彼此生分了。」

金姨娘答了聲「是」，用帕子拭了拭淚，才道：「大奶奶，大姑娘等會兒要約齊眾人去桂園，咱們去不去？」

荀氏笑了。「去，幹麼不去？」

她端起茶盞吃了口，微微笑道：「阿翠是我和老爺的第一個孩子，老爺最疼愛她，不免縱了她，我這做母親的可得看緊了。」

金姨娘抬眼看向荀氏，眼皮微紅，眼睛明亮。

荀氏笑著朝金姨娘抬了抬下巴。「待去了桂園，妳也幫著覷看著，別讓阿翠和鍾小哥單獨說話。」

金姨娘沈吟了下，道：「大奶奶，鍾小哥雖然根基差點，可是他生得清俊，讀書也好，性子也好，將來前途不可限量，為何……」

荀氏嘆了口氣，道：「鍾小哥……唉，再看看吧，明年二月就是縣試了，看看縣試的結果再說。」

金姨娘恭謹地答了聲「是」，心裡明白了。怕是大姑娘喜歡鍾佳霖，老爺和大奶奶瞧出來了卻舉棋不定，想看看縣試的結果，再決定鍾佳霖值不值得投資？

過沒多久，外面就傳來一陣說笑聲，荀氏笑道：「孩子們過來了。」

她話音剛落，丫鬟就掀了門簾進來。「大奶奶，大姑娘、大公子帶客人來了。」

荀氏吩咐道：「請進來吧！」

鍾佳霖和青芷含笑行禮。「見過蔡大奶奶。」

金姨娘定睛看去，見鍾佳霖行罷禮，笑著看了過來，眼睛明亮，臉頰上小酒窩深深，雪白的一雙小虎牙也露了出來，笑容明朗陽光。

金姨娘越看越喜歡，心道：這個鍾小哥，明明是個孤兒，可是單看這長相和這通身的氣派，等閒大戶人家的公子也比不上；將來若是他和大姑娘的親事成不了，倒是可以求了老爺和大奶奶，把瑩兒許給他，不過是多陪送些嫁妝罷了！

金姨娘又去看青芷。

青芷也長高了不少，打扮依舊素淨，雙目盈盈，鼻梁挺秀，櫻唇嫣紅，腰細腿長，亭亭玉立，如一朵含苞待放的白蓮菡萏般。

她不禁嘆息。這虞家可不是什麼好人家，王婆子幹的那些奇葩事，經蔡春和娘子白氏的口一宣揚，村人如今誰不知道？可怎麼這虞青芷就出落得這麼好，還很懂事。

荀氏正笑著和蔡翠說道：「既然青芷想去桂園看桂花，我和你們姨娘也都閒來無事，咱們不如一起乘了家裡的馬車過去，在桂園賞玩一日散心。」

蔡翠聽了，歡喜道：「如此甚好！母親，家裡如今有兩輛馬車，我再讓人雇兩輛馬車去吧！」

荀氏道：「不必了，女眷乘車，鍾小哥和妳兩個弟弟騎馬去就行。」

見眾人商議此事，青芷忙笑道：「紅玉也在家裡呢，不如我去叫紅玉一起去。」

荀氏這才想起自己把姪女給忘記了，忙道：「我讓丫鬟去叫。」

青芷抿著嘴笑了。她和紅玉是好朋友，這種能出去玩的機會，自然得叫上紅玉了。

忙忙碌碌直到了巳時，蔡羽、鍾佳霖幾人騎著馬，簇擁著兩輛馬車出了蔡家，往北去了。

金姨娘、蔡翠和蔡瑩陪荀氏在前面那輛馬車上坐著。青芷、紅玉和蔡家的兩個丫鬟吉祥、篆兒，坐在後面的馬車上。

一行人出了村子，沿著往北的林蔭道往羊山去。羊山腳下有一個莊院，蔡家的看園人住在裡面，蔡羽等人簇擁著馬車進了莊院。

莊院內房舍齊整，綠樹成蔭，收拾得潔淨妥當，站在院子裡，能聞到山上飄下來的桂花甜香。

荀氏坐了一陣子馬車，懶得動彈，便由金姨娘陪坐在葡萄架下吃茶，吩咐道：「阿翠、阿羽，你們帶著阿翎、鍾小哥、紅玉和青芷上山去桂園玩吧，午時回來用午飯。」

蔡翠和蔡羽姊弟答應了一聲，招呼眾人出了莊院東門，沿著門前的一條道向東走去。山路狹窄，鍾佳霖專門走在外側，和青芷並排而行。

今日天氣晴朗，碧空萬里，微風輕拂，青芷往上看去，只見山路蜿蜒如一條白玉帶在林間穿行，往南看去，山下阡陌成片，綠油油的是玉米田，黃燦燦的是豆田，紅彤彤的是高粱地。

她深吸了一口甜香的空氣，道：「桂園快到了。」

鍾佳霖小心翼翼地護著妹妹，口中道：「妳預備訂下多少桂花？」

青芷笑道：「如果品質好的話，我打算訂一百斤，如果翠姊姊同意先付訂金的話。」

她算過帳了，得往涵香樓送一部分，還得留下一部分自己賣，算了算，也真得一百斤桂花。

鍾佳霖一聽，知道她因為入股溫子淩的生意，手裡現銀不算多，沈吟了一下，道：「城裡做生意的規矩都是先收三成訂金，待賣得貨款再還帳，咱們和蔡大姑娘好好說說。」

青芷「嗯」了一聲，笑盈盈往前繼續攀登。她最近長得快，這條裙子略有些短，倒是不怕絆住了。

轉眼間，蔡家的桂園就到了。

蔡翠介紹道：「桂園內總共種了三種桂花，左邊是早桂，七月底就開了；中間是金桂，正在花期；右邊是丹桂，花的顏色更深。」

青芷抬眼看去，見這片桂園著實很大，簡直占滿了羊山南麓，米粒大的桂花盛開在枝頭，濃郁的甜香縈繞在四周，很是好聞。

鍾佳霖看了看，道：「青芷，園子太大了，我陪妳進去吧！」

他最近在變聲，不得不輕輕說話，因而不自覺地顯得異常溫柔。

蔡翠在一邊聽了，不由一怔。鍾佳霖和青芷說話怎麼這麼溫柔？

荀紅玉跑過來攬住青芷，笑嘻嘻道：「還是我陪著青芷吧！」

這時，蔡羽大步走來。「這園子太大了，還是大家一起去吧！」

蔡翎不想去看勞什子桂花，便大聲道：「我想去捉野兔，你們誰跟著我去？」

四周靜了一瞬，沒有人回答。

「欸，捉野兔多有意思啊，大哥、佳霖，大男人看什麼桂花，咱們捉野兔去吧！」

蔡羽瞪了蔡翎一眼，恨自己弟弟不識趣。他難得能多和青芷說幾句話，偏偏蔡翎只知道玩！

鍾佳霖笑著打圓場。「我妹妹要看桂花、買桂花，咱們先忙罷正事，下午再捉野兔吧！」

蔡翎一聽，也有道理，只得快快地跟了過去。

蔡羽原本想著今日一起出來玩，自己能多和青芷說幾句話，可是進了桂園，他發現事情有些不對——青芷根本不是來玩的！

青芷先取出一個桐木做的圓形揀妝，裡面分了好幾個小格子。她把揀妝遞給鍾佳霖，每走到一株桂樹邊，先用鼻子嗅了嗅，然後便伸手摘下幾朵桂花觀察，又把桂花放嘴裡品嚐。待品嚐罷，她才決定要不要把這株桂樹上的桂花放進揀妝裡去。

蔡羽鬱悶地跟了半日，終於確定她真的不是來玩耍的！

他看看四周，發現荀紅玉和蔡瑩在一邊採野菊花玩，蔡翎拿了根棍子在挖地上種的紅薯，只有自己和蔡翠還跟著鍾佳霖、青芷兄妹，不由嘆氣。

青芷一一聞嗅品嚐，終於找到了自己想要的桂花品種，便找蔡翠談這件事。

蔡翠叫了負責桂園的家人蔡貴心過來，和青芷談起生意。

青芷直接拿出自己想購買的那種桂花。「翠姊姊，我打算買一百斤這種桂花，八月十五前能不能給我？」

蔡翠看向蔡貴心。「心叔，可以嗎？」

蔡貴心是一個中年漢子，這些年一直在管理桂園。他思索片刻，點點頭。「大姑娘，可以做到。」

青芷看向蔡貴心，把放著幾朵桂花的手心伸過去，笑盈盈道：「心叔，我只要這種，若是摻了別的，餘下的貨銀我可是不付的。」

蔡貴心忙道：「虞姑娘放心，這些桂樹都是按種類分開種，混不到一起的。」

蔡翠看了鍾佳霖一眼，見他神情專注地看著青芷，心裡不禁有些酸，深吸了一口氣，道：「青芷，咱們下去談吧，到時候立個文書。」

鍾佳霖聞言看向蔡翠，含笑道：「還是立個文書妥當些。」

青芷笑咪咪地答應了，心裡忖度著待會兒如何說服蔡翠，讓自己先付三成訂金，待賣了貨再付其餘七成貨銀。

既然事情了了，眾人便一起下山去了。

到了山下莊院裡，眾人都去摘葡萄，蔡翠叫了青芷走到菊叢前談生意。

鍾佳霖不放心妹妹，自然也跟了上去。

第四十章

蔡翠請青芷和鍾佳霖在菊花叢前面的椅子上坐下來，讓篆兒叫了蔡貴心過來，道：「心叔，這種桂花咱們大批量賣的話，多少銀子一斤？」

蔡貴心拿出帳本，翻到了去年八月的紀錄，指給蔡翠看。「大姑娘看看，這是去年八月的紀錄，普通的乾丹桂是一錢銀子一斤，虞姑娘選的是上品的金桂，乾桂花賣三錢銀子一斤。」

蔡翠看罷帳本，特地攤開，送到青芷和鍾佳霖面前，含笑道：「這些是去年的紀錄，你們先看看吧！」

青芷和鍾佳霖一起看了這幾頁紀錄，發現上品金桂確實是三錢銀子一斤。

兄妹倆相視一看，彼此會意，鍾佳霖便含笑道：「青芷，妳要買入乾桂花還是濕桂花？」

青芷笑咪咪道：「自然是濕桂花了。」

鍾佳霖微笑地看向蔡翠。「翠姊姊，濕桂花的價格，應該比乾桂花便宜不少吧？」

這聲「翠姊姊」，喊得蔡翠心一顫，接著是怦怦直跳。她抬眼看向鍾佳霖，被他雪白的虎牙晃得慌了神，臉頰熱熱的，忙道：「自然是要便宜的。」

她看向一邊立著的蔡貴心。「心叔，往年濕桂花是什麼價？」

蔡貴心探身翻看帳本，道：「大姑娘，咱們很少賣濕桂花，去年只賣了一椿，還是賣給司徒鎮藥房，只賣了二斤，一斤二錢五分銀子。」

鍾佳霖不由笑了。「原來濕桂花零賣是二錢五分銀子一斤，那批發的話，得二錢銀子一斤了。」

蔡翠被鍾佳霖的笑容弄得心中小鹿亂撞，當下道：「那就按二錢銀子一斤算吧！」

蔡貴心答了聲「是」。二錢銀子一斤上品濕金桂花，雖然不算很賺錢，可是一賣就一百斤也算不錯了。

青芷在一邊用心算著帳。一斤上品濕金桂花是二錢銀子，十斤就是二兩銀子，一百斤就是二十兩銀子，如果買二百斤的話，就是四十兩銀子了……

她如今銀票和手上的散碎銀子都加起來，也不過三十兩銀子。

想到這裡，青芷眼中帶著央求地看向蔡翠。「翠姊姊，既然買了，我想多買一些，二百斤的話可以嗎？」

蔡翠看向蔡貴心。

蔡貴心盤算了半日，才躊躇道：「大姑娘，去年咱們桂園這種上品濕金桂花，總共也不過收了二百一十斤。今年就算比去年好一些，也不會超過二百二十斤……」

蔡翠聞言，不免有些猶豫。

鍾佳霖見狀，便笑道：「我們兄妹買得多，翠姊姊和心叔不就不愁銷路了嗎？」

聽了鍾佳霖的話，蔡翠不由自主道：「好吧，賣給你們二百斤。」

青芷笑咪咪道：「二百斤總共是四十兩銀子，翠姊姊，我先付一半，也就是二十兩銀子做訂金，然後臘月二十三小年前再把其餘二十兩結給妳，怎麼樣？」

蔡翠想了想，答應了下來。

她一般是不賒帳的，不過青芷這次買得實在太多，因此先交一半銀子做定金也是可以的。

事情順利談成了，青芷和鍾佳霖都鬆了一口氣。

鍾佳霖看了她一眼，道：「青芷，不用先請個中人寫個文書嗎？」

青芷笑了。「先寫文書也行，我正好先把訂金給翠姊姊。」

蔡翠聽了，覺得今天先收了訂金也好，便順水推舟寫了文書，約定了桂花種類、斤數、總銀子數目和訂銀數目，交付的日期和剩下的二十兩銀子的交付日期。

按照大宋朝做生意的規矩，這種文書是需要中人簽字畫押的，而且中人還得識字。

青芷抬眼遊目四顧，尋找合適的中人。

其實最合適的是荀紅玉，她既是蔡翠的嫡親表妹，又是青芷的好友，可是荀紅玉卻不識字。

蔡羽正和蔡翎商議下午捕捉野兔的事，見青芷看了過來，恰好與他四目相對，忙走了過來。「青芷，有事嗎？」

見蔡羽過來，她不禁笑了。蔡羽的人品絕對經得起考驗，他是世上罕見的幫理不幫親的正派人。

她笑盈盈地屈膝行禮。「蔡大哥，我想請你幫個忙。」

蔡羽也不問是什麼忙，直接道：「好啊。」

青芷請蔡羽做中人，她、蔡翠和蔡羽各自簽字畫押。

收好各自的文書，青芷便拿出荷包，取了兩張十兩面額的銀票給了蔡翠。

蔡翠沒想到因為和青芷做桂花生意，居然能和鍾佳霖近距離說了這麼多話，心裡歡喜至極，笑吟吟道：「這會兒午飯怕是準備好了，咱們都過去吧！」

午飯都是山野風味，都是蔡家的莊客在山上放養的雞鴨和自種的菜蔬，眾人吃得十分開心。

到了下午，鍾佳霖和蔡羽、蔡翎一起到山上打獵去了。

他學什麼都快，雖然是第一次打獵，可是到了傍晚居然後來居上，捉到了三隻肥野兔，便掛在馬鞍上，預備一起帶回去。

眾人今日在羊山玩耍了一天，盡興而歸。

坐在馬車上，青芷昏昏欲睡，心裡卻還在想：舅舅接了爹和娘過去，到底為的是什麼事啊？

蔡家的馬車經過虞家門前的時候，停了車，讓青芷下來。

鍾佳霖也從馬上下來，把馬韁繩遞給小廝蔡福，讓蔡福把馬騎回去。

待蔡家車馬行遠了，兩人才轉身回家。

是春燕來開門。她有些靦覥地告訴青芷。「姑娘，今日我閒著無事，就把院子裡那點玉米全剝了，用曬糧食的舊床單晾曬在院子裡。」

青芷沒想到春燕這麼勤快，很是喜歡，讓她看鍾佳霖手裡拎的野兔子。「哥哥今日捉了野兔子，晚上剝了皮，我做爆炒野兔肉給大家吃。」

春燕聞言，眼睛一亮，忙道：「姑娘，我會殺兔子、剝兔子，到時候我去河邊拾掇。我還會做臘肉，等天涼了，我做了咱們掛起來過年吃。」

鍾佳霖見家裡沒事，把野兔留下，就要回學堂那邊去。

他和先生都不在，學堂裡就讓蔡家的老家人蔡貴忠守著，但不能老是麻煩人家。

青芷忙道：「哥哥，晚上戌時回家來用晚飯。」

鍾佳霖答應了，正要離開，她又交代了一句。「哥哥，我給你做的千層底布鞋已經做好了，你晚上過來正好試一試。」

他不禁抬眼看向青芷，似笑非笑道：「青芷，妳自己說說，妳答應給我做的這雙鞋做多久了？」

從青芷給他量腳的尺寸剪鞋樣，差不多快一個月，他可是經歷了熱切盼望到隱隱盼望，再到不抱希望的曲折歷程；再等下去，他的腳又長了些，怕是要穿不上了。

青芷聽了，小臉不由有些紅，拉著鍾佳霖的手撒嬌。「哥哥，我忙嘛！再說了，」她大眼睛滴溜溜一轉。「我就是想著自己做得慢，你的腳又一直在長，所以特地做得大了些，給你留了餘地。」

鍾佳霖見她狡黠可愛，忍不住揪了揪她的丫髻。「好了，我晚上過來試試。」

送走鍾佳霖，春燕忍不住悄悄和青芷說：「姑娘，以後您儘管答應別人的針線，回頭我來做，就說是您做的。」

青芷聽了，不禁笑起來。「再說吧！」

她自己的針線還不錯，可確實有些坐不住，讀書寫字還可以，讓她做針線，坐一會兒她就忍不住要走動走動，不知不覺就去忙別的了。

青芷正要叫了春燕進屋，一抬眼看到正房廊下擺著竹床，竹床上鋪著褥子，王氏正閉著眼睛趴在那裡曬太陽，便低聲問春燕。「我祖母今日沒鬧什麼么蛾子吧？」

春燕看了王氏一眼，低聲道：「進屋再說吧！」

到了西廂房，兩人進了青芷住的北暗間臥室，春燕才輕輕道：「上午你們離開之後，老太太忽然要我給她擦臉、梳頭，然後又要擦粉抹胭脂、換衣服，我都依了她，結果忙活完，老太太又要我帶她去大門口坐著曬太陽。」她有些著急地看著青芷。「我總覺得老太太透著些怪，怕出事，就裝聽不懂沒答應，老太太氣得嗚嗚啦啦了半日……」

青芷笑了起來，道：「妳做得對。」

她接過春燕倒來的涼開水，喝了一口，覺得喉嚨滋潤了些，接著道：「對老太太的合理要求，比如曬曬太陽、換衣服、喝喝水之類，咱們得想法子滿足；若是她想出門去或者要見什麼人，抑或是讓妳替她找什麼外人，妳千萬別去。」

她可是知道自己祖母能自私無恥到什麼地步，說不定還會起別的心思。

為了一個「孝」字，還得讓王氏這樣的惡人活著，想起來都有些鬱悶。

不過她從來不是愛鑽牛角尖的人，轉念一想，一向愛漂亮、愛乾淨的王氏如今癱在床上，屎尿都作不得主，對王氏來說怕是比死還難受。

這樣一想，青芷就又開心了起來，笑著打量春燕一眼，見春燕穿的還是之前帶來的舊衣服，便拿出鑰匙打開衣櫃，取出一疋鸚哥綠潞綢和一疋杭州毛青布，招呼她。「春燕，來，我給妳量量身量，做一件杭州毛青布窄袖衫，再做一條鸚哥綠潞綢裙，好不好？」

春燕眼睛亮了起來，心中歡喜極了，卻又不好意思。「姑娘，您都沒做新衣服……」

青芷笑咪咪地道：「我還在長個子，做新衣服過不了多久穿上就短了。」

她不再多說，拿出軟尺給春燕量了身量。「春燕，妳自己會裁剪縫紉嗎？」

春燕連連點頭。爹死娘嫁後，家裡都靠她自己操持，針線活自是都會的。

青芷放下心來。自己是真的懶得做針線。

春燕裁剪了一件毛青布窄袖衫，又裁剪了一條鸚哥綠潞綢裙子，忙碌著開始縫紉。

青芷實在太累了，此時得空，便上床睡下了。

不知道過了多久，她正睡得迷迷糊糊，卻聽到窗外傳來春燕和陌生男子的對話聲。

青芷一下子清醒過來，悄悄掀開被子下床，走到窗前，卻聽到那陌生男聲道：「今日給老太太扎了針，下次再來就是八月二十了，我還是傍晚時過來，到時候家裡留個人。」

春燕應聲。

青芷才想起今日是八月初十，確實是司徒大夫上門來給王氏扎針的時間，這才鬆了口氣，換上衣服，重新梳了頭，喊了聲「春燕」。

春燕正在院子裡看司徒大夫扎針，聽到青芷喚她，急急走了過來。「姑娘，您醒了？我給妳打水洗臉吧！」

青芷這時卻聽到外面傳來溫子淩帶笑的聲音。「青芷，懶丫頭，哥哥來看妳了，還不快起來給我燒水泡茶喝。」

春燕剛好進來，聽了便瞪大眼睛。「姑娘，我已經給溫大郎和司徒大夫燒了水，還泡了您愛喝的桐柏山玉葉茶。」

青芷不由笑了。「我這個表兄愛開玩笑，妳不用當真。」

溫子淩這段時間一直在忙和常二官人的生意，直到常二官人和張允隨著船去了杭州，他才得了空，親自駕馬車送司徒大夫來給外祖母扎針。

他這段時間一直沒見青芷，還挺想念的，原本想進屋看她，可是到了西廂房門口，忽然想起她都快十三歲，也是個姑娘了，自己做哥哥的不能還不講究，隨便進妹妹的屋子，便退了回去，在院子裡喝茶，隔窗和青芷閒扯淡。

青芷洗了臉，在臉上薄薄抹了些玫瑰香油，這才拿了給溫子淩做的千層底布鞋出去。

溫子淩正端著茶盞喝茶，見她出來，懷裡抱著一雙嶄新的玄布面千層底布鞋，不由笑了起來。「喲，青芷，哥哥這輩子居然也能穿上妹妹做的鞋啊！我一直等不到，還以為這輩子沒希望了，要等到下輩子呢！」

他把兩條大長腿探了出來，示意青芷給他換鞋。

青芷嫌他貧嘴，抬手在他頭上敲了一下，卻搬了個小凳子在他前面坐下來，脫下他腳上的細結底陳橋鞋跟清水布襪，幫他穿上新鞋。

一雙新鞋都換上之後，溫子淩起身在院子裡走動兩圈，連連點頭。「不錯不錯，很舒服。」他笑咪咪地看向青芷。「青芷，再給妳哥哥做一雙，好不好？」

青芷實在懶得動針線，便沒有立即答應。

溫子淩見狀，忙道：「青芷，妳瞧哥哥給妳送來了什麼。」

青芷一看，原來薄荷叢前放著兩個桐木箱子，心裡一喜，走過去打開。只見潔白的桐木刨花間，齊齊整整擺著四排玉青瓷小瓶子和四排玉青瓷小圓盒子。

青芷拿起一個小瓶子細看，瓶身上繪著一枝金燦燦的桂花，左下角是一個簪花小楷「芷」字。

她實在太喜歡了，眼睛亮晶晶地看著溫子淩。「哥哥，太好了，我正好訂了二百斤金桂花！」

溫子淩見青芷歡喜，自己心裡也美滋滋的，舒舒服服坐了回去，道：「自從拿了妳的圖樣，我就一直催著朱師傅他們快些做。」

青芷一樣樣看了，心中滿意，道：「子淩表哥，你也是開瓷窯做生意的，我不能一直占你便宜，你算一下銀子數目吧，我湊齊了就給你結帳。」

溫子淩才不在乎這點銀子。「不用給銀子。等妳的桂花香油、香膏什麼的做好，各送給我六個，我預備裝在匣子裡送人。」

青芷一聽，頓時好奇心大起。「子淩表哥，你是送給哪個女孩子吧？」

溫子淩不動聲色。「青芷，妳再給我做雙鞋子吧，妳做的鞋子穿上走路很舒服。」

這時的青芷自然滿口答應下來，約定好再給他做一雙藏青色布面千層底布鞋。

司徒大夫正好給王氏扎完針了，預備離開。

見溫子淩要走，青芷忙把鍾佳霖打的兔子拿了一隻給他。溫子淩開心地告辭，帶著司徒大夫離開了。

這時候的太陽已經落山。

青芷和春燕合力把王氏的竹床抬回正房明間，然後又把兩箱瓷器抬回青芷的臥室，這才開始預備晚飯。

春燕去河邊洗剝拾掇了野兔子回來，對青芷說道：「姑娘，這野兔皮我得空硝了，縫了裡子，給妳做成圍脖冬天戴。」

青芷不由笑了。「好啊。」

前世進了王府，每年冬天得了貂鼠，她都要攢個圍脖戴，沒想到重生之後，居然要戴兔子皮毛圍脖了。

正在這時，外面傳來說話聲，青芷聽出是爹娘的聲音，忙去開門。

虞世清手裡拎著一隻老母雞，韓氏空著手，兩人笑著走進來。

青芷忙道：「爹、娘，舅舅接你們過去，到底為了什麼事？」

虞世清急著去看母親，把手裡的老母雞遞給春燕，徑直往正房去了。

韓氏笑吟吟地對女兒說道：「青芷，真是好消息，妳舅母有喜了。」

青芷聽了，不禁笑了，拍了拍手，道：「太好了！」

韓氏一邊往屋裡走，一邊道：「妳舅舅很高興，外祖母也很高興，也不再說要妳舅母在王家營伺候她了，只說家裡有春穎伺候，讓妳舅母安安生生在城裡養胎。」想到自己這位弟妹總算苦盡甘來，韓氏眼睛都濕潤了。「好人有好報，妳舅母心善，待人也好，這是她的福報。」

到了八月十二，蔡家就派人把二百斤桂花送了過來。

接下來，青芷在韓氏和春燕的幫助下，整整忙碌了兩日，這才做出了第一批桂花香油、香膏和香胰子。

鍾佳霖抽空把學堂後院種的薄荷割了一茬，用背籠連跑三趟，全送了過來，青芷就又做了些薄荷香油、薄荷香膏和薄荷香胰子。

薄荷香膏雖不能抹唇，卻可以用來提神醒腦，按摩時也可以使用。

做好之後，青芷又拿出些桂花來，做了四鍋桂花月餅，預備自家吃一些，八月十五中秋時再給親戚們送去幾個嚐嚐。

把這些都忙完，也已經是八月十五了。

中秋節這日，學堂休沐，鍾佳霖也回家過節。

既然是過節，一家人都穿上了新衣服，打扮得齊齊整整的。

青芷用大紅緞帶綁了雙丫髻，穿了件白綾窄袖衫，繫了韓氏新給她做的那條大紅緞裙，越發顯得肌膚晶瑩雪白，雙目盈盈，美麗可愛。

鍾佳霖用月白髮帶綁了頭髮，身上穿著韓氏做的月白儒袍，腳上則是青芷給他做的玄布面千層底新布鞋，身材高眺如青竹，清俊無匹。

兄妹兩個難得休息，正坐在院子裡商議明日進城去涵香樓的事，聽到外面有人敲門，便起身去開門。

青芷一馬當先跑了過去，笑著打開大門。

大門外站著一個十分清秀的少年，身穿青色儒袍，瞧著有些傲氣。

他正要抬手再敲，誰知門一下子開了，頓時愣在那裡，呆呆地看著門內小仙子一般的美麗少女，一顆心怦怦地開始加速跳動。

青芷見這少年盯著自己發呆，「哼」了聲，卻被鍾佳霖攔住了。

鍾佳霖輕輕把青芷撥到一邊，上前含笑拱手。「原來是秀智兄。舍妹淘氣，請秀智兄海涵。」

青芷這才明白門外的清秀少年是爹爹舊日同窗的兒子陳秀智，忙規規矩矩屈膝行了個禮。「見過陳家哥哥。」

陳秀智定了定神，視線不由自主又落在鍾佳霖身旁的美麗少女身上，心裡依舊震撼。虞世叔的女兒居然這麼美麗，這雙寶光璀璨的大眼睛，似乎會說話一般！

鍾佳霖見陳秀智又盯著青芷出神，心中不悅，不著痕跡地擋住青芷，道：「秀智兄，請。」

陳秀智這才回過神來，道：「今日是中秋佳節，父親命我來送中秋節禮。」

他家家境富裕，這幾年越發興旺起來，因為和虞家貧富懸殊，已經好多年沒有來往過，只因為上次在縣學的考校，鍾佳霖考中了榜首，他爹爹這才起意把兩家交情再續上，讓他來送中秋節禮。

進了院子，陳秀智給虞世清和韓氏行禮的時候，心裡懊悔得快要哭了——早知道虞青芷美麗到這種地步，當初虞世叔喝醉了說要結親的時候，他就應該哭著、喊著要爹爹答應下來啊！

一想到自己曾經拒絕了這樣的絕色美人做妻子，陳秀智就恨不得以頭撞牆。

不過好在還不晚，他等會兒就回家求爹娘尋媒婆來說親！

陳秀智告辭離開之後，青芷悄悄和鍾佳霖說：「哥哥，陳秀智不會是對我一見鍾情了吧？」

鍾佳霖睨了她一眼，沒說話。

青芷一臉狗腿地道：「哥哥，你放心，在你考中舉人之前，我是絕對不會訂親的。」

只有哥哥飛黃騰達，她才有可能過得滋滋潤潤啊！

鍾佳霖這才點了點頭，臉頰上的小酒窩時隱時現，顯見十分開心。

第四十一章

下午，虞世清帶了韓氏回娘家探親，待到傍晚時，才從王家營回來。

青芷見虞世清臉色不對，瞧著有些面色鐵青的感覺，就尋了個機會問韓氏。

韓氏也有些不高興，道：「我們從妳外祖母家回來時，沿著河邊小路走回來，誰知碰上了牙婆一枝花，一枝花攔著我和妳爹，說要給妳作媒。」

青芷聽了，道：「不理她不就行了。」又道：「一枝花說了什麼不妥當的，把我爹氣成那個樣子？」

韓氏嘆了口氣，略微提高聲音。「妳知道一枝花說的是什麼話嗎？她說如今縣裡提刑院的正提刑白大人任上沒帶家眷，想要尋一個年少貌美的女子做妾，讓一枝花替他相看。一枝花和他說了妳，要我和你爹把妳送給白大人做妾呢。」

青芷聞言，只道：「咱們不同意，他們又能怎樣？」

韓氏皺著眉頭。「妳爹也是這樣說的，可是一枝花冷笑著說了半日，全是威脅的話。」

青芷倒是笑了，低聲道：「娘，爹爹的授業恩師周學正不是在宛州嗎？如今先不管，若是那位白提刑欺負到家裡來了，咱們就搬出周學正來。」

韓氏一急就沒了主意，這會兒聽了女兒的話，鬆了一口氣，道：「我和妳爹說去。」

院裡只剩下青芷，她的眉頭不由皺了起來。

她今年才十二歲，就算生得再美也還沒及笄，若那白提刑果真敢逼迫，那就去宛州府衙告狀去！

這會兒，鍾佳霖還在抄書，青芷和韓氏的對話，他聽得清清楚楚。

鍾佳霖端坐在那裡，半日沒動。

看來，要想保護妹妹，自己還是得強大起來啊！

到了晚上，金風颯颯，桂花飄香，一輪圓月高懸空中。

院裡梧桐樹下的石桌上擺了幾盤果品，鮮果有蘋果、梨、蜜橘和石榴，乾果有瓜子、花生、杏乾和桃脯，另有一碟青芷做的桂花餡月餅。

一家四口帶著春燕圍坐在石桌周圍，吃著月餅賞著月，煞是開心。

王氏的竹床擺在一邊，她側身躺在竹床上，也算是一家團聚。

青芷帶著春燕起身，拿了一壺溫好的桂花酒過來，給虞世清倒了一盞。「爹爹，嚐嚐我做的桂花酒吧！」

虞世清接過酒盞嚐了嚐，只覺甜香可口，酒味綿軟，便又喝了幾盞。

王氏在一邊嗅到了甜蜜的桂花酒香，特別饞酒，「嗚嗚」了好幾聲，只可惜虞世清喝得微醺，根本沒聽到，而韓氏、青芷、佳霖和春燕注意到了，卻都裝作沒聽到。

青芷見爹爹開心，便道：「爹爹，明日八月十六，讓哥哥陪我進城去吧！」

虞世清此時對月飲酒，正美滋滋地享受著，點了點頭。「去吧去吧，早些回來。」接著又搖頭晃腦地吟詠起前人詩作來。「中庭地白樹棲鴉，冷露無聲濕桂花。今夜月明人盡望，不知秋思落誰家……」

青芷和鍾佳霖相視一看，都笑了起來。

第二天清晨，鍾佳霖提了兩個桐木箱，接了青芷一起進城去了。

他們先去了涵香樓。

接待他們的是女管事胡京娘。胡京娘原想著桂花油什麼的，市面上常見，因此並不在意，也沒往後樓讓，在大堂裡笑道：「虞大姑娘，不如拿出來先讓我驗看驗看。」

青芷對自己的貨物很有自信，微微一笑，道：「胡管事，您先讓人準備靶鏡、洗臉盆和清水，我當眾給您演示一遍吧！」

胭脂水粉鋪子裡，洗臉盆和清水什麼的都是常備之物，很快就送了過來。

這會兒，涵香樓裡已經有不少顧客在逛了，見狀都圍過來看。

青芷當著眾人的面，慢條斯理地取出一塊心形的桂花香胰子，舉著讓眾人看了看，然後用香胰子洗了手、臉，又用帕子拭去臉上手上的水珠，然後拿出一個玉青色瓶子盛著的桂花香油，倒了幾滴在手心，輕輕在臉上暈開，然後讓眾人看她的臉。

這會兒涵香樓裡都是女子，個個都是內行，眼見這個女孩子的肌膚變得晶瑩雪白，都「啊」了一聲。

胡京娘沒想到青芷的桂花香油與市面上賣的不一樣，原來不是梳頭用的，而是抹臉用的，心中大為後悔讓她在這裡當眾表演，可是這會兒圍觀的人已經多了，她只得一邊看，一邊動腦筋想法子。

青芷又拿出一個精緻的瓷盒子，擰開盒蓋，露出裡面的桂花香膏。她的桂花香膏與眾不同，居然是紅色的，不過是一種豔麗的金紅色，香氣芬芳濃郁。

青芷舉著盒子讓眾人看了看，笑盈盈道：「我這桂花香膏是用上等桂花和上等玫瑰精心提煉出來的。」

眾人都屏住呼吸，盯著她手裡罕見的金紅色香膏。

青芷用右手尾指略微蘸了些香膏，一手拿著靶鏡，一手當眾在自己唇上輕輕塗抹起來。她原本就美，塗上這種香膏之後，金紅色的櫻唇變得飽滿至極，整個人都變得生動起來，美得似妖精一般。

眾人呆了一瞬，就有人開口問道：「小姑娘，妳這桂花香油和香膏怎麼賣？對了，還有桂花香胰子？」

青芷笑咪咪地挽住一邊神色不定的胡京娘的胳膊。「我的貨在南陽縣城裡只在涵香樓賣，待我和胡管事交過貨，大家來尋胡管事買吧！」

眾人議論紛紛地往前擠，口中道：「憑什麼啊，怎麼賣不是賣？為何只賣給涵香樓？」

胡京娘這才清醒過來，忙拉著青芷往後樓走。

鍾佳霖一直立在那裡看著，這會兒眼疾手快，拎著那兩個桐木盒就跟了進去。

胡京娘這會兒對青芷和鍾佳霖熱情得很，先請他們坐下，又讓人上了點心和茶，這才道：「虞大姑娘，咱們以前可是說好的，妳製作出來的東西可以自己零賣，但若是放在胭脂水粉鋪子裡賣，只能賣給我們涵香樓。」

青芷笑了。「我當然記得。」她笑容燦爛。「胡管事，咱們先來談談價格。一盒桂花香膏一兩銀子，一瓶桂花香油一兩銀子，一塊香胰子二錢銀子。」

胡京娘作不得主，便道：「虞大姑娘，您把樣品給我，我拿了去讓我們老闆娘看，讓老闆娘決定，怎麼樣？」

青芷笑咪咪的。「好的，我和哥哥在這裡等消息；若是老闆娘不肯收，我再拿到別的鋪子裡賣。」

胡京娘心事重重地去了後院。

鍾佳霖此時和青芷隔著一個紅木小几坐著，見胡京娘出去了，他湊近青芷的耳朵低聲道：「青芷，將來妳也可以在城裡開店賣香脂、香膏。」

青芷只覺得耳朵熱熱的、癢癢的，她瞟了鍾佳霖一眼，輕輕道：「哥哥，你忘記了『芷記香膏』嗎？」

鍾佳霖怎麼可能忘記，不由笑了。

他如今開始抽條了，臉上輪廓漸漸變得英朗起來，這樣一笑，酒窩深深，虎牙也顯露出來，特別陽光可愛。

青芷瞬間看得心跳有些加速，不敢再看，忙起身走到後窗邊，佯裝看窗外的景致，深深吸了一口氣，令自己劇烈跳動的心穩下來。

鍾佳霖也覺得有些異樣，臉微微紅了，也起身走到後窗邊看景致。

涵香樓後面是一個花木掩映的院子，芭蕉深綠，金桂飄香，菊花盛放，很是雅致。

片刻之後，胡京娘走了過來，含笑道：「我們老闆娘說了，虞大姑娘既然一直照顧我們生意，我們涵香樓也得給虞大姑娘一個面子，就按照虞大姑娘說的價格好了。」

青芷鬆了一口氣，笑了起來。

胡京娘拿出一張彩箋，道：「虞大姑娘，我們涵香樓這次要一百盒桂花香膏，一百瓶桂花香油，兩百塊桂花香胰子，三日內可以送來嗎？」

青芷微笑道：「我這次送來了二十盒桂花香膏、二十瓶桂花香油和五十塊桂花香胰子，這些貨先留下，後日你們派人去城西的蔡家莊找我，我把剩下的貨物給你們，怎麼樣？」

如今王氏癱了，也說不清楚話，她做生意不必瞞著王氏，倒也方便了許多。

胡京娘笑了。「自然可以，我先把這些銀子給您結了。」

她以前見青芷是個十二、三歲的小姑娘，因此不甚尊重，都是直呼「妳」、「我」，如今和青芷打交道久了，發現青芷絕非一般女子，因此不由自主改了稱呼。

青芷微微一笑，開始算帳給胡京娘聽。「一盒桂花香膏和一瓶桂花香油都是一兩銀子，二十盒總共是四十兩銀子；一塊桂花香胰子二錢銀子，五十塊就是十兩銀子，總共五十兩銀子。胡管事，您給我銀票就行了。」

胡京娘拿起算盤打了一遍，笑了。「您算帳真快。」

過沒多久，鍾佳霖提著兩個桐木箱，和青芷一起離開了涵香樓，往韓成的鋪子去了。

青芷算了算時間，覺得自己在白蘋洲種的薄荷該收割了。現在收割的話，還來得及再長一長，到九月底可以再割一次，十月底還可以割第三次。

她和鍾佳霖商量過了，預備過去雇人收割，雇船進潦河再順著潦河過來，在青芷家門前卸貨。

韓成恰巧也要去白蘋洲看地，加上也不放心兩個孩子自己過去，便雇了船，帶著青芷和鍾佳霖去了碼頭，登船往白蘋洲去了。

韓成帶著他們在碼頭上下船，交代船家等著，三人一起去找張經紀。

張經紀正帶著家人打包行李，見韓成他們來了，忙笑著出來迎接。

青芷見院子裡堆的都是箱籠，看著像是要搬家的模樣，便問了一句。「張叔，今日要搬家？」

張經紀笑了起來，引著韓成三人進了院子，安排他們在院子裡的葡萄架下先坐下，讓娘子上茶，然後才道：「我們村子裡的地，如今都高價賣給了太傅府上的李管家。我記得先前做中人賣給虞大姑娘三棵梧桐樹的那塊地，是四兩銀子一畝，如今李管家放出話來，不管是韓老闆的蘆葦蕩那塊地、三棵梧桐樹那塊地，還是後來虞大姑娘買下兩塊地中間的那塊，都按八兩一畝的價錢買下。」

他撚鬚看著韓成。「韓老闆，怎麼樣，買了沒幾個月，整整翻了一番，賣不賣？」

韓成一時有些猶豫，青芷見了，忙笑道：「舅舅那塊地裡如今種著薄荷，這樣吧，如果舅舅想賣，不如賣給我，我按照十兩一畝的價格買下來。」

她當時帶著舅舅去買白蘋洲的地，就是因為知道那裡的地將來會很值錢，不過如果舅舅現在就想賣的話，賣給別人不如賣給她。

張經紀聽了，不禁愣住。虞家大姑娘居然這樣有錢？

他抬眼打量著青芷。

韓成聞言，頓時不再猶豫了。一則青芷說過，那地將來一定會漲價；二則京城太傅府的管家也千里迢迢跑來買地，這說明白蘋洲真有可能要漲價，既然如此，不如再放一放！

這樣一想，韓成便笑了。「算了，我不賣了，妳還用來種妳的薄荷吧！」

青芷聽了，也為舅舅開心，道：「嗯，這樣最好了，我的薄荷還能再收割兩次呢！」

張經紀端起茶盞飲了一口，忽然看向青芷。「虞大姑娘，您真願意十兩銀子一畝買地？」

青芷笑了，輕輕道：「張叔手裡還有地嗎？」

張經紀往四周看了看，先去關了大門，然後把妻子、兒女都轟到屋子裡，這才回來，低聲道：「我手裡還真有四畝地，就挨著虞姑娘那塊三棵梧桐樹。我當時想著再捂一捂，就沒賣給李管家，如今我在南陽城裡買了宅子，一家人都要搬走，這塊地自然也要賣了……」

青芷凝視著張經紀，見他眼神清澈，且沒有閃躲，便道：「這塊地能去縣衙登記嗎？」

張經紀笑了。「自然可以。」

青芷便道：「我們先去看看地吧，若是可以，我就按十兩銀子一畝的價格買下了。」

她似乎一點都不在意這個買賣，笑咪咪道：「張叔，你得先幫我雇四、五個短工去割一下地裡種的薄荷，割完後再裝上船送到蔡家莊，一人給一錢銀子，再給您一錢銀子做謝儀。」

張經紀見小姑娘說話做事很妥當，也很喜歡，道：「那三位先坐著喝茶，我這就去雇人。」

張經紀離開之後，青芷低聲問韓成。「舅舅，張經紀為人怎麼樣？」

韓成笑道：「我們認識很多年了，交情很好，他在南陽縣城裡買的宅子，就是我幫他介紹的。張經紀為人很精明，卻不是那等奸詐小人。」

青芷這才放下心來，看向鍾佳霖，道：「哥哥，這塊地若是買成，還登記在你名下。」

鍾佳霖坦然地點點頭。他不會貪占青芷的田地，等將來有了合適時機，就還給青芷。

約莫過了一刻鐘，張經紀領著五個村民過來了。這五個村民瞧著都很精幹，手裡還都拎著鐮刀和草繩，倒也方便。

一行人隨著張經紀往三棵梧桐樹那邊去了。

青芷已經來過白蘋洲好幾次，以前每一次過來，都覺得人煙稠密，雞鳴鴨叫，滿村興旺。可這次，她發現村子裡有些寥落，走了半日也沒見多少人，便問張經紀。「張叔，村子裡怎麼沒什麼人了？」

張經紀嘆了口氣，道：「村子裡的地都賣了，大家都搬到城裡去住了。我尋來這幾個割薄荷的短工，他們這幾日也都要搬走。我們白蘋洲可是要散了……」

青芷聽了，不禁嘆了口氣，卻沒有再說。

到了三棵梧桐樹那塊地頭，看著滿地綠油油、長得極旺盛的薄荷，青芷不由笑了起來。

這些薄荷，若是提煉出製成薄荷香油、香膏和香胰子，可值不少銀子呀！

短工們揮舞著鐮刀開始割薄荷，張經紀交代幾句，便帶著青芷、鍾佳霖和韓成去看自己的那塊地。

青芷發現這塊地果真挨著三棵梧桐樹，只是實在是地勢低窪，長了不少水草。她細細看了半日，又同韓成和鍾佳霖商議一番，便決定買下來。

張經紀見青芷總是如此爽利，便也不藏著、掖著，當即回家拿了地契，讓短工們繼續割薄荷，他則跟著韓成一行人往南陽縣衙登記去了。

青芷剛從涵香樓掙了五十兩銀子，半日工夫就出去了四十兩，心裡卻愉快得很，笑著對鍾佳霖福了福。「哥哥，如今你已經有了十二畝地，可是南陽城中的地主了，以後妹妹可要吃你的了。」

鍾佳霖不禁笑了。反正青芷老是說將來要靠著他，他不管青芷說的是真的還是開玩笑，反正他是當真了。

他願意養青芷一生一世。

這時候，眾人都有些飢腸轆轆，便由韓成作東，一起在縣衙附近尋了個餃子館，要了四個小菜和一大盆酸辣肚絲湯，一人又點了一盤豬肉大蔥餡餃子，一邊吃，一邊聊，煞是開心。

用午飯的時候，鍾佳霖提議道：「舅舅，青芷今日太累了，不如您帶著她回綢緞鋪後院陪舅母，我跟著張叔去看著人裝船，然後押了船回蔡家莊。」

韓成一聽，覺得挺妥當，便道：「如此甚好。青芷，咱們倆先回楊狀元胡同，讓佳霖去白蘋洲吧！」

青芷的確累了，又知道鍾佳霖的能力，便答應了下來。

葛氏正在後院做針線，見青芷來了，大為歡喜，拉著她聊了好一陣子，見青芷眼睛都睜不開了，才放她進廂房睡下。

青芷一覺睡到傍晚，一醒來就急著回家。

韓成知道她擔心鍾佳霖，便讓車夫用馬車送她回去。

青芷滿心忐忑，誰知一跳下馬車，便看到鍾佳霖正指揮幾個短工往院子裡搬運一捆捆的薄荷，笑了起來。「哥哥。」

鍾佳霖見她回來，笑著應聲，繼續指揮短工往院子裡搬薄荷。

見最後一個短工進了大門，他才走向青芷。「這是最後一捆了，我和師母說了，在後院空地上鋪了塊油布，這些薄荷都先堆在油布上。」

青芷心裡歡喜，道：「太好了。」

又見鍾佳霖額頭上有細密的一層汗粒，她忙拿出自己的帕子，去拭鍾佳霖額頭上的汗。

鍾佳霖一下子僵在了那裡，眨了眨眼睛，看著近在咫尺的青芷。

青芷是見過哥哥長大後的樣子的，見他睫毛濃長，一臉青澀，分明還是少年，心中不由憐惜，動作也溫柔了些。

擦拭罷了，她把帕子收起來，徑直往院子裡走，一邊問道：「哥哥，短工的工錢結算沒有？」

鍾佳霖愣了愣，這才跟著走進去，道：「已經結過了。」

他和青芷的銀錢一直是不分彼此。

短工們離開之後，他們去看了堆在後院的薄荷，又怕夜間下雨，便拿了一塊寬大的油布罩在薄荷上。

忙完這些，他倆都是一身一臉的汗，拿了帕子拭著汗去了前院。

韓氏和春燕已經做好晚飯，正等著他們。

見青芷和鍾佳霖過來，春燕忙端了水，拿了香胰子，讓他們擦洗。

青芷洗罷臉，從韓氏手裡接過手巾，這才想起來好像沒看到虞世清，便問道：「娘，我爹呢？」

韓氏笑道：「昨日妳爹爹的同窗陳志恆讓兒子來送了節禮，妳爹爹今日去他家還禮去了。」

青芷想起了昨日那個盯著自己看的小白臉，道：「天都黑了，爹怎麼還不回來？不會是喝酒了吧？」

韓氏一聽，也有些擔心，蹙眉道：「妳爹一喝酒就犯糊塗，可別做出什麼糊塗事。」

鍾佳霖在一邊聽了，當即想起上次虞世清與陳志恆喝酒喝醉後發生的事，便道：「師母，我去接先生吧！」

韓氏忙道：「先吃了晚飯再說。」

晚飯很簡單，為了照顧王氏，晚飯是一鍋豆腐菠菜湯和春燕烙的芝麻千層餅。

用罷晚飯，鍾佳霖便要去接虞世清。

青芷很不放心，也跟了過來。「哥哥，我和你一起去。」

鍾佳霖哪裡肯讓青芷跟著自己走夜路？「陳家溝那麼遠，我自己去就行，帶著妳去不方便。」

韓氏也忙道：「青芷，妳一個女孩子，跟著佳霖去確實不方便。」

青芷還是不放心。「可我哥哥一個人去，我也不放心！」

鍾佳霖笑了，道：「我怎麼可能一個人走夜路，我叫上蔡羽和我一起去。」

他和蔡羽是好友，蔡羽最喜歡有挑戰的事情了，應該會願意和他一起去。

青芷發現蔡羽確實比自己更合適，只得悻悻地送鍾佳霖出去。

晚上，春燕燒了水，韓氏、青芷和春燕都洗了澡，春燕又給王氏擦洗了一遍，各自回房歇下。

南暗間裡，韓氏已經睡熟，青芷卻還沒有睡意，便躺在床上計劃著明日之事。

後日胡京娘就要派人來取剩下的貨物，她明日須得忙碌整整一日，不過好在她娘和春燕都可以幫忙。

若王氏還身體康健，做這些須得背著王氏，甚是麻煩，如今王氏癱在床上，可真是省事了！

一想到王氏滿肚子的壞主意，卻無法說出來，青芷心裡就輕鬆又愜意，這下子就更清醒了。

她索性披了外衣起來，坐在窗前抄書。

今日月色很好，院子裡亮堂堂的，只是起了風，風聲瑟瑟，颳得院子裡花木的葉子撲簌簌作響，有些淒涼。

青芷抄完一頁，不由想起了去陳家溝接虞世清的鍾佳霖，有些擔心，嘆了口氣。「哥哥這會兒不知道到哪兒了……」

第四十二章

蔡家馬車的車前掛了兩盞氣死風燈，載了蔡羽、蔡翎和鍾佳霖轆轆而行，出村而去。

陳家溝在南陽縣城東北處的獨山腳下，而蔡家莊在南陽城西，因此路途不算近，不過好在都是官道，夜路也不算難走。

蔡羽掀開車簾，看著前方月光下的隱隱青山，不免心潮澎湃。

南陽縣四周都是層層疊疊的山，他長這麼大，還沒離開過南陽縣，沒走出過這些大山。他想走出去，去看看山外面的世界。

馬車裡，蔡翎已經蜷縮在倒座上睡著了，還打著適意的呼嚕。

蔡羽知道鍾佳霖沒有睡，便看向他。「佳霖，你以後有什麼打算？」

鍾佳霖沈默了片刻，道：「我想好好讀書科舉，照顧先生、師娘和青芷。」

他想透過科舉做官以實現自己的抱負，也想靠自己的能力照顧青芷。

蔡羽不禁笑了起來。「你照顧先生和師娘就行了，青芷早晚要出嫁的，自然有她未來的相公照顧她。」

鍾佳霖卻沒有說話。

車裡一時安靜了下來，只有蔡翎的鼾聲此起彼伏。

足。

陳家溝在獨山的西麓，獨山產玉，是有名的獨玉產地，陳家溝人皆以玉為生，頗為富足。

陳志恆家也是如此，陳家世世代代經營玉器生意，在南陽城開有玉器鋪子。

陳志恆是家中次子，大哥繼承了家業，他則志在科舉，中了秀才後就在村子裡開辦學堂，以教書為業，因此陳志恆雖然是學堂的先生，家道卻甚是富足。

幾年前，虞世清來過陳家作客，只是那時候他參加鄉試落榜，陳家接待他頗為冷淡，因此漸漸斷了來往。

這次來陳家還禮，虞世清明顯發現自己的待遇不一樣了，不但陳志恆和陳秀智父子對他熱情萬分，就連一向神龍不見首尾的陳二奶奶也親自見他，給足了體面。

虞世清也不傻，覺得有些不對，便暗中觀察。

陳秀智畢恭畢敬奉了一盞茶給虞世清，狀似隨意地含笑問道：「世叔，青芷妹妹家常忙些什麼？」

虞世清隨口道：「女孩子麼，不過是做些女紅、管管家務。」

「是嗎？青芷妹妹好賢慧。」陳秀智又笑吟吟道：「世叔家學淵源，青芷妹妹的字應該也寫得不錯。」

他想再試探試探。

陳秀智雖然想娶美妻，卻也希望自己妻子讀書識字，能夠紅袖添香夜讀書，免得他還得費事再納妾。

虞世清這時警惕了起來，總覺得這位世姪似乎別有用心。

他想起青芷和佳霖反覆交代的話，淡淡道：「她的字瞧著還行，不過筆力不夠。」

得知虞青芷不但識字，而且造詣不淺，陳秀智頓時更加熱情起來，尋了個機會交代他爹。「爹爹，您幫我探探虞世叔，我想娶青芷妹妹。」

陳志恆疼愛兒子，自然滿口答應下來。

酒席上，陳志恆和陳秀智父子熱情地勸酒，不知不覺虞世清就有些喝多了。

見虞世清醉倒，陳秀智忙給父親使了個眼色。

陳志恆當即又讓小廝斟了一盞酒，雙手遞給虞世清。「世清，你我難得相見，再飲一杯。」

虞世清接過酒盞，一飲而盡。

陳志恆連遞了三盞酒，這才開口進入正題。「世清，你上次提的親事，我心裡很願意，只是沒來得及和你說，就這樣耽擱了下來。這次既然你我相見，不如趁這個機會，把這樁兒女親事敲定下來吧！」

虞世清腦子裡暈暈乎乎的，卻還留著一絲清明。

他上次之所以想把青芷許給陳志恆的兒子，並不全是因為喝醉，還有一個原因是青芷沒有親兄弟，出嫁後沒有娘家幫襯，他希望能給青芷找個好歸宿。陳家富庶，陳秀智生得好、性子好、讀書好，陳志恆又是他的同門，因此陳秀智也算是個良配了。

只是當時被陳家婉拒，虞世清實在有些沒臉，只能以喝醉為藉口，表示自己全不記得了。

陳秀智機靈得很，見虞世清猶豫，忙起身行了個禮，誠懇道：「虞世叔，小姪一定會好好待青芷妹妹的，世叔請放心。」

虞世清端著空酒盞，一時有些猶豫。

陳志恆笑了，溫聲道：「世清，你我兄弟，難道我還能虐待自己的世姪女不成？難道還有哪家孩子比我家秀智更好？」又含笑道：「世清，你還要繼續科舉，這一年年的，可得有財力支撐著啊！將來你我成了親家，彼此是親戚，銀錢自然可以互通。」

虞世清聽了，不由有些動心。

這時候，陳家小廝進來道：「老爺、公子，虞家來人接了。」

虞世清一聽，忙道：「是佳霖吧？快讓他進來。」

片刻之後，鍾佳霖、蔡羽和蔡翎一起走了進來，齊齊微笑拱手行禮。「見過陳世伯。」

鍾佳霖又給虞世清行禮。「先生，師母讓我們來接您回去。」

蔡羽補充了一句。「先生，老太太身體有些不妥。」

一聽母親身體不妥，虞世清當即起身要告辭。

陳志恆和陳秀智父子又不能攔著虞世清回家盡孝，只得送一行人出去，眼睜睜看著煮熟的鴨子飛了。

送走客人後，見兒子不開心，陳志恆忙安慰道：「秀智，沒事，爹爹和你娘說，讓你娘請媒婆去虞家說親。跑路的腿，媒婆的嘴，你就放心吧！」

陳秀智聽了，這才沒那麼難受。

第二天，青芷正在尋思著何時再進城一趟，就聽到外面傳來一陣敲門聲，很快就聽到春燕的聲音。「姑娘，有人來了，說是城裡涵香樓來取貨。」

青芷忙道：「快請進來吧！」

春燕和青芷各自跑了兩趟，搬了好幾個桐木箱子，才把剩餘的貨物搬完。

胡京娘是個細緻人，一個個點了，數目對上了，微笑道：「虞姑娘是個講信用的。」她當場數了一百九十兩銀票給青芷。

十月十五這日，虞櫻梨帶了兒媳婦姜秀珍回娘家看王氏，青芷趁著虞櫻梨婆媳在家陪伴王氏，自己在村東雇了輛馬車，載了兩箱貨物，帶著韓氏和春燕進城去了。

到了涵香樓，青芷先把兩箱貨物送進去。

這兩箱貨物不但有薄荷香油、薄荷膏和薄荷香胰子，另外還有些玫瑰製成的玫瑰香膏，及不少桂花香油、桂花香膏和桂花香胰子。

青芷的貨太好賣了，胡京娘見她過來，自然大喜，當場給她結了帳，總共結了九十六兩，是九十兩的銀票和六兩碎銀子。

青芷收好銀票和碎銀子，又買了些新鮮排骨和新鮮菜蔬，帶了韓氏和春燕去了綢緞莊。

葛氏的肚子已經有些顯了，正在後院屋子裡做針線，聽說韓氏和青芷母女過來，忙出來迎接。

韓氏見葛氏腹部微微隆起，心裡既開心又有些心酸。自己身子這狀況，也不知道是有還是沒有呢？家裡最近那麼多事忙著，她也不便開口提要請大夫看看，若是沒有……

她陪著葛氏坐下說話，青芷和春燕一起進了灶屋，蒸了米飯，做了紅燒排骨、清炒小白菜等葷素菜餚，在韓成這裡用了午飯。

用罷午飯，葛氏身體支撐不住，便叫了韓氏，一起去廂房歇下了。

青芷帶了春燕去鋪子裡找韓成。

見韓成這會兒沒什麼生意，正坐在櫃檯後喝茶，青芷開門見山問道：「舅舅，我想在縣學附近買一處帶門面房的宅子，您有沒有相熟的房經紀？」

舅舅上次說，當初白蘋洲的張經紀在南陽縣城內買宅子，就是舅舅介紹的，因此才來問。她覺得，自己手上有了銀子，哥哥將來也要到縣學讀書，也是在縣城購置房產的時候了。

韓成想了想，道：「我倒是認識一個房經紀，姓趙，住在縣學附近的學院街，我這會兒正有空，帶妳過去看看吧！」

他交代夥計看著鋪子，讓車夫許三套了馬車，帶了青芷和春燕往學院街方向去了。

縣學在縣衙的隔壁，面前是一條寬闊的街道，而學院街則在縣學後面，是一條鋪著青石板的小街。

馬車在一間小酒館外面停下，許三跳下馬車，進了小酒館，很快就引著一個精幹的中年男人出來，這男人正是韓成說的房經紀趙嶺駿。

趙嶺駿五官平淡，一雙眼睛卻很亮，一副精明模樣，笑著與韓成打了招呼。

韓成介紹道：「趙經紀，這是我的外甥女，想買一套宅子，我帶她來見你。」

青芷帶著春燕見禮。

趙嶺駿笑著拱手還禮，請韓成一行人進了小酒館，穿過穿堂，在裡面雅間坐下。

待茶水上罷，韓成便和青芷說道：「青芷，妳想買什麼樣的宅子，和趙經紀好好說說吧，越詳細越好。」

青芷點點頭，看向這位趙經紀。「我哥哥明年有可能到縣學讀書，所以我想在縣學附近買個宅子。這個宅子須得有門面，我可以用來做生意；另外院子得是四合院，有正房和東西廂房，不然我一家人住不下。若是院子有後院，後院能種菜，那就更好了，我娘喜歡自己種些菜蔬。」

趙經紀笑了起來，只覺得這個小姑娘有些不自量力。他端起茶盞，微微笑了，看向青芷。「虞姑娘到底是想租，還是想典，抑或是想買？」

大宋朝房屋買賣有三種，租房子、典房子和買房子。

租房子一般是按月租或者按年租，交一定的押金，可以按月或者按年來使用房子。典房子則是把一筆豐厚的典金借給房主，雙方請房經紀做中間人寫一張契書，寫明房主姓名、典房人姓名、典房幾間、典價幾何、出典日期和回贖日期。

在典房人居住期間，這筆典金歸房主所有，典房人不用交房租，房主也不用出利息，房屋所有權也依然歸房東，典房人擁有的只是居住權，到期後，典金一文不少還給典房人。

買房子買的則是房屋的所有權，因此價格最貴。

按照這位虞姑娘的打算，她說要那樣的宅子，又要在縣學附近，怕是得三百兩銀子。不說眼前這個小姑娘，就算是韓成，怕是也不能立時拿出三百兩銀子買宅子！

青芷一聽，知道這位趙經紀小看自己，不禁笑了，道：「我哥哥將來還要在縣學讀書，我自然是想買房子了。」

她知道以後白蘋渠修成之後，不但地價瘋長，就連南陽縣城也變成了南北水路的樞紐，繁華異常，房價自然也水漲船高，現在買進宅子，幾年後這裡的房價至少會翻一番。

趙經紀見這小姑娘口氣挺大，便道：「按照虞姑娘的要求，買下縣學附近這樣一座宅子，至少得三百兩銀子。」

青芷笑了。「趙經紀，銀子不是問題，咱們先看宅子再說。不過，我還有一個要求。」

趙經紀一聽說「銀子不是問題」，便細細打量著青芷，見她眼神清澈而堅定，不由有些吃驚，看向韓成。

韓成知道青芷一直在做生意，手裡應該有銀子，便抬手敲了敲桌子。「趙經紀，你就放心帶我們看宅子吧！」

趙經紀聽了，這才徹底放下心來，忙問青芷。「不知虞姑娘的另一要求是什麼？」

她微微一笑。「宅子絕對不能是凶宅。」

趙經紀拊掌而笑。「放心吧，我趙經紀從來不做這樣的事，免得砸了自己的招牌！」

青芷笑容加深。「親兄弟還要明算帳，我先把醜話說前面，到時候寫合同去縣衙登記的時候，須得把這句話寫在合同裡，若宅子是凶宅，那原房主和趙經紀可得照原房價的兩倍賠我銀子。」

趙經紀沒想到小姑娘如此聰明，考慮甚是周到，不由收起戲謔態度，笑著答應下來。他親自端起茶壺給青芷和韓成續了，然後道：「我如今手裡正好有兩個宅子要賣。」

青芷聞言，凝神看向趙經紀。

他見青芷如此認真，知道她是誠心買房，便細細介紹道：「林家花園是先前提刑院正提刑林大人的宅子，林大人高升進京，家眷都帶了過去，這宅子就空了下來，因此要賣。」

青芷一聽說原先的主人林大人高升入京，覺得意頭挺好，便點點頭。

趙經紀又說起了另一處宅子。「還有一處宅子，就在臨水街，距離縣學比林家花園院遠一些，卻也不算太遠，走路到縣學也不過一盞茶工夫，價錢可是要便宜不少。」

青芷記得臨水街就在梅溪河邊，忙道：「這宅子是什麼情況？房主為何要賣？」

趙經紀嘆了口氣道：「這宅子的原主人是江南來的販絲客商，只因家主桂大郎迷戀煙花，包下南陽城有名的粉頭張兮兮，蕩盡了家業，消盡本錢，又染上了髒病，渾身爛透而亡。家人要扶靈回江南，沒了盤纏，只得賣掉宅子。」

青芷一聽，不由悚然而驚，背後冷颼颼的。前世司徒峰、司徒娟兄妹與七姑父溫東的幫閒合夥設計溫子淩，用的就是這位張兮兮；而前世的溫子淩正是從張兮兮那裡染了髒病，淒慘死去……

她忍不住問趙經紀。「那個張兮兮後來怎麼樣了？」

趙經紀嘆了口氣，道：「如今淪落到最低等的腳店去了。唉，也曾是南陽城最有名的清倌人……」

青芷覺得桂家宅子甚是不祥，便道：「這宅子死過花柳病人，誰知還有沒有問題，就不再看了吧！」

趙經紀做事索利，當即就叫了小廝過來，吩咐道：「你去林家花園看看守門的老梁頭在不在？若是在的話，就讓老梁頭等著，說我要帶著顧客去看宅子。」

小廝出去約莫一盞茶工夫便跑了回來，氣喘吁吁地稟報。「大爺，老梁頭正好在，我讓他等著咱們。」

趙經紀便引著韓成和青芷一起上了馬車，往南而去。

林家花園果真距離這裡不遠，就在縣學正後方，宅子東邊有一道青石小街，沿著小街往南一直走，約莫一盞茶工夫就走到了縣學。

青芷見林家花園所在的學院街甚是熱鬧，附近有一家書肆、一家酒肆、兩家綢緞鋪子、一家成衣鋪子和一家賣翠花首飾的鋪子，不由暗自滿意。這地方挺適合她開胭脂水粉店！

早有一個穿著玄布袍子的矮胖老頭候在門口，見趙經紀引著韓成等人進來，便上前行了禮，引著眾人上前看臨街的三間門面房。「臨街房總共兩層，一樓是一明兩暗三間房，二樓是一個大通間。」

從臨街房東邊的大門進了宅子，老梁頭又介紹道：「其實臨街房也有後門通往宅子，只不過如今先封住了。」

進了二門，迎面是一個白粉影壁，上面畫著竿竿墨竹，頗為風雅，青芷一看就喜歡。

繞過影壁是一個小小的四合院，院子不大。東廂房外面種了一叢翠竹，如今正是初冬，竹葉顏色稍顯黯淡；西廂房外種著一株白玉蘭和一枝臘梅，如今白玉蘭不在花季，臘梅枝條上卻鼓起了不少花骨朵。

老梁頭引著眾人往正房走，一邊走一邊介紹。「正房是一明兩暗加東西耳房，一共五間房，東西廂房都是一明一暗兩間房，總共四間房。」

青芷一一看了，心想爹娘可以住正房，東耳房可以做書房或者客房，春燕可以住西耳房，哥哥住東廂房，我住西廂房。

看完前院，老梁頭又引著眾人往後院走。「後院是個小花園，先前我們夫人在南陽縣的時候，特地用心佈置過，有一個納涼賞花的亭子，還有一個冬季養花的暖房，另外還種有一株臘梅、一株紅梅和一株白梅，桃樹、梨樹和杏樹也都有，還有一株八月桂。」

到了後院，青芷見小花園內花木扶疏，雖是冬季，卻頗有幾分趣味，心中很是喜歡，面上卻是不顯。

看罷宅子，她便當著老梁頭的面問趙經紀這座宅子的要價。

趙經紀看向老梁頭。「還是三百三十兩銀子嗎？」

老梁頭點點頭。「我們大人是這樣交代的。」

青芷心中滿意，卻故意不動聲色地道：「我再回去與家人商議一番，帶家人來看看再說吧！」

老梁頭見她似乎不太動心，便嘆了口氣，道：「小姑娘若是誠心買，老頭子我說個最低價吧！」他已經知道是青芷要買房了。「最低三百二十兩銀子，再低就不用還價了。」

老梁頭是原提刑院正提刑林大人的老家人，林大人進京之前和他說了，這宅子喊價三百三十兩銀子，最低也得賣三百兩銀子。

他如今老妻和兒子都在京城，眼看著不到兩個月就要過年，因此急著出手，好早些進京與家人團聚。

青芷一直悄悄觀察老梁頭，見他衣服鞋帽甚是整潔乾淨，身子有些發福，一看就是過得舒舒服服、愛享受的人，便笑道：「不知這小花園一向是誰打理？」

老梁頭看了小花園一眼，道：「我是我們夫人陪嫁的園丁，這花園自然是我打理。我們府中京城宅子的花園，如今是我兒子在打理，他活兒做得不夠索利，夫人埋怨幾次了。」

青芷知道這老梁頭是急著回京，便故意道：「我回家和家人商議一番，三日後我爹爹和哥哥休沐，我帶他們再來看看，看他們怎麼說。」

老梁頭一咬牙。「行，虞姑娘若是再來，我再降十兩銀子，三百一十兩好了！」

韓成給青芷使了個眼色。

青芷會意，約好三日後再來看房，便與老梁頭和趙經紀道別，帶了春燕上了馬車，和韓成一起回了楊狀元胡同。

在馬車上，韓成直接道：「青芷，這宅子的價錢怕是還能再降一些。」

青芷笑咪咪地道：「我估計三百兩銀子能買下來。」又想了想，道：「舅舅，三日後我帶著爹娘和哥哥再去看房，您這兩日幫我打聽打聽，林家花園及前任正提刑林大人的情況。」

韓成滿口答應了。「青芷，如果老梁頭答應三百兩銀子賣的話，還得給趙經紀五兩銀子謝禮，另外去縣衙登記還得交五兩銀子，總共要三百一十兩銀子，妳如今有多少銀子？」

青芷嫣然一笑。「舅舅，給我點時間，我來盤算盤算。」

韓成聞言笑了。「那妳買了宅子之後，手裡可只有一兩銀子了。」

算了兩遍確定無誤了，她才道：「舅舅，我恰好有三百一十一兩銀子。」

「我還有些貨，若是賣掉的話，差不多能賺十幾兩銀子，夠今年盤纏了。」

韓成放下心來。「三日後你們全家都過來吧，咱們再去看看，到時候妳把銀子帶上，如果合適，咱們就當場買下來。」

青芷答應了下來。

這時，韓氏正和葛氏在後院堂屋做著針線說話。

葛氏如今有了身孕，身子富態了不少，先前有好些衣服都不能穿了，正和韓氏商量著，要她挑選幾套衣服，拿回去改一改給春燕穿。

青芷聽了，先悄悄問春燕願不願意要舊衣服？

春燕當即笑了，低聲道：「姑娘，我不是那等挑三揀四的人。」

她才放下心來，帶著春燕進去挑選衣服。

春燕挑選了兩套棉衣、兩條裙子和一件比甲，便不肯再挑了，笑著給葛氏行禮道謝。

葛氏素來大方，見春燕如此，心裡喜歡，又賞了一只銀鐲子。

青芷又給溫子淩做了四雙清水布襪和兩雙千層底玄緞棉靴，要送去給他，因楊狀元胡同距離城南街不遠，便和韓成、葛氏告辭，母女倆帶著春燕往溫子淩的瓷器鋪子走去。

溫子淩剛收了一筆帳回來，正在得意，見青芷來送棉靴，當即嚷著要去銀匠那裡給她打對耳墜子做謝禮。

青芷哪裡肯要。「子淩表哥，你先試棉靴吧，試罷棉靴，我有事要和你商議。」

溫子淩見青芷神情鄭重，便在椅子上坐下來，開始試穿棉靴。

青芷都給他做過好幾次鞋了，自然熟悉，因此兩雙棉靴都很合腳。

溫子淩穿上就不肯脫了，便收起另一雙新棉靴和剛換下的舊靴子，開口問道：「青芷，到底什麼事？」

青芷便把自己想要買宅子，看上林家花園的事情說了，然後道：「子淩表哥，你人脈廣，就幫我打聽打聽林家花園的情況，三日後我再去看房。」

溫子淩沒想到她這麼能賺錢，這都要買宅子了，不由笑了起來，道：「青芷，妳可真厲害，居然攢了這麼多銀子。」

青芷先笑了，又嘆了口氣。「等買罷宅子，我的積蓄就只剩下一兩銀子了。」

溫子淩老神在在。「不怕不怕，下個月月底咱們的貨船就回來了，到時候妳就有錢了。」

青芷一聽，驚喜莫名。「真的呀?!」

她忙拉住溫子淩的衣袖。「子淩表哥，以後有這樣的生意，一定要帶著我一起做。」
溫子淩笑咪咪地揪了揪青芷的丫髻。「知道了，小丫頭。」
青芷一想到貨船要回來，心裡就歡喜得很，美滋滋地笑了起來。
這時候已經有些晚了，溫子淩正好也要回家，便順路送韓氏和青芷回蔡家莊。

第四十三章

馬車在虞家門口停了下來。

青芷有話要和溫子淩說，便扶了韓氏下來，讓春燕先扶著韓氏回去。

溫子淩從馬車裡探出頭來，笑嘻嘻道：「青芷，到底什麼事？」

此時虞家大門開著，隱隱透出些燈光，照在溫子淩俊秀的臉上，給他的臉鍍上了一層昏黃的柔光。

看著這樣的溫子淩，青芷眼神溫柔起來，低聲道：「子淩表哥，你還記不記得那個叫張兮兮的粉頭？」

溫子淩笑了。「當然記得了，上次若不是妳幫我解圍，我差點就去了她家。」

「我今日去看宅子，其中有一個宅子，原主人是江南來的販絲客商桂大郎。桂大郎包下了張兮兮，蕩盡家業，又從張兮兮那兒染上了髒病而亡，家人要扶靈回江南，沒了盤纏，只得賣掉宅子。」

溫子淩聽了，簡直是毛骨悚然——他差點就著了道！

過了半日，他聲音微顫。「青芷，我差點……差點……」

青芷抬手放在他肩上，輕輕道：「子淩表哥，這個世界好人很多，可是壞人也不少，我們須得小心一些，千萬別上了別人的當，到時候悔之晚矣。」

一想到若不是青芷一直提醒，自己差點就上當，像桂大郎一樣丟了性命，溫子淩就覺得渾身冷颼颼的。

他抬眼看向青芷。「青芷，謝謝妳。」

青芷故意笑了，道：「子淩表哥，我之所以把這件事告訴你，就是想讓你知道，男人也得潔身自好呀！」

溫子淩無語，可看著青芷的笑容，他不禁也笑起來。「青芷，妳這傻丫頭！」

他伸手摸了摸她的腦袋，笑道：「快回去吧，一會兒舅母該著急了。」

青芷這才和溫子淩道別，轉身進了大門。

直到大門闔上，溫子淩才吩咐張允。「走吧！」

坐在馬車裡，他一路思索——那時候到底是誰要害我？

看來，他得好好調查一下了！

青芷早和韓氏、春燕都說了，先不要和虞世清提起她看宅子的事。

這天晚上，青芷一直想著明日怎麼再掙些銀子，這樣買宅子時就能再寬裕一些。

用罷晚飯，鍾佳霖給青芷使了個眼色，便先出去了。

青芷會意，也跟著走了出去。

見鍾佳霖往後院去了，她便也跟著去了後院。

鍾佳霖擔心她怕黑，在後院門口處等著青芷，待她走過來，他便伸手拉著她，往西北邊的玉米垛走去。

如今已經是初冬，夜晚寒意凜人，可是被鍾佳霖溫暖的手握住，青芷整個心都是暖洋洋的，一點兒都不覺得冷。

到了玉米垛邊，鍾佳霖鬆開青芷的手，低聲問道：「青芷，妳有什麼心事，能不能告訴我？」

他發現今晚青芷一直不對勁，心不在焉的，似乎心事重重。

青芷便把自己今日看宅子的事說了，然後道：「那個宅子的位置太好了，以後哥哥去縣學讀書，就可以住在那裡。我有些太想買下了，因此怕有什麼變故。」

得知原委之後，鍾佳霖一顆心似被浸入溫暖的春水中，暖洋洋的，舒適至極，鼻子卻有些酸澀。

他低下頭，好一陣子沒說話，過了一會兒，待那股酸澀散開了，才輕輕道：「如果出現變故，就說明咱們和那宅子沒緣分，不要也罷。」

青芷一想，果真是這個樣子，不由笑了。「哥哥，我真是有些患得患失了。即使那個宅子咱們最終沒有買下來，到時候我們還是可以繼續看宅子。不能買，咱們租也行，反正等哥哥你考上舉人，咱們就可以搬去宛州城了。」

鍾佳霖不由笑了，夜色中，清俊的臉好看得很。「青芷，妳怎麼對我這麼有信心，確定我一定能考上秀才，再考上舉人？」

青芷美滋滋地笑了。「我就是知道！」

前世哥哥就是一舉考上秀才，又一舉考上舉人的。哥哥那麼聰明用心，這一世應該還像前世一樣！

只是前世那一連串的悲劇，她絕對不允許再發生了！

一陣夜風颳過，鍾佳霖鬢邊的一縷散髮被風吹起。他笑了起來，低聲道：「青芷，妳放心，我會努力的。」

看著眼前的鍾佳霖，青芷想起前世得知自己被毒死的消息後，哥哥的反應，心一陣蹙縮，難受極了。

她伸手抓住鍾佳霖的手腕，聲音低而堅定。「哥哥，這一輩子，換我守護你。」

我保護你，聽你的話，不再像前世一樣任性……

鍾佳霖笑了，忽然從袖袋裡掏出一個荷包塞到青芷手裡。「這些銀子我拿著也沒用，妳拿著吧，雖然不多，可是聊勝於無。」

青芷「嗯」了一聲，珍而重之地把荷包塞進自己的袖袋裡。「哥哥，咱們回去吧。」

這天天氣晴朗，鍾佳霖以陪青芷進城送貨為由，向虞世清告假，搭了溫子淩的馬車一起進城。

溫子淩待馬車出了蔡家莊，才道：「青芷，我讓人去打聽林家花園的情況了。」

青芷聞言，目光炯炯地看著溫子淩。

溫子淩不由笑了起來。「林家花園是先前提刑院正提刑林玉正的宅子，林夫人是宮裡製造局主管太監王公公的姪女，林大人這次得了王公公之力，高升進京，家眷都帶了過去，這宅子就空了下來，因此要賣。昨日我帶了縣裡的陰陽生去看了林家宅子，他也說好，只是沒銀子買。」

青芷聽了，笑道：「子淩哥哥，多謝你。」

溫子淩也笑。「妳若是買下了這宅子，待我有了閒錢，就也在這附近買個帶門面的宅子，一邊做生意，一邊住家，倒也便宜。」

鍾佳霖聽了，不禁微笑。「兄妹住得近一些，彼此可以依靠，倒是比什麼都強。」

青芷坐在倒座上，聞言當即道：「子淩表哥，你儘管來依靠我吧！」

溫子淩腿長，坐在馬車裡有些難受，見青芷和鍾佳霖都不是外人，便笑著脫了靴子，伸出兩條長腿，把穿了清水布襪的腳擱在青芷身旁。「青芷，我保護妳，妳做了好吃的，記得來叫我就行。」

青芷狐疑地吸了吸鼻子，像小狗一樣湊到溫子淩腳邊嗅了嗅，沒聞到什麼味道，這才放下心來。

見狀，溫子淩和鍾佳霖都笑起來。青芷其實過完年的春天就滿十三歲，在別人眼裡是可以說親事的大姑娘了，可是在他們眼中，她還是個小孩子，做什麼都可愛可疼！

馬車進了城，先去了溫子淩的瓷器店。

溫子淩獨自下車，去店裡交代一番，安排妥當，又上了馬車，往楊狀元胡同接了韓成，一起往學院街去了。

馬車轆轆而行，穿行在南陽縣城內的青石街道上，很快就到了學院街，在韓成的指揮下，停在那家小酒肆前面。

趙經紀正在街邊等著，見韓成探頭出來招手，便上了馬車。

青芷往旁邊擠了擠，一邊挨著車壁，一邊挨著韓成，好給趙經紀騰個位置。

鍾佳霖見狀，便起身拉了青芷坐在自己的位置，而他則擠了溫子凌一下，坐在青芷和溫子凌中間。

趙經紀挨著韓成坐下來，道：「我讓小廝去林家花園找老梁頭了，估計這會兒正等著咱們。」又道：「韓大哥，今日咱們是只去看看房，還是看上了就打算買下來？」

韓成看向青芷。

她笑咪咪地道：「若是宅子的要價再低一些，今日就能寫了文書，兌了銀子去衙門登記。」

趙經紀又問了一句。「那買賣文書上宅子寫誰的名字？」

青芷心中早有計較，當即道：「寫我哥哥名字吧！」

聽了青芷的話，韓成和溫子凌的神情忽然有些複雜。鍾佳霖神色不變，只是垂下眼簾，若有所思。

趙經紀視線當即落在溫子凌身上，含笑道：「是這位嗎？」

溫子凌笑了。「不是我，是他。」他指了指鍾佳霖。

趙經紀有些弄不清楚這個關係了，但笑道：「只要有戶籍就行。」

青芷不禁笑了。幸好第一次買地的時候，她託韓成在縣衙尋人給鍾佳霖登記了戶籍！

到了林家花園，馬車停下來，老梁頭出來迎了眾人進去，繼續看宅子。

青芷一邊看，一邊向鍾佳霖介紹。「哥哥，東廂房一明一暗兩間，你住在裡面，明間做書房兼客室，暗間做臥室，好不好？」

鍾佳霖抑制住內心的悸動，面色如常，輕輕道：「好。」

青芷笑道：「你若是住進去，我就在你臥室前面種一株女貞。女貞四季常青，你讀書累了，往窗外一看，青翠欲滴，眼睛就得到了休息。」

溫子淩一直在後面跟著，此時聽了，酸溜溜地道：「青芷，我也是哥哥，我住哪兒呢？」

青芷才不給他面子，微微一笑。「對啊，子淩表哥你住哪兒呢？我在哥哥屋子的牆上嵌入一個木楔子，把你掛在牆上不就得了？」

溫子淩抬手在青芷腦袋上拍了一下。「沒有良心的小丫頭。」

把宅子裡裡外外都看了一遍，青芷看向鍾佳霖，低聲道：「哥哥，怎麼樣？」

鍾佳霖點點頭，道：「若是三百兩銀子，倒也合適。」

青芷心裡有數了，便開始和老梁頭談價錢。

她大致猜到了老梁頭的底價，因此直接道：「這宅子我打算買下來，若是三百兩銀子能成交的話，我這會兒就買。如果不能，那我繼續看宅子好了，反正我哥哥明年二月才要參加縣試。」

老梁頭沒想到小姑娘說話如此索利，當下也不再多糾纏，道：「三百兩銀子倒是可以，不過給趙經紀的五兩銀子謝禮，還有去衙門登記的費用都得由姑娘負責。」

青芷當即答應了，便讓趙經紀擬定買房文書。

不過半日工夫，她便買下了林家花園，又請了趙經紀做中人，擬定文書，兌付了三百兩銀子，彼此簽字畫押，然後去縣衙登記造冊。

從縣衙出來，老梁頭約定後日交房，就先回去了。

青芷先付了趙經紀五兩銀子當謝禮，然後笑著和韓成說道：「舅舅，大家今日都忙了半日，中午我請大家吃酒吧！」

韓成便看向趙經紀。「趙老弟，你在這附近熟，你來找一家酒樓吧！」

趙經紀今日賺了五兩銀子，又有酒吃，自然高興，便帶著大家去了有名的太白遺風樓，要了幾樣精緻小菜和一罈太白酒。

吃完酒，眾人各自回去。

趙經紀帶著小廝回家，馬車裡這會兒都是自家人，青芷忙鄭重交代。「舅舅、子淩表哥，我買宅子的這件事，你們千萬別讓人知道。」

韓成不由微笑。「放心吧，妳舅母我也不說。」

溫子淩懶洋洋地倚在車壁上。「我若是告訴了我娘，妳那些姑母沒幾日就全知道了，她們指不定打什麼壞主意。」

青芷故意一臉驚訝。「我的哥，你居然這麼聰明，多謝多謝！」

溫子淩見她淘氣，抬手又在她腦袋上打了下。

韓成看得直笑，鍾佳霖卻有些心疼，恨不能把溫子淩的手給隔開。

把韓成送回楊狀元胡同，溫子淩便吩咐張允。「先把我送到城南巷，再送青芷和佳霖回蔡家莊。」

在馬車上，青芷和鍾佳霖商議。「哥哥，買宅子的這件事，我娘和春燕都知道，不過我爹還不知道，咱們要不要瞞住他？」

鍾佳霖想了想，道：「先瞞住吧！快過年了，姑母們估計要來借錢過年，先生耳根軟，嘴巴又不嚴，他若是知道宅子的事，其他人怕是很快也會知道，以後說不定會出什麼事。」

青芷也是這麼想的，便笑道：「等考過縣試，再和爹爹說吧！」

到家已是傍晚時分，鍾佳霖把青芷送進院子，自己回學堂讀書去了。

過了臘八之後，日子一天天過得飛快，轉眼間就到了臘月十九，韓氏和青芷母女開始忙著過年的各種準備。

青芷興致很高，對過年充滿了期待，忙忙碌碌的過得頗為充實。

臘月十九這日一起床，韓氏做早飯，青芷帶著春燕去後院，開始薅地裡長的大白菜。

剛帶著春燕在屋簷下掛了一排大白菜，賈中玉就帶著姜秀珍趕騾子拉了板車過來了。他們是要接王氏去賈家過年。

韓氏聽了賈中玉和姜秀珍的來意，心中歡喜無限，眼睛都亮了，卻依舊推讓著。「那怎麼好意思啊，畢竟是過年……」

賈中玉長得又胖又高，性格活潑，頗為通情達理，見韓氏言不由衷地推讓，便淘氣一笑。「既然舅母捨不得我們接走外祖母，那我們就不接了，還讓舅母伺候外祖母過年吧！」

韓氏一愣。

見韓氏額角冷汗都冒出來了，姜秀珍忙瞪了賈中玉一眼，嗔道：「中玉，舅母照顧外祖母多少年了，咱們就照顧幾日，能累死你？」

賈中玉哈哈笑了起來。「舅母，我和您開玩笑呢！」

韓氏也笑，再也不敢說一句挽留推讓的話了。

青芷得知賈中玉和姜秀珍是來接王氏去過年的，歡喜極了，忙帶著春燕抬了一竹筐大白菜過來。「表哥、表嫂，這筐白菜送你們了。」又急急催促韓氏。「娘，您趕緊帶著春燕去收拾祖母的行李吧，別耽擱中玉表哥的時間。」

見青芷急成這樣，賈中玉和姜秀珍都笑了起來，韓氏也忍俊不禁，忙帶春燕去正房收拾。

青芷和姜秀珍感情好，拉了她到自己的臥室，拿了一盒玫瑰香脂、一盒玫瑰香膏和一塊薄荷香胰子給她。「香脂抹臉和手，滋潤得很；香膏抹嘴唇，嫣紅滋潤，看著更精神。」

姜秀珍是知道這些香膏香脂的價格，心中感激得很，忙道：「姑娘，這也太貴重了。」

青芷摟住姜秀珍，親親熱熱道：「秀珍，我只有一個要求，千萬讓老太太在妳家多住些日子，讓我和我娘過幾日安生日子。」

姜秀珍噗哧笑了，低聲道：「妳放心吧，有我呢。」

青芷得了她保證，這才鬆了一口氣。「我哥哥二月分就要去參加縣試，老太太若是能在妳家住到二月底回來，那就更好了。」
姜秀珍知道二月的縣試對鍾佳霖、對虞家有多重要，當即認認真真保證道：「姑娘放心，我一定會想辦法讓老太太在我家待到三月三的。」
青芷笑嘻嘻道：「秀珍，妳真是太好了。」又問她。「中玉表哥待妳怎麼樣？」
姜秀珍臉有些紅，垂下眼簾，扭扭捏捏地道：「他待我很好，公婆待我也很好……」
待賈中玉和姜秀珍用板車把王氏給拉走了，韓氏和青芷都鬆了口氣，母女倆都覺得身心鬆快，走路也輕快了許多。
到了臘月二十，學堂停課了。
青芷正和鍾佳霖做白菜泡菜，忽然想起該做臘肉了，便笑盈盈問鍾佳霖。「哥哥，想不想吃用柏枝燻的臘肉？」
她記得前世，有一次鍾佳霖出了趟遠門，回來後帶了臘肉送到英親王府。
趙瑜要給鍾佳霖接風，青芷親自下廚做了幾樣小菜，其中就有一道青椒炒臘肉。
她敬酒的時候，才知道哥哥是為了趙瑜去了一趟湖南，請了前朝名臣盧成章出山輔佐趙瑜。
當時青芷並不明白，可是重生之後，回首往事，她才領悟哥哥都是為了她才不得不給趙瑜賣命……
想到這裡，她看向鍾佳霖的眼神就更溫柔了。
鍾佳霖這會兒見青芷眼神溫柔地看著自己，似看著一件罕世珍寶，不由笑了，柔聲道：

「怎麼了？」

青芷笑道：「沒什麼，只是覺得哥哥真好看。」

鍾佳霖忽然臉都紅了，垂下眼簾，濃長睫毛遮住了眼波。「既然好看，妳就多看看唄。」

見他的臉都紅了，青芷笑容加深，故意逗鍾佳霖。「是你讓我看的啊，那我可要好好看一輩子。」

鍾佳霖抬眼看向青芷，黑泠泠的眼睛裡滿是溫柔，「嗯」了一聲，又低下頭繼續忙碌。

青芷被他這一聲「嗯」弄得心裡有些亂，心想，哥哥這是什麼意思？

可還沒等她多想，她之前訂的二百斤梅花就到了。

接下來的這幾日，除了虞世清依舊每日溫書會友之外，青芷、韓氏、鍾佳霖和春燕都忙碌起來，就連紅玉也來幫忙兩日，終於把這二百斤梅花給處理完了。

臘月二十三上午，溫子淩親自來送運河船上生意的分紅，順便把青芷要的畫著一枝梅花的玉青瓷盒子瓶子都送過來。

溫子淩做事認真，拿了帳本讓青芷和鍾佳霖看了，然後拿出一疊銀票，道：「你們的本金一百五十兩銀子，分紅一共是一百三十六兩銀子，總共二百八十六兩銀子，你們兩個算算對不對？」

這趟生意做得還不錯，差不多是對半賺了。

青芷和鍾佳霖早算過了，自然是沒錯的。

送溫子淩出去的時候，青芷叮囑道：「子淩表哥，以後再有生意，記得叫我入股。」

溫子淩笑著摸了摸她的腦袋。「只要妳記得給哥哥做鞋子，哥哥就帶妳發財。」

青芷笑咪咪地道：「我那套金頭面過完正月十五才到期，我準備拿了當票、交了利錢贖出來，然後想辦法賣掉，多攢些銀子做生意。」

溫子淩深以為然。「青芷，妳很聰明。妳年紀還小，離成親還有幾年，那套金頭面妳也沒機會戴，不如賣掉做生意，等妳成親時就不知道翻多少倍了。」

青芷小雞啄米般地點頭。「子淩表哥，你也很有智慧呀。」

見這兄妹倆正兒八經地交流生意經，而且互相吹捧，堪稱一對知音，鍾佳霖不由微笑。青芷真是太可愛了！

臘月二十三下午，韓氏帶著春燕在灶屋裡炕火燒。

青芷和鍾佳霖也不嫌麻煩，帶著青芷的全套器具去了學堂，一直忙到深夜，終於把梅花香膏、梅花香脂和梅花香胰子都做了出來。

看著裝進桐木箱中的瓶瓶罐罐，青芷雖然累得快要直不起腰，心裡卻美滋滋的，整個人癱在椅子上，對繼續裝箱的鍾佳霖說道：「哥哥，明日咱們兩個再進一趟城，把這些送到涵香樓。」

鍾佳霖笑著答應下來。「我正好要去梅溪書肆送文章，這下一起辦了。」

裝好那兩箱瓶瓶罐罐，兄妹倆把箱子鎖起來，然後一起回家。

道路旁的人家大都點著燈火，微弱的燈火打破了黑夜的籠罩。

青芷和鍾佳霖一起走著，腳步聲在靜夜裡特別清晰，沿路人家的狗都「汪汪汪汪」叫了起來。

青芷笑咪咪道：「哥哥，新年旺旺旺呀！」

鍾佳霖見她只顧著說話，腳下趔趄了一下，忙伸手抓住她的手臂。「嗯，新年旺旺。」

他索性攬著青芷的肩膀，一起在黑夜中向西走去。

第四十四章

今日大家都忙，晚飯自然很晚。

虞世清只見夜深了，青芷和鍾佳霖還沒有回來，不由皺起眉頭。「這倆孩子是怎麼回事，怎麼到現在了還不回來，孤男寡女的……」

這時候，韓氏正端了一簸籮火燒過來，春燕跟在後面，用托盤端著玉米糝湯和一大盤酸辣白菜。

擺好飯菜，韓氏才道：「相公，他們倆還不是想著早些做好那些香脂、香膏，明日進城去賣。」又道：「相公，你掙的銀子，我都給你積攢起來，想著你趕考要用，如今家裡的開銷都是青芷和佳霖掙的銀錢。」

虞世清頓時無話可說。

韓氏見狀，瞥了他一眼，解下圍裙，出門看青芷和鍾佳霖回來沒有？

她發現青芷說得很對，對虞世清這樣的男人，溫柔小意根本沒用，有理有據地反駁更有效。

第二天便是臘月二十四了。

宛州過年風俗是「二十四，掃房子」，一大早起來，韓氏帶著春燕在家打掃清理，青芷和鍾佳霖在村口張家雇了輛馬車，帶了兩個桐木箱和鍾佳霖的書篋進城去了。

他們先去了梅溪書肆。

董先生上次買過鍾佳霖的策論刊印，賣得還不錯，因此見他又送了文章過來，很是熱情，笑著請他坐下。

鍾佳霖忙道：「董先生，舍妹還在外面馬車裡候著，我不能耽擱太久，您先看看我這段時間寫的幾篇策論吧！」

馬車裡那兩箱東西才是真正值錢的東西，因此青芷沒有下馬車，而是在車裡看著。

董先生不由笑了起來，便道：「既然如此，請鍾小哥把文章拿出來吧！」

鍾佳霖從書篋裡取出寫好的策論，遞給董先生，含笑道：「董先生，這是我這段時間寫的，您看看有沒有能用的？」

董先生接過來，凝神看了起來。

他一邊看，一邊把選中的策論抽出，放在右手邊。

鍾佳霖擔心青芷，一直站在門口，眼睛看著停在臺階下的馬車，一時屋子裡只有董先生翻動紙張的嘩嘩聲。

青芷倚著車壁坐著，思索著往涵香樓送了貨之後，再去給家人買些什麼新年禮物。

她打算給娘買個金簪子，給哥哥買些好紙好墨，給春燕買一對銀耳環，再給爹爹買條新儒巾。

往涵香樓的路上，青芷湊到鍾佳霖耳邊，低聲問：「哥哥，賣了多少銀子？」

她的呼息夾著芬芳的體香撲在鍾佳霖的鼻尖，他只覺得渾身麻酥酥的，忙推開青芷，輕輕道：「一篇一兩銀子，總共賣了八兩銀子。」

青芷雖然被推開，卻也不生氣，開開心心道：「太好了，哥哥你真厲害！」沒注意到鍾佳霖的兩個耳朵都紅透了。

要過年了，涵香樓正是旺季，一樓滿滿當當都是女顧客，桃紅柳綠，衣香鬢影，因此兩箱貨物全被涵香樓留下了。

鍾佳霖一手提了一個空木箱出門，青芷緊跟在後，兄妹兩個都是輕鬆適意的模樣。出了涵香樓，青芷笑咪咪地看向鍾佳霖。「哥哥，接下來我們去做什麼？」

他們帶來的兩箱貨物總共賣了一百六十七兩銀子，去掉要給梅園的餘款七十兩銀子，還能餘九十七兩銀子。

賺了這麼多銀子，青芷自然心情好了。

鍾佳霖想了想，道：「去妳買的宅子看看吧！」

青芷一愣。「啊，哥哥，你不說我都忘記了。」

林家花園看宅子的老梁頭前段時間交了宅子鑰匙，就跟著驛站送信的馬車往京城去了，青芷這些日子太忙，便只換了新鎖，先把宅子鎖起來。

他們兩個上了馬車，吩咐車夫。「到學院街的林家花園去。」

快過年了，縣衙和縣學都放假了，可是附近的學院街卻依舊熱鬧得很，街上的書肆、酒肆、綢緞鋪子、成衣鋪子、賣翠花首飾的鋪子、點心鋪子、乾果鋪子，以及賣鮮果的鋪子都客似雲來，街上熙熙攘攘。

馬車艱難地在人流中行進著，終於到了林家花園。

青芷和鍾佳霖下了馬車。

眼看著快中午了，鍾佳霖便給了車夫一錢銀子，讓他去吃飯，約好一個時辰後再來這裡接他們。

進了大門，他閂上門閂，從衣袖中掏出一把匕首，悄悄握在手裡，道：「宅子空了太久，咱們還是小心為宜。」

青芷見了，心中暗笑，道：「哥哥，宅子全都搬空了，你怕什麼呀？」

鍾佳霖看了青芷一眼，倒也沒說什麼，左手握著她的手，右手拿著匕首，狀似悠閒地把整個宅子裡裡外外看了一遍，見確實沒有危險，這才把匕首收起來，道：「回家我和蔡羽說一聲，借他家一個老家人來幫咱們看宅子。」

看罷宅子出來，已經過了中午，風越來越大，天氣陰得嚇人，怕是要下雪了。

寒風中，鍾佳霖讓青芷在門口等著，自己疾步去了前面的鋪子，很快就拿了一個錦匣出來。

青芷接過錦匣，摁開了鎖。

錦匣的蓋子彈開了，她屏住呼吸，裡面是玉色軟緞，上面放著一對白銀鑲嵌青玉而成的蘭花釵！

她小心翼翼拿出蘭花釵，細細端詳著，不由得笑起來，眼睛亮亮的，聲音微微沙啞。

「謝謝哥哥。」

鍾佳霖低下頭，道：「等將來我賺了錢，再給妳買更好的。」

青芷把銀鑲青玉蘭花釵遞給鍾佳霖，道：「哥哥，你幫我插戴上吧！」

鍾佳霖一手扶著她的額頭，一手拿著蘭花釵，認真地插在青芷的兩個花苞形丫髻上，一邊一個，恰好對稱。

青芷美滋滋地道：「哥哥，你真好！」

鍾佳霖心裡歡喜，抿著嘴笑。

這時，風勢大了起來，颳得路邊鋪子的旗幟嘩嘩作響，青芷覺得有些冷，忙道：「哥哥，咱們去給爹娘和春燕買禮物吧！」

給春燕買了一對翠梅花耳環之後，青芷又給韓氏買了一支翠鳳簪，和鍾佳霖一起去乾鮮果鋪買了不少乾果蜜餞及蘋果、梨、橘子等鮮果，一起裝上來接他們的馬車，又買了兩個羊肉炕饃，這才上了車，一路往西出城去了。

晚上，鍾佳霖便去找蔡羽，悄悄說了青芷在縣學的學院街買宅子的事。

蔡羽聽了，眼睛都瞪圓了。「我的天，青芷也太……太厲害了！」

鍾佳霖與有榮焉，微笑道：「她一直很厲害呀。」

「我的天啊，這小丫頭，看著還是小女孩子呢，她怎麼……」

鍾佳霖笑著在蔡羽肩上拍了一下，道：「別扯廢話了，我有件事得拜託你呢！」

蔡羽素來重視鍾佳霖這個朋友，當即道：「說吧，只要我能辦到。」

鍾佳霖便道：「城裡新買的林家花園如今空著，沒人看宅子，我怕歹人進去，你家有沒有閒些的老家人，幫我們去顧兩個月宅子，一個月一兩銀子賞銀。」

「小事！我讓蔡忠貴去吧，如今冬天，我家的果園不用看了，他天天閒著吃酒要錢，不如去幫你們看宅子，順便掙點賞銀。」

鍾佳霖知道蔡忠貴做事妥當，便點點頭。「謝了，兄弟。」

轉眼就到了大年初二，溫子淩送虞蘭來看望王氏，才知道王氏去他五姨母家了。

他最近事事順心，倒也沒覺得白跑了一趟，只得意洋洋地和青芷說：「青芷，哥哥最近發了個小財，有沒有想要的，儘管告訴哥哥，哥哥買給妳。」

見溫子淩如此豪爽，青芷和鍾佳霖都笑了起來。

她道：「哥哥，我不能老是依靠別人。」

想起前世之事，她不禁感嘆。「靠山山倒，靠人人跑，人還是得靠自己，即使是女子，也須自立。」

溫子淩笑了起來，道：「我是妳哥哥，不是別人，妳是我妹妹，我不對妳好，對誰好去？」

青芷心中感動，柔聲道：「我知道了，若我需要，一定會找子淩表哥的。」

見她這麼乖，溫子淩心滿意足，又道：「我爹讓管家把子涼送到京城讀書去了。」

青芷吃了一驚。「子涼表哥怕是不太適合讀書吧？。」

溫子淩也有些無奈。「我也和爹爹說了，子涼天不怕地不怕，若是嚴格管束還好，若是放任不管，遲早會變成浪蕩公子。」

鍾佳霖想了想，道：「子涼花錢大手大腳，不如讓他先放開花一陣子，然後你去稟報姑父，到時候乘機把子涼弄回來，讓他去縣學讀書。我聽說附學生員還有空額，多交銀子就可以進去。」

按照大宋的制度，縣學的學生總共有三種，分別為廩膳生員、增廣生員和附學生員。廩膳生員和增廣生員雖然待遇不同，卻算是縣學的正式學生；附學生員則是縣中為了增加錄取的學生，只要交夠銀子就可以進去，不過在歲試或者院試中不合格的話，就會被黜免。

聽了這話，青芷和溫子淩都覺得這主意不錯。

青芷看向溫子淩。「子淩表哥，不如試試吧？」

溫子淩點點頭，道：「那就試試吧！」

他只有子涼一個弟弟，也希望將來子涼能夠和他一起經營家裡生意，不想弟弟變成浪蕩公子。

時光荏苒，轉眼間正月就過去了，二月來到了人間，而縣試也近在眼前了。青芷尋了機會帶春燕進了好幾趟城，買家具、雇人收拾屋子，終於把林家花園整理得能住人。

這日用罷晚飯，青芷給鍾佳霖使了個眼色。

鍾佳霖會意，略一思索，開口道：「先生，我和青芷有一件事要和您說。」

虞世清見鍾佳霖如此鄭重，頓時一愣，還以為鍾佳霖和青芷兄妹倆私定終身，心都有些跳快了。他還年輕呢，難道就要做外祖父了？

其實這一年來，他也是有眼睛的，看得出青芷很依戀鍾佳霖，心裡也有掙扎，最後還是屈服於一片愛女之心，並沒有阻隔鍾佳霖與青芷。

只是他沒想到，這一天居然會來得這麼快、這麼早！

想到這裡，虞世清心情複雜，也說不清自己是該歡喜，還是該生氣，只是面無表情地等著。

見虞世清背脊挺直坐在那裡，雙手規規矩矩放在膝蓋上，眼睛看看自己，再看看鍾佳霖，顯見緊張得很，青芷有些愣。咦？難道爹爹已經知道了？

鍾佳霖比青芷更聰明、更通透，一見虞世清這反應，知道他怕是誤會了，不由暗笑，輕咳了一聲，鄭重道：「先生，青芷去年冬天，用賣香膏、香脂掙的銀子，在縣學旁邊的學院街，把林家花園給買了下來。」

虞世清一聽，懵了，眨了眨眼睛，茫然地看著鍾佳霖。「什麼？」

在場的幾個人當中，韓氏和春燕是早就知道的，都看向虞世清，生怕他惱了。

虞世清迷迷糊糊地看著鍾佳霖和青芷。「到底是怎麼回事？」

青芷正要說話，鍾佳霖怕她說話不注意，惹惱了虞世清，忙道：「先生，是這樣的。」他把買宅子這件事的來龍去脈一一說了一遍，最後道：「先生，青芷也是想著正好得了這個機會，林家花園又急著出手，就湊了銀子把林家花園給買下來。」

虞世清半晌沒說話，幾乎懷疑自己在作夢。青芷一個小姑娘，能有這麼大能耐?!接著又憤怒。為何這樣的大事不同他商量？

他忍著怒火，抬眼看向青芷。「房子去縣衙登記沒有？」

青芷眨了眨眼睛，眼底清澈異常。「已經登記了。」

虞世清深吸一口氣，心裡都有點緊張了。「宅子登記在誰名下？」

如果是在女兒名下，那他當爹的就可以處置，這座宅子也就是虞家的產業了。

鍾佳霖把手放在青芷的手背上，示意她少安勿躁，聲音平靜如水。「先生，宅子登記在我的名下。」

虞世清的臉色一下子變得鐵青。他雖然喜愛鍾佳霖，可是這畢竟是幾百兩銀子的宅子，是虞家的產業，就這樣記在鍾佳霖的名下了？

見狀，青芷當即道：「爹，買這宅子的銀子，是我和哥哥一起攢的！」她凝視著虞世清的眼睛，繼續道：「而且爹爹，哥哥後日就要去參加縣試了。」

她知道，這是虞世清的軟肋，如今對他來說，沒有什麼事情比鍾佳霖去參加縣試更重要了！

虞世清一怔，看向鍾佳霖，見他看向一邊，並不看自己，清俊的臉上滿是倔強，頓時心裡一軟——他也怕鍾佳霖的情緒受到影響，影響縣試的發揮——忙道：「佳霖是自家人，記在佳霖名下就記在佳霖名下吧，不過以後這樣重要的事情，一定要和我商量了再說！」

青芷看著自己親爹，似笑非笑地道：「爹爹，您這些年教書、抄書攢的銀子都在哪裡？您忘記了嗎？我可記得呢！」

那些銀子，都被祖母王氏送給蔡春和，送給她那些姑母了！

的。

聽了女兒的話，虞世清原先挺得筆直的腰慢慢萎了下來，意識到自己是最沒資格說這話

他不再說話，起身進了西廂房。

韓氏擔心地看著虞世清，卻坐在那裡沒有動。

青芷看了韓氏一眼，道：「娘，我爹該反思一下了！」

韓氏一聽，更加不願意動彈了，便開始和青芷、鍾佳霖商議起進城的事。「後日縣試就要開始考試了，妳明日就帶著春燕進城吧，到時候我和妳爹也過去。」

鍾佳霖聽了便道：「明日一早，我雇了馬車過來吧！」

後日要縣試了，明日學堂也開始放假，一直到縣試結束才繼續上課。

第二天，青芷起來的時候，發現虞世清早就起來了，正立在南暗間收拾筆墨紙硯，往書篋裡裝。

她不由得笑起來。

韓氏低聲道：「妳爹早不生氣了，他也知道自己理虧。」

青芷笑了起來，笑盈盈探頭進去。「爹爹，蔡羽和李真說想就近向您請教，縣試那幾日，也要住在林家花園呢！」

虞世清頭也不抬。「既然妳把宅子買下來了，就該改叫虞家花園了！」

青芷甜美一笑。「叫虞家花園也行，不過南陽城裡的人這些年都叫林家花園，一時怕是改不過來。」

虞世清悻悻的，不說話了。

一想到那麼好的宅子，卻登記在鍾佳霖的名下，他還有些意難平，認為女兒就是在防備自己！

用罷早飯，一家人上了鍾佳霖雇來的大馬車，帶了行李和吃食，進城去了。

饒是心裡已經有了準備，可是看到花木扶疏、幽靜整齊的新宅子，虞世清還是大吃了一驚，卻又忍不住一路走了進去。正房一明兩暗三間房歸了虞世清和韓氏，東暗間是臥室，西暗間則被佈置成虞世清的書房。

看到自己的新書房的瞬間，虞世清徹底忘了這事帶來的震驚，只顧去探索新世界，連生氣都忘記了。

鍾佳霖住在東廂房，東廂房一明一暗兩間，明間做客室，暗間做臥室加書房。

青芷則住在西廂房，不過這次縣試，蔡羽和李真先住在她的西廂房，她自己臨時住在春燕的正房東耳房。

明日天不亮就要參加縣試，因此晚上大家早早用了晚飯，洗漱過後就睡下了。

縣試共分四場，一天一場，一共考四天。

這次考場不在縣學，而在縣衙的禮房，主考官就是南陽知縣祁大人。

剛到寅時，虞世清就起來了，站在院子裡把眾人都叫起來。「快起來用早飯，用罷飯就出發去縣衙禮房！」

他和韓氏一夜都沒睡，早早起來做了早飯——他燒鍋，韓氏掌灶——就是怕耽擱三個孩子考試。

青芷也早起來了，一見鍾佳霖和李真都穿著棉袍，只有蔡羽穿著嶄新的玉青色儒袍，有些單薄，忙道：「今日天冷，須得穿厚實一些。」

如今才二月，春寒料峭，坐在光禿禿的號房裡，一定很冷。

蔡羽原不怕冷的，可是聽她一說，還是在外面套了件絮了清水棉的儒袍，大不了再脫，也總比冷呵呵坐在考場裡強。

春燕陪著韓氏在宅子裡看家，青芷跟著虞世清去送他們。

這時候天還沒大亮，灰藍色的晨霧瀰漫在街道上，偶爾有人家窗裡亮著燈，也只是照亮了窗邊那一片。

街上已經很多人了，或者是父母送兒子，或者是僕人送主子，甚至還有妻子送丈夫，兒女送爹爹，都是一邊走，一邊叮囑著——

「考試的時候不要急，反正今日就考這一場，大不了晚些交卷出來。」

「要細心呀！千萬不要馬虎。」

「進場時衙役要檢查衣服，你可別太慌。」

「爹爹，考完出來，記得給我們買桂花糖。」

青芷聽著周圍的叮囑聲，不禁微笑，湊近身旁的鍾佳霖，輕道：「哥哥，好好考，考不中明年繼續考。若是還考不中，就跟著我一起賣香膏、香脂吧！」

鍾佳霖笑了起來，道：「好。」

蔡羽聽見了，忙擠了過來。「青芷，也給我說幾句吉祥話。」

青芷想了想，道：「蔡大哥，不要太毛躁了，要細心。」

「……一點都不貼心。」

虞世清饒是有些緊張，也笑了起來。

這時已經到了縣衙外面。

縣衙外掛著一排燈籠，照得大門外亮堂堂的，一排身穿青色甲冑的士兵手握腰刀站在那裡；另有幾個頭戴罩漆紗的無腳襆頭，身穿深紅圓領袍子的衙役站在柵欄前維持秩序，高喊著讓來考縣試的學子排隊。

衙役面前已經排了一條長長的隊伍了。

鍾佳霖、李真和蔡羽排在隊伍的最後，剛站好，身後就又排了好幾個人。

青芷站在一邊，看著隊伍裡的鍾佳霖三人，輕輕問虞世清。「爹爹，這次考試有多少人參加啊，隊伍都這麼長了。」

虞世清笑了。「咱們南陽縣一向文風很盛，這次縣試，最少也得四、五百人參加吧！」

他們身邊圍了不少人，都是來送考生的，擠擠挨挨的，只是有士兵和衙役在，都不敢高聲說話。

這時候，晨霧漸漸消散，天色開始亮了，縣衙內的黛瓦紅牆也能看清楚了。

終於開始進場了。

祁知縣帶著縣衙的屬吏走了過來，其中一個清秀的青衣年輕人，一直緊緊跟著祁知縣。

到了禮房外面，祁知縣剛剛站定，就見一個小衙役跑了過來，對他行了個禮。「大人。」

祁知縣見他對著自己點點頭，便道：「好了，我知道了。」

待小衙役離開，祁知縣才低聲對那青衣年輕人說道：「胡大人，下官剛才派人確定過了，鍾佳霖過來考試了，如今正在外面排隊。」

胡大人輕輕道：「等一下不是要脫衣服檢查嗎？我再看看吧！」

祁知縣答了聲「是」。

這位胡大人雖然年輕，卻已經是正五品，他這七品知縣可不敢違逆。

鍾佳霖隨著長長的隊伍進了縣衙，在禮房外停了下來，一個個檢查進場。

負責檢查的有三個人，一個是州學來的官吏，一個是軍衛的士兵，一個是縣衙的衙役。

輪到鍾佳霖的時候，他把自己的身分文書遞給負責檢查的官吏。

官吏檢查了文書，確定身分，便讓他繼續往前。

前面負責檢查的士兵伸手接過鍾佳霖的書篋，打開來一一翻檢，筆墨紙硯看罷，又拿出了包點心的油紙包解開，見確實是四塊點心，便道：「把點心都掰開吧！」

鍾佳霖答了聲「是」，一個個都掰開了，板栗餅和桂花餅的香氣頓時散開，好聞得很。

士兵重新包好放進書篋裡，又去檢查那瓶水。鍾佳霖乾脆把瓶子接了過來，扒開塞子喝了一口。

這孩子好乾脆！士兵揮了揮手，放鍾佳霖過去。
下一關，就是脫衣檢查有沒有夾帶了。

——未完，待續，請看文創風748《順手撿個童養夫》3

文創風
747

順手撿個童養夫 2

國家圖書館出版品預行編目資料

順手撿個童養夫 / 平林著. --
初版. -- 臺北市 : 狗屋, 2019.05
冊 ; 公分. --（文創風）
ISBN 978-986-509-000-5（第2冊：平裝）. --

857.7　　108004263

著作者　平林
編輯　張蕙芸
校對　黃薇霓　簡郁珊
發行所　狗屋出版社有限公司
地址　台北市104中山區龍江路71巷15號1樓
電話　02-2776-5889～0
發行字號　局版台業字845號
法律顧問　蕭雄淋律師
總經銷　知遠文化事業有限公司
電話　02-2664-8800
初版　2019年5月
國際書碼　ISBN-13　978-986-509-000-5

定價250元
狗屋劃撥帳號：19001626
網址：love.doghouse.com.tw　E-mail：love@doghouse.com.tw